반역의 벽

上

최신 과학기술 정보 X란 무엇일까?
X를 빼내려는 산업스파이의 음모와 반역. 그것을
저지하려는 수사기관의 활약이 숨가쁘게 전개되고 탐욕으로
얼룩진 반역의 검은 그림자의 말로는 어떻게 될 것인지 ……
국내 최초의 산업 스파이 소설!

차 례
반역의 벽(상)

이상한 주검 · 11
삭풍의 밤 · 56
국화와 칼 · 97
이상한 남자 · 152
K 부장 · 186
K 정신병원 · 234
X · 246

이상한 주검

눈이 내리고 있었다. 함박눈이었다.
날씨까지 추웠기 때문에 눈은 녹지 않고 그대로 땅바닥 위에 쌓여 얼어붙었다. 그래서 사람도 차도 꽤나 느리게 움직이고 있었다.
12월 하순의 번화가의 밤거리는 어느 때보다도 휘황한 불빛들로 단장되어 있었고, 여기저기서 몰려든 사람들로 북새통을 이루고 있었다. 사람들은 모두 솜처럼 부드러운 눈송이에 취해 비틀거리는 것 같았다.
그녀는 난롯가에 앉아 창문 너머로 밖을 바라보고 있었다. 소담스럽게 내리고 있는 함박눈을 찬탄의 눈길로 바라보고 있었다. 그녀는 살결이 곱고 통통해 보이는 스무 살의 처녀였다. 여고를 졸업하고 지금의 양품점에 취직이랍시고 들어왔는데 월급도 적은데다 너무 심심해서 다른 곳으로 옮겨 볼까 생각하고 있는 참이었다.
하얀 폴라셔츠가 희고 앳된 얼굴을 더욱 귀엽게 해 주고 있었다. 셔츠 위로 불룩하게 솟은 젖무덤이 남자의 시선을 끌기에 충분한 몸임을 말해 주고 있었다.
그녀는 벽에 걸린 시계를 힐끗 쳐다보았다. 8시15분이었다. 퇴근은 보통 8시경에 하는데 12월에 들어서는 연말에 한몫 봐야 한다는 주인 아주머니의 말에 따라 10시까지 가게를 보고 있었다.
 사귄 지 얼마 안된 그녀의 애인은 데이트를 할 수 없다고 언제나 투덜거리곤 했다. 두 달 전에 알게 된 키가 큰 그 대학생 애인은 거의 매일 그녀를 만나기 위해 10시까지 기다려 주곤 했다.
 그렇게 기다리다가 만난 끝에는 으레 그녀를 여관으로 끌고 가려고 해서 여간 곤혹스럽지가 않았다. 하지만 몸을 요구하는 그 유혹이 싫은 것은 아니었다.
 그런 유혹이 있고, 그것을 용케 뿌리치는 아슬아슬한 스릴이 있어서 더욱 그를 만나는 것이 즐거운지도 몰랐다. 오늘같이 눈 오는 밤에 그의 품에 안기면 얼마나 좋을까. 발가벗고 말이야. 오늘 밤 모든 걸 주어 버릴까. 기분이 어떨까. 아프지 않을까. 너무 아파 까무러치면 어떡하지. 이런 생각을 하다가 그녀는 얼굴을 확 붉혔다.
 갑자기 손님이 들어왔기 때문이다. 손님은 눈을 뒤집어쓰고 있었다.
 그 손님은 조금 큰 키에 깡마른 인상의 40대 중반의 남자였다. 고수머리에 광대뼈가 튀어나오고 콧잔등이 매의 부리처럼 휘어 있었다. 가늘게 찢어진 두 눈은 섬뜩하리만큼 차가운 느낌이었다.
 베이지색의 구겨진 바바리 코트를 입고 있는데 코트 깃에 가려진 목의 왼쪽 언저리에 자상으로 생긴 흉터가 조금 보이고 있었다. 코트 안에는 두툼한 밤색 털셔츠를 받쳐 입고 있었다. 코트의 앞자락은 열어 놓은 채 두 손을 바지 주머니에 찌르고 있었다.
 깡마른 인상이지만 운동으로 단련된 듯한 단단한 분위기를 풍기고 있었다.
 그 사나이와 눈이 마주치는 순간 여점원은 숨이 막혔다. 왜 그런 느낌이 들었는지 나중에 생각해 보아도 알 수가 없었다.
 사나이는 점원을 힐끗 한번 쳐다본 다음 진열대 쪽으로 다가섰다.

바지 주머니에서 오른손을 꺼내 집게손가락으로 물건 하나를 가리켰다.
「이거...... 꺼내 봐요.」
점원은 그가 가리키는 물건을 꺼내 진열대 위에 올려놓았다.
그것은 호화롭게 장식된 나이프였다. 단추를 누르면 날이 튀어나올 수 있게 된 미제 잭나이프였다. 그가 단추를 누르자 철컥 하면서 날이 튀어나왔다. 철컥철컥. 손님은 몇 번 작동을 해보고 나서 그것을 코트 주머니 속에 집어 넣었다.
「얼마지?」
혀가 짧은 목소리로 손님이 물었다.
「손잡이가 상아로 되어 있어서 좀 비싸요.」
점원은 미안한 듯 말했다.
손님은 재촉하는 눈길을 점원에게 던졌다.
「12만 원이에요.」
그녀는 손님이 나이프를 내놓고 돌아갈 거라고 생각하면서 말했다. 그러나 그녀의 그런 생각은 틀린 것이었다. 손님은 안주머니에서 지갑을 꺼내더니 만 원짜리 지폐 열두 장을 헤아려 그녀에게 건네주고는 횡하니 나가 버렸다.
그녀는 잠시 얼이 빠진 듯 그의 모습을 바라보고 있다가 2만 원을 바지 주머니 속에 쑤셔 넣고 나머지 10만 원을 금고 속에 집어 넣었다. 주인 아주머니의 말은 12만 원을 불러 2만 원까지는 깎아 줘도 무방하다고 했다.
그런데 12만 원을 받았으니 2만 원은 챙겨 넣고 아주머니에게는 10만 원을 받았다고 보고해도 된다. 그녀는 장부에다 10만 원이라고 적었다.
돈도 있을 것 같지 않은 사람이 그런 비싼 칼을 한푼도 깎지 않고 사다니 정말 놀라운 일이다. 어디다가 쓸려고 그런 칼을 사 가는 것일까. 그러나 저러나 오늘은 2만 원이 생겼으니 그에게 조그만 선물과 함께 술을 한잔 사 줘야지. 내가 자기를 얼마나 생각하고 있는가를 보여 줘야지.

양품점을 나온 사나이는 눈을 맞으며 천천히 걸어갔다. 얼마쯤 걸어가다가 길가에 차를 많이 주차해 놓은 곳에 이르렀다. 거기서 그는 먼지투성이의 차를 한 대 끌어냈다. 차도로 나올 때까지 천천히 차를 몰았다. 오른쪽으로 커브를 돌아 큰길로 나왔다. 1차선 쪽으로 접근한 다음 기어를 변속하고 달려갔다.
 와이퍼가 차창에 달라붙는 눈송이를 계속 닦아내고 있었다.
 빨간 불을 보고 브레이크를 밟았다. 그는 코트를 벗어 옆자리에 놓으면서 호주머니 속에서 나이프를 꺼냈다. 버튼을 누르자 철컥 하고 날이 튀어 나왔다. 손안에 알맞게 들어오는 것이 감촉이 좋았다.
 날을 접어 주머니에 도로 집어 넣고 액셀러레이터를 밟으며 앞으로 나갔다. 지하차도로 들어가 왼쪽으로 방향을 꺾었다. 다시 한번 왼쪽으로 돌아 잠시 후 밖으로 나와 달려갔다.
 10분쯤 지나 좁은 길로 들어가 담벽에 차를 주차시켰다. 한 길이 훨씬 넘는 높고 긴 담이 어둠 속으로 사라지고 있었다. 고궁 정문 쪽으로 들어가 매표구에서 입장료를 지불하고 표를 한 장 샀다.
 문 닫을 시간이 30분밖에 안 남았다고 매표구에서 말했지만 그는 상관하지 않고 입구로 가서 표를 내고 고궁 안으로 들어갔다.
 손목시계를 보았다. 9시5분 전.
 텅 빈 공허감이 가슴으로 와 안겼다. 수은등 불빛에 드러난 눈의 바다가 신비스럽게 느껴졌다. 모든 것이 눈에 덮여 있었다.
 걸음을 옮길 때마다 눈이 발 밑에서 부서지는 소리가 뿌드득 뿌드득 하고 났다. 남녀 한 쌍이 몸을 밀착시킨 채 앞을 가로질러 갔다.
 고수머리의 사나이는 나무 사이로 들어섰다. 어둠 속에서 담뱃불이 움직이는 것이 보였다. 그는 멈춰서서 그 쪽을 노려보다가 담배를 피워 다시 걸음을 옮겼다.

한 사나이가 벤치에 앉아 담배를 피우고 있었다. 캡을 눌러 쓰고 있어서 얼굴을 알아볼 수는 없었다. 고수머리의 사나이는 좀 떨어져서 엉덩이를 붙이고 앉았다.

고수머리의 사나이는 가죽 장갑으로 머리와 옷에 쌓인 눈을 털었다. 그리고 옆 사나이를 보지 않은 채 말했다.

「스키를 탈 줄 아십니까?」

「아뇨. 모릅니다. 골프는 칠 줄 알지만……」

캡의 사나이가 무뚝뚝하게 대답했다.

「유감이군요.」

「자료는 여기에 있습니다. 돈도 함께 그 안에 들어 있습니다.」

옆의 사나이가 비닐백을 내밀었다. 고수머리는 그것을 받아 오른쪽에 놓았다.

얼마 동안 그들은 말없이 앉아 있었다. 캡의 사나이가 먼저 입을 열었다. 그는 좀 두려워하는 기색이었다.

「나머지 돈은 일을 끝내는 것과 동시에 지불할 겁니다.」

「약속은 지켜야 해요.」

혀 짧은 목소리로 고수머리가 말했다.

「물론 두말할 필요가 없죠.」

캡의 말이 끝나는 것과 동시에 고수머리가 재빨리 움직였다. 캡의 사나이는 상대가 너무 빠르게, 그리고 과감히 움직였기 때문에 고스란히 당할 수밖에 없었다. 고수머리는 플래시로 캡의 얼굴을 비추면서 칼끝으로 목을 건드렸다.

「얼굴을 봐 뒀으니까 약속을 안 지킬 땐 각오해.」

「아, 알겠습니다. 그렇게 전하겠습니다.」

캡이 숨넘어가는 소리로 말했다.

고수머리는 상대의 모자를 벗기고 자세히 얼굴을 들여다본 다음 플래시를 끄고 물러났다. 캡은 분노에 차서 씩씩거렸다.
「기억해 둘 테다!」
분노에 찬 목소리가 공허하게 들렸다.
고수머리는 어느새 어둠 속으로 사라지고 있었다.

한 시간 후, 고수머리의 사나이는 그의 조그만 아파트에 들어서고 있었다.
난방이 잘되어 아파트 안은 훈훈했다.
그가 살고 있는 아파트는 17평짜리였다. 혼자 살기에는 아주 적당한 곳이었다. 거기서 그는 혼자 살고 있었다. 조그만 방이 두 개에다 마루로 된 거실 겸 주방이 내부 골격을 이루고 있었다.
그가 그 아파트에 산 지는 1년쯤 되었는데 바로 옆집 사는 사람도 그가 무슨 일을 하는지 모르고 있었다.
그는 이웃과 사귀는 것을 몹시 꺼려하고 있었다. 어쩌다 마주쳐도 너무 굳은 표정을 하고 있기 때문에 감히 말을 걸려는 사람이 없었다.
조그만 아파트치고는 내부구조나 장식이 잘돼 있어서 마치 호텔 같은 느낌을 주고 있었다. 그는 그 아파트에 세들어 살고 있었다. 언제라도 떠날 수 있게 하기 위해 아파트를 사는 대신 세를 들었던 것이다.
혼자 자취 생활을 하고 있기 때문에 가구 같은 것들은 있을 리가 없었다. 가방 하나와 베개, 옷가지 몇 개가 걸려 있는 것이 그가 가지고 있는 것의 전부였다.
그에게는 이불 같은 것도 없었다.
이불 대신 닭털 침낭 한 개가 방구석에 처박혀 있을 뿐이었다. 너무나 간단한 것이 일부러 생활을 간소화하려고 노력한 흔적이 역력했다.

주방에 있는 네모진 탁자가 그의 유일한 가구라면 가구였는데 그것은 그가 구입한 것이 아니고 본래부터 아파트에 딸려 있는 것이었다. 접을 수 있는 딱딱한 나무의자 두 개가 탁자 옆에 마주보고 놓여 있었다.

부엌 씽크대 위에는 냄비, 커피포트, 찻잔, 플라스틱 그릇 따위가 놓여 있었다.

자취하는 부엌치고는 깨끗하게 치워져 있었다. 그 밖에 찬장 속에는 계란 몇 개와 라면, 커피 병, 설탕과 프림을 담아 놓은 병들이 가지런히 들어 있었다.

그는 옷을 벗고 욕실로 들어갔다. 거울 앞에 서서 잠시 자신의 몸을 바라보았다. 마른 몸이지만 전체가 근육질로 덮여 있었다.

오른쪽 옆구리에는 흉측한 상처가 붉은 빛깔의 흉터로 아물어져 있었다. 그는 잠시 옆구리의 상처를 만져 보다가 칫솔과 치약을 들었다.

그는 변기 위에 앉아 일을 치르면서 이를 닦았다. 그것이 끝나자 가볍게 샤워를 했다. 타올로 몸을 두르고 욕실에서 나와 탁자 앞에 다가앉았다. 쇼핑백에서 물건을 꺼냈다.

하나는 종이로 포장된 돈 뭉치였고 다른 하나는 서류 봉투였다.

종이를 풀어 헤치자 빳빳한 만 원짜리 다발 몇 개가 나왔다. 1천만 원이었다.

그것을 한쪽으로 밀어 놓고 서류 봉투를 열었다. 타이핑된 종이와 사진 두 장이 나왔다. 그는 흰 종이에 타이핑한 내용을 읽어 보았다.

- 이름 : 황근호(黃根浩)
- 나이 : 49세
- 본적 : 경상남도 ×군 ×면 ×리 215번지

· 주소 : 서울 특별시 강남구 S아파트 508동 1208호
· 직장 : 세림(世林)실업 조사실장
· 가족관계 : 부인과 2남 1녀 외에 노모가 있음. 부인의 이름은 노명인(魯明仁)
· 참고사항 : 주벽이 심한 편이고 무교동에 있는 로망스라는 술집에 단골로 출입하고 있음. 출근 시간은 8시30분. 퇴근 시간은 일정하지 않으나 대개 7시 전후임. 출근 때는 회사버스를 이용하나 퇴근 시간에는 좌석버스와 택시를 이용함. 일요일에는 언제나 등산을 함.

  백지를 놓고 사진을 집어 들었다.
  명함판 사진 4배 정도의 크기로 흑백 사진이었다. 둥근 얼굴에 미소를 띠고 있었다. 대머리에 가는 금테 안경을 끼고 있었다. 사진으로 봐서는 태평스런 얼굴이었다. 다른 사진 한 장은 옆모습을 찍은 것으로 역시 같은 크기의 흑백 사진이었다. 굵은 것으로 보아 꽤나 살이 찐 것 같았다. 그는 탁자 위에 늘어놓은 것들을 도로 쇼핑백에 집어 넣고 방안으로 들어갔다.
  방안에는 라디오도 TV도 없었다.
  그는 침낭을 편 다음 집안의 불을 껐다. 그리고 나서 벌거벗은 채 침낭 속으로 들어갔다.

  황근호는 매일 저녁 술을 마셔댔다. 한해도 며칠밖에 안 남게 되자 심란한 나머지 술을 마시지 않고는 배길 수가 없었다.
  그날도 그는 퇴근하는 대로 곧장 무교동에 자리잡고 있는 살롱 〈로망스〉를 찾아갔다.
  로망스에는 그가 좋아하는 호스티스가 있었다. 그녀와의 관계는 6개월쯤 됐는데 그동안 육체 관계만도 여러 차례 있었다.

로망스는 좀 비싼 술집으로 룸이 10개 있었다. 거기에 근무하는 호스티스도 꽤나 미인들이어서 언제나 손님들이 끊이지 않고 있었다.
 그는 중키에 배가 튀어나와 있었다. 49세에 이미 머리는 벗겨져 있었고 체중이 무려 85Kg이나 되었다. 얼굴색은 언제나 붉은 빛이었고 주먹코에 안경을 끼고 있었다. 갈색 양복에 넥타이를 매고 베이지색의 코트를 걸치고 있으며 한 손에 서류 봉투를 들고 있는 것이 영락없는 샐러리맨의 모습이었다. 남다른 특징이라면 가느스름한 눈이 쉴 새 없이 깜박거리는 것이었다.
 8시 가까운 시간이었다.
 그는 로망스의 문을 밀고 안으로 들어갔다.
「어서 옵쇼.」
 웨이터가 꾸벅하고 머리를 숙였다.
「있어?」
 그는 안쪽을 향해 턱짓을 해보였다.
「아직 안 왔습니다.」
 웨이터는 조롱기 어린 눈으로 황을 바라보며 말했다. 이 손님은 자기가 상대하는 여자밖에 모른다. 그래서 팁도 아주 짜다. 계집애한테 미쳐서 돌아가는 꼴이라니 정말 한심한 놈이다.
「왜 이리 늦지?」
 황은 중얼거리며 실내를 돌아보았다.
「곧 오겠죠 뭐. 안으로 들어가시죠.」
 황은 손목시계를 들여다보고 고개를 갸우뚱하고 나서 웨이터를 따라 안쪽으로 들어갔다.
「오늘은 왜 이렇게 늦지?」
 룸의 소파에 앉고 나서 그는 웨이터를 올려다보고 다시 물었다.
「조금 늦는다고 전화가 왔어요.」
 웨이터는 밖으로 나가 김이 무럭무럭 나는 따뜻한 물수건을 가지고 와 그에게 내밀었다.
 황은 수건에다 손을 닦으며 맞은편 벽에 걸려 있는 사진 패널을 바라보았다. 그것은 젊은 여자의 나체 사진으로, 푸른 바다를 배경으로 뛰어오고 있는 모습을 찍은 것이었다. 물결치는 머리카락과 풍만한 젖가슴의 율동, 그리고 무르익은 하체의 중심부에 드리워진 검은 그늘이 숨막힐 정도로 뇌쇄적이었다.
 검은 머리채와 검게 탄 피부, 그리고 늘씬한 팔등신이 남양군도의 타이티 섬 출신 원주민과 프랑스인의 피가 뒤섞인 튀기쯤으로 보였다.
 황은 한숨을 가만히 내쉬면서 시선을 돌렸다.
「끝내 주죠?」
 웨이터가 패널을 턱으로 가리키며 물었다.
「음, 아주 근사한데……」
「뭐 드시겠습니까?」
「조니워커 한 병 줘.」
 그는 자신있게 말했다. 오늘은 그의 주머니에 돈이 가득 들어 있다. 그래서 자신있게 술을 주문할 수가 있는 것이다.
「안주는 뭘로 하시겠습니까? 마른 걸로 하나 갖다 드릴까요?」
「음, 그래.」
 그는 끄덕이고 나서 상체를 뒤로 기댔다. 그리고 다시 한번 패널을 바라보다가 만감이 교차되는 듯한 표정으로 눈을 지그시 감았다.
 그가 세림실업에 들어간 것은 20년 전이었다. 20년이라는 인생의 황금기를 세림에서 보낸 것이다. 그러나 그 결과는 조사실장이라는 별볼일 없는 직함으로 마무리되려 하고 있다.
 그나마 쫓겨날까봐 전전긍긍하고 있는 신세다. 이런 것을 볼 때 그의 인생은 실패작인 셈이었다. 그는 그것을 자인하고 있었다.
 눈을 감으면 자신의 앞길이 훤히 내다보인다. 쓸쓸하고 황량한 길이다. 죽음을 향해 뻗어 있는 길, 자신의 앞길에 아무런 희망도 없다는 것을 그는 잘 알고 있었다.
 그보다 몇 살이나 젊은 작자들이 회사의 중역진을 이루고 있었다. 회장부터가 아직 채 마흔이 안되었다. 아버지가 죽자 맏아들이 회장 자리를 물려받았는데 그때부터 나이가 든 사원들은 도태되기 시작했다.
 사원들의 평균 나이가 젊어지고 있는 것은 다른 회사도 마찬가지였다. 불황이 닥치자 나이가 좀 든 사원들은 마치 낙엽처럼 우수수 떨어져 나갔다.
 그는 감원대상에서 아슬아슬하게 빠져나와 겨우 명맥을 유지하고 있긴 했지만 언제 사표를 제출하라고 강요받게 될지 알 수 없는 일이다.
 그런 것을 생각만 하면 식은땀이 흐른다.
 회사에는 비밀 인사기록 카드가 있는데 거기에 그는 '독창성이 결여되어 있으며 무사안일만을 추구하는 기회주의자'라고 적혀 있었다.
 혼자 술을 마신 지 한 시간쯤 지나서야 그가 기다리는 호스티스가 나타났다.
 그는 반가워서 환하게 웃었다.
「어머, 죄송해요.」
 박종미(朴宗美)는 그의 곁에 바싹 붙어앉으며 팔짱을 끼었다. 어쩐지 우울한 얼굴이었다.
「왜 이렇게 늦었어?」
 그는 종미의 어깨를 감싸 안았다.
「병원에 갔다 오느라고 늦었어요.」
 그녀가 시무룩하게 대답했다.
「아직도 차도가 없어?」

그녀는 무겁게 고개를 끄덕였다.
 그녀로부터 그녀의 어머니가 병원에 입원했다는 말을 들은 것이 한 달 전이었다. 처음에는 위궤양인 줄 알았는데 그게 아니고 위암으로 진단이 내려졌다는 거였다.
 중증은 아니고 초기 단계를 조금 벗어난 상태이기 때문에 시설이 좋은 곳에서 잘만 치료를 하면 나을 거라고 했다. 문제는 돈이었다. 장기 치료를 요하는 만큼 많은 돈이 필요했다. 그런데 입원비를 댈 수 있는 사람이 종미 혼자뿐이라고 했다.
 그런 말을 듣고 가만 있을 수가 없다. 그래서 그동안 입원비에 보태 쓰라고 조금씩 꺼내준 돈이 그럭 저럭 기십만 원에 달했다.
 그는 안됐다는 얼굴로 그녀를 꼬옥 껴안으며 물었다.
「입원비 많이 밀렸지?」
「돈이 있어서 오늘 조금 내고 왔어요. 약값이 많이 들어 미치겠어요.」
 그녀는 머리를 흔들었다.
「돈이 중한가? 목숨이 중하지. 어떻게 해서라도 완치를 시켜야 하지 않아?」
 그는 그녀의 얼굴을 깊이 들여다보며 말했다. 그런 말을 하는 그녀가 무척 차갑게 보였다.
「왜 하필 그런 병에 걸려 가지고 이렇게 속을 썩이는지 모르겠어요. 하고 많은 병 중에 말이에요.」
 그녀는 얼굴을 찌푸렸다.
「누가 걸리고 싶어서 걸렸겠어.」
 그는 나무라는 투로 말했다.
「낫지 못할 바에는 차라리 일찍 돌아가셨으면 좋겠어요. 그게 더 나을 것 같아요.」
 그렇게 말하고 나서 그녀는 입을 꼭 오무렸다.

「무슨 말을 그렇게 하는 거야? 다른 사람도 아닌 어머님을 두고 ……」
그는 정색을 하고 그녀를 나무란 다음 안주머니에서 지갑을 꺼냈다.
지갑 속에는 지폐가 잔뜩 들어 있었다. 종미는 그것을 힐끗 보고 나서 담배에 불을 붙였다. 황은 자기앞수표 두 장을 꺼내 탁자 위에 놓았다.
「20만 원이야. 약값에 보태 써.」
그녀는 손을 저었다.
「어머, 이러시면 안돼요. 벌써 몇 번인데……」
「넣어 둬. 얼마 안되지만 성의니까 받아 둬.」
그는 의젓하게 말했다. 종미는 하얀 손을 뻗어 수표를 집어 들었다.
「고마워요.」
「그런 말하지 마.」
그는 그녀의 입술에 자신의 입술을 포겠다. 오른손은 겨드랑이 밑으로 들어가 젖가슴을 건드렸다. 그러자 호흡이 거칠어지면서 그녀는 상체를 뒤틀었다.
그는 그녀의 젖가슴 속으로 손을 집어 넣었다. 조그마한 유두가 손끝에 잡혔다.
그녀는 팔등신의 미녀였다. 그가 반해서 정신을 못 차릴 만큼 아름다운 몸과 미모를 지니고 있었다. 빨간 셔츠에 감싸인 탓인지 그날 밤은 유난히도 고혹적으로 보였다. 그 모습이 대머리 사나이를 못 견디게 만들었다.
그는 여자가 따라 주는 대로 술을 들이켰다. 그의 주량은 대단한 것이 못되지만 오랫동안 자리에 눌러앉아 술맛을 즐기는 버릇이 있어 남 보기에는 대단한 술꾼처럼 보였다.

그렇다고는 하지만 그날 밤만은 거금이 생긴데다 기분이 좋았기 때문에 조니워커 한 병을 거의 다 비우다시피 했다. 그래서 자정이 가까웠을 무렵에는 눈의 초점도 흐려지고 혀까지 꼬부라져 제대로 집을 찾아갈 수 있을지 지극히 의심스러웠다.
「난 오늘 밤 집에 안 들어갈 거야…… 여편네는 싫어…… 정말 싫어. 지긋지긋해…… 할망구하고 꼭 함께 자야 한다는 법이 어딨어 …… 누가 그런 걸 만들었냔 말야…… 난 네가 좋아…… 좋아 미치겠어……」
가슴에 얼굴을 묻고 아이처럼 칭얼거리는 그를 내려다보며 그녀는 얼굴을 찡그렸다.
「아이, 이러시면 안돼요. 집에 들어가셔야 해요. 부인이 기다리신다구요.」
「아니야. 난 오늘 너하고 자야 해. 내가 너를 얼마나 사랑하는지 넌 모를 거야. 넌 나 사랑하지 않지?」
그는 두 손을 내저으며 소리를 질렀다.
「아이 선생님두…… 사랑한다는 말 골백 번도 더 했을 거예요. 오늘 밤은 그냥 돌아가시구 내일 낮에 호텔에서 만나요. 점심 때 호텔 방에서 만나요. 선생님 목욕시켜 드릴게요.」
그는 그녀의 팔을 잡고 놓아 주지 않았다.
「아, 아니아. 내일은 내일이고 오늘은 오늘이야. 오늘은…… 오늘로써 의미가 있는 거야. 오늘은 다시 돌아오지 않아.」
그는 싫다고 하는 그녀를 기어코 끌고 나왔다. 적지 않은 돈을 받은 그녀로서는 끝까지 버틸 수도 없는 노릇이라 하는 수 없이 포기했다.
그를 부축하고 잠자리를 찾아 나섰다. 만취한 그를 혼자 가게 내버려둘 수도 없는 일이었다.
그녀에게 있어서 그는 일반 손님과 다른 손님이었다. 즉, 그는 그녀에게 있어서 돈줄이었다. 원래 그는 인색한 사람이지만 그녀에게 만은 아끼지 않고 돈을 썼다. 그런 손님을 놓친다는 것은 대단한 손실이었다.
 그래서 그녀는 인내하고 그를 따라나섰던 것이다. 이미 몇 차례 관계를 가진 터에 굳이 몸을 보호할 필요도 없다는 생각이 들었다.
 그녀도 어지간히 취해 있었다.
 그들은 가까운 호텔로 들어갔다. 삼류호텔이지만 비교적 깨끗한 편이었다.
 방안으로 들어서자마자 그는 성급하게 그녀를 끌어안았다. 그러나 마음과는 달리 너무 취했기 때문에 제대로 관계를 가질 수가 없었다.
 몇 번 끙끙거리면서 그녀를 괴롭히다가 그는 제풀에 지쳐 곯아떨어지고 말았다.
 종미는 가볍게 샤워를 하고 나서 거울 앞에 앉아 화장을 했다.
 그러다가 문득 어떤 것에 대한 호기심이 발동했다. 아무리 재벌기업인 세림의 조사실장이라고 하지만 어디서 그렇게 돈이 생겨 씀씀이가 헤플까.
 월급만 가지고는 도저히 그렇게 할 수 없을 것이다. 아까 그가 지갑을 열었을 때 얼핏 비친 돈 뭉치가 지금 그녀의 눈앞에 어른거리고 있었다.
 그녀는 그가 깊이 잠든 것을 확인한 다음 옷장을 살짝 열었다.
 그의 양복 주머니 속에서 지갑을 꺼내 펼쳐 보았다. 돈을 훔치자는 생각에서 그런 것은 아니었다.
 도대체 얼마나 가지고 있는지 보기 위해서였다. 백만 원짜리 수표가 세 장, 십만 원짜리 수표가 여덟 장, 그리고 만 원짜리 지폐가 백만 원 가까이 들어 있었다. 그녀에게 준 20만 원과 술값까지 합치면 5백만 원 정도 가지고 있었다는 계산이 나온다.
 연말 보너스가 이렇게 많을 리는 없다. 퇴직금일까. 그런 것 같지도 않다. 그런 말은 한 마디도 없었고 퇴직한 사람이 그렇게 기분 좋게 술을 마셨을 리 없다. 보너스로 보기에는 너무 많은 돈이고 퇴직금이라기에는 적은 돈이다. 하여간 별난 사람이야.

그녀는 지갑을 닫으려다 말고 망설였다. 돈을 보고 그대로 집어 넣기가 아쉬웠다.

물건을 보면 욕심이 생긴다고, 그대로 지나칠 수가 없었다. 모두 챙겨 도망쳐 버릴까. 아니면 10만 원쯤 빼 낼까. 돈을 모두 챙겨 도망치면 로망스에는 다시 나갈 수 없을 것이다. 황씨는 나를 잡으려고 매일 로망스에 나오겠지. 경찰에 신고라도 하는 날에는 골치 아프다.

그렇지만 경찰에 신고하지 않을지도 모른다. 나와의 관계를 집에 알리겠다고 하면 겁이 나서 돈을 포기할지도 모른다. 더구나 이 돈이 떳떳한 돈이 아닐 경우에는 더욱 그럴 가능성이 높다.

에라, 이럴 때 한몫 잡지 않으면 언제 이런 돈을 다시 만져 보겠어.

그녀는 마침내 지갑 속의 돈을 송두리째 꺼냈다. 수표도 한 장 남기지 않고 챙겼다. 아침에 일어나 해장국이라도 한 그릇 하려면 돈이 좀 있어야 할 것이다. 그녀는 만 원짜리 한 장을 도로 집어 넣었다.

일단 큰돈이 자신의 손아귀에 들어오자 그것이 정말로 자신의 돈처럼 생각되었다. 도로 넣어 두어야 한다는 생각은 털끝만큼도 들지 않았다.

그녀는 급히 옷을 입었다.

방을 나서려다 말고 침대 쪽을 돌아다보았다. 황은 코를 골며 세상 모르고 자고 있었다.

벌거벗은 몸을 담요로 조금 가린 채 네 활개를 펴고 잠들어 있었다. 대머리 영감, 잘 자요. 이까짓 돈 아깝다고 생각하지 말아요. 아시겠어요?

난 당신한테 몸을 제공했다구요. 내 몸값이 얼마나 비싼 줄이나 아세요?
　방안의 불을 끈 다음 그녀는 복도로 나왔다. 복도에는 아무도 없었다. 침착하게 행동해야 한다는 생각에 단정한 걸음으로 엘리베이터 쪽으로 걸어갔다.
　잠시 후 그녀는 택시를 타고 어둠 속으로 사라졌다.

　그녀가 사라지는 것과 동시에 고수머리의 사나이는 행동을 개시했다. 그는 방에서 나와 황이 들어 있는 방 쪽으로 다가갔다.
　이윽고 701호실 앞에 다가서서 잠시 귀를 기울여 보았다. 안에서 코고는 소리가 들려오고 있었다. 복도를 휘둘러 본 다음 코트 주머니 속에서 열쇠 꾸러미를 꺼냈다. 수십 개의 열쇠가 달려 있어 묵직한 느낌이었다. 그것을 열쇠 구멍에 하나 하나 맞춰 보았다.
　손에는 착 달라붙는 얇은 고무장갑을 끼고 있었다. 여덟 번째만에 열쇠가 맞아들어가는 느낌이 손끝에 전해져 왔다. 왼쪽으로 가만히 돌려 보았다. 찰칵 하고 기분 좋게 돌아가는 소리가 났다.
　손잡이를 비틀면서 문을 안으로 밀어 보았다. 문이 소리없이 열렸다. 방안은 캄캄했다. 코고는 소리가 방안을 가득 채우고 있었다.
　벽에 기대서서 잭나이프를 꺼냈다. 버튼을 눌렀다. 철컥 하면서 날이 튀어나왔다.
　침대 쪽으로 접근했다.
　침대 위에 한 남자가 누워 있었다. 방안이 떠나갈 듯 코를 골아대고 있었다.
　어둠에 눈이 익자 침대 위에 누워 있는 모습이 어렴풋이 드러났다. 그러나 얼굴을 확인할 수는 없었다. 그는 스탠드 불을 켰다.
　허리를 구부렸을 때 술 냄새가 풍겨 왔다. 스탠드 곁에 금테 안경이 놓여 있었다. 그는 대머리의 둥근 얼굴을 가만히 내려다보았다.

황은 입을 반쯤 벌리고 자고 있었다. 코를 심하게 골다가 갑자기 호흡을 멎는 듯하더니 다시 숨이 터지면서 요란스런 소리를 쏟아 내는 것이었다.

몸에 덮여 있는 담요를 가만히 걷어 냈다. 그런 줄도 모르고 황은 곯아떨어져 있었다. 끙 하고 몸을 뒤틀더니 이쪽으로 돌아눕는다. 허연 삶은 돼지 한 마리가 누워 있는 것 같다. 영락없는 돼지였다.

살결이 흰데다 너무 살이 쪄서 삶은 돼지처럼 보였다. 임신한 암퇘지처럼 배가 불룩하게 밀려 내려와 있었다. 손도 발도 통통했다. 남근은 새끼손가락만하게 오그라붙어 잘 보이지도 않았다.

그들이 호텔에 들어갈 것이라고 판단한 순간 그는 앞질러 먼저 들어왔었다. 그것은 오랜 기다림 끝에 얻은 기회였다.

그들이 프런트에서 수속을 밟는 동안 그 역시 데스크에 기대서서 카드에다 인적사항을 적고 있었다. 적으면서 그들이 몇 호실에 들게 되는가를 눈여겨보았다.

710호실의 열쇠를 받아 들고 그들이 엘리베이터를 타는 것을 확인한 다음 그는 7층으로 방을 바꿔 달라고 요구했다. 그의 방은 9층이었기 때문이다. 프런트맨은 군소리 없이 방을 바꿔 주었다.

그의 방은 703호실로 바뀌었다. 그렇게 해서 그는 7층으로 올라가 기회를 노리고 있었던 것이다.

다시 또 피를 보아야 한다는 것이 그는 달갑지 않았다. 그것은 결코 유쾌한 일이 못되었다. 그러나 해치워야 한다. 왜 이 사내가 죽어야 하는지 그는 이유도 모른다. 알 필요도 없다.

이것 저것 알게 되면 실행에 지장만 초래한다. 그는 단지 돈을 받고 일을 하는 것뿐이다.

아무나 사람을 죽일 수 있는 것은 아니다. 물론 충동적으로 사람을 죽일 수는 있다. 누구나 한 번쯤 사람을 죽이고 싶은 충동을 느낄 때가 있다.

그러나 충동과 계획은 아주 다르다. 계획적인 살인은 아무나 할 수 있는 게 아니다. 직업적인 살인의 경우에는 더욱 더 그렇다.
 그는 갑자기 여러 가지를 생각하고 싶어졌다. 그래서 불을 끄고 조용히 창가로 다가섰다. 커튼을 젖히고 밤거리를 내려다보았다.
 자정이 지난 시간이라서 불빛도 많이 사라지고 차량도 드문드문 보였다. 그는 라이터로 담배에 불을 붙여 한 모금 깊이 빨았다.
 깊이 잠든 것으로 보아 서두를 필요는 없을 것 같다. 담배 한 대를 피우고 나서 처치해도 늦지는 않을 것 같다.
 어쩌다가 내가 이렇게 됐지. 그는 실행하기 전에 이런 자문을 던질 때가 있다. 지금이 바로 그런 질문을 던지는 순간이었다.
 그런 자문 끝에 그는 몹시 당황해서 안절부절못하는 것이었다. 거기에 대한 대답은 자기 스스로도 찾지 못하고 있었다.
 왜 나는 직업적인 살인자가 되었을까, 하고 많은 직업 중에 왜 하필 이런 직업을 택했을까. 이것도 직업이라고 할 수 있을까.
 비합법적이긴 하지만 돈을 받고 하는 짓이니까 직업이라면 직업이랄 수도 있겠지. 범죄의 세계에서는 엄연한 직업이다. 밀수업도 그렇고 마약 밀매업도, 매음업도 직업은 직업이다.
 이 세상에는 합법적인 것만 있는 게 아니다. 그보다 오히려 비합법적인 것들이 더 많을 수도 있다. 지하에서 벌레처럼 움직이는 인간들이 이루어 놓은 세계야말로 진정한 인간의 세계, 벌거벗은 인간의 세계일지도 모른다. 그런 세계를 무시할 수 있을까.
 인간의 역사와 더불어 존재한 그 세계를, 그 뿌리깊은 세계를 무시할 수 있을까. 아무리 무시한다 해도 그 세계는 존재할 것이다. 나 같은 살인자도 존재할 것이다.
 나는 지금 가장 인간적인 진실을 제거하려 하고 있다. 나는 황근호라는 인간을 제거하려는 것이 아니다. 하나의 진실을 없애려 하고 있는 것이다.

살고 싶다는 본능처럼 진실한 것이 또 어디 있는가. 어떠한 진실도 생존에의 욕구보다 진실한 것은 없다. 살고 싶어 발버둥치는 인간의 외침을 들어보라. 그것도 가장 순수한 진실이다.

그 이상의 진실은 존재할 수 없다. 저 요란스러운 콧소리는 무엇을 뜻하는가.

그것은 그가 아직 살아 있으며 앞으로도 살고 싶다는 욕망을 뜻하는 것이 아닌가. 그런데 나는 그것을 없애려 하고 있다. 이 방안을 조용하게 만들려 하고 있다.

이 세상에 존재한 하나의 목숨이 내 손에 의해서 없어지려 하고 있다. 하나의 진실이, 하나의 우주가 사라지려 하고 있다.

그는 담배를 비벼 끈 다음 꽁초를 호주머니 속에 집어 넣었다. 꽁초에 묻어 있는 침이 수사의 단서가 될 수도 있기 때문이었다.

그는 어둠 속에 한참 동안 꼼짝도 하지 않고 서 있었다. 희열로 몸이 떨리기 시작했다.

하나의 진실이, 하나의 소우주가 자신의 손에 의해 없어진다는 사실이 몹시 기뻤다.

우주의 창조자가 위대하다면 그 파괴자 또한 위대한 것이다. 나는 위대하다. 혼자서 그 일을 해내는 나는 위대하다. 나는 충분히 해낼 수 있을 것이다.

감히 아무도 하시 못하는 그 일을 나는 해낼 수 있는 것이다. 세상은 나를 저주할 것이다. 나의 위대함을 모르고 나를 저주하는 어리석은 인간들이여, 세상이 나를 저주할수록 나는 기쁘다.

그들의 저주는 바로 나의 기쁨이다. 나는 기쁜 마음으로 저자를, 저 흰 돼지를 죽여야 한다.

그는 다시 나이프를 들고 침대 곁으로 다가섰다. 이자는 너무 살이 쪄서 얼른 죽지 않고 괴로워하겠지. 피를 많이 흘릴 것이다. 비명을 지를 것이다. 그렇다면 단숨에 끝내 놓아야 한다.

그는 담요에다 칼끝으로 구멍을 뚫었다. 피가 솟구치는 것을 막기 위해 담요로 황의 몸을 덮었다. 베개로 얼굴을 덮고 입 부분을 누르는 것과 동시에 담요 구멍을 통해 옆구리에 칼끝을 박았다.
 전류가 닿은 듯 몸이 꿈틀했다. 좀더 깊이 칼을 박았다. 침대가 삐걱거렸다. 황은 몸부림쳤다. 매우 거세게 몸을 뒤틀어댔다.
 살인자는 왼손으로 그의 목을 조이다가 오른손으로 칼을 뽑아들고 목에다 들이댔다. 그리고 힘을 주었다.
 얼마 후 정적이 찾아왔다. 폭풍이 휩쓸고 지나간 후의 정적이었다. 피비린내가 물씬 코를 찔렀다.
 그는 거칠게 숨을 몰아쉬면서 장승처럼 서 있었다. 숨이 가라앉자 불을 켜고 욕실로 들어갔다.
 얼굴이 땀투성이었다. 눈은 차갑게 가라앉아 있었는데 마치 꿈속을 헤매는 것 같았다.
 옷에 피가 묻지 않았나 세밀히 살핀 후 장갑을 낀 채 손을 씻었다. 마지막으로 나이프에 묻은 피를 씻어냈다. 그런 다음 나이프를 접어 주머니에 집어 넣었다.
 욕실을 나오다 말고 그는 하마터면 소리를 지를 뻔했다. 놀랍게도 황이 욕실 앞까지 기어와 있었던 것이다. 그는 거기까지 기어와서 숨이 끊어졌는지 얼굴을 처박고 꼼짝하지 않았다.
 살인자는 시체가 발에 밟히지 않도록 주의하면서 욕실을 나와 불을 껐다.
 이윽고 710호실을 나와 703호실로 돌아왔다. 시체가 발견되기까지는 시간이 좀 걸릴 것이다. 그는 아침이 될 때까지 기다렸다. 지금 나가면 의심을 받을 것 같아 아침 때까지 기다릴 셈이었다.
 옷을 입은 채 침대 위에 올라앉아 모든 것에 귀를 기울이며 시간이 흘러가는 것을 기다렸다.
 날이 뿌옇게 밝아오자 그는 방을 나왔다.

엘리베이터에서 내리자 프런트맨이 그를 쳐다보았다. 숙박료는 어제 저녁에 지불했다. 그는 열쇠를 데스크 위에 올려놓았다.
「가십니까?」
프런트맨이 물었다. 그는 고개를 끄덕였다.
「안녕히 가십시오.」
프런트맨이 정중히 인사했다.
그는 미소로 답하고 호텔을 나와 한참을 걸었다. 차가운 아침 공기가 코를 시리게 했다.
추운 아침이었다. 눈은 그쳐 있었지만 길바닥은 눈으로 얼어 붙어 있었다.

이튿날 오전 11시께에 프런트맨은 710호실로 전화를 걸었다. 체크아웃할 시간을 앞두고 손님이 계속 머물 것인지, 아니면 나갈 것인지를 알아보기 위해서였다.
그런데 아무리 신호를 보내도 받지를 않았다. 열쇠를 맡겨 놓고 나가지도 않았다. 조금 기다렸다가 다시 신호를 보내 보았다.
여전히 반응이 없었다. 프런트맨은 벨맨에게 비상 열쇠를 주어 7층에 올라가 보라고 지시했다.
7층으로 올라간 벨맨은 710호실의 초인종을 눌렀다. 몇 번 눌러도 대답이 없자 그는 열쇠로 문을 열었다.
피비린내가 역겹게 확 풍겨왔다. 그는 안으로 들어서다가 뒤로 주춤했다.
입구 쪽에 가까이 있는 욕실 앞에 벌거벗은 한 남자가 피투성이가 된 채 쓰러져 있었다. 외마디 비명이 터져 나오는 것을 가까스로 억누르면서 그는 밖으로 뛰쳐나왔다.
그러나 손님들이 알면 소동이 벌어질 것이라는 생각이 퍼뜩 들었다. 이런 일일수록 침착하게 조용히 해결해야 한다는 생각에서 마음을 굳게 다져먹고 도로 방안으로 들어가 문을 닫았다.
 다시 쓰러져 있는 남자를 보았을 때는 처음처럼 그렇게 놀라지 않았다. 자세히 관찰해 볼 수 있는 여유도 생겼다. 아무 움직임도 없는 것이 죽은 것 같았다. 벨맨은 조심 조심 남자에게 다가갔다.
 발 끝으로 엉덩이를 건드려 보았다.
「여보세요! 여보세요!」
쓰러져 있는 남자는 전혀 반응이 없었다.
엉덩이가 딱딱한 것으로 보아 이미 경직된 상태였다.
그때 전화벨이 요란스럽게 울렸다. 소스라치게 놀란 그는 펄쩍 뛰었다. 전화벨이 계속 울렸다. 그는 망설이다가 전화기 쪽으로 다가가 수화기를 집어 들었다.
「여보세요.」
「여보세요. 거기 710호실이죠?」
 다급한 여자 목소리가 들려왔다. 벨맨은 당황한 나머지
「네, 그렇습니다.」
하고 대답했다.
「어머, 목소리가 다르네. 황선생님 아니세요?」
「당신은 누구시죠?」
 상대방은 다급히 전화를 끊었다.
 벨맨은 이미 끊어진 전화에다 대고 몇 번 여보세요, 여보세요 하고 부르다가 프런트로 전화를 걸었다.
「큰일났습니다!」
「무슨 일이야?」
 프런트맨이 소리를 질렀다.
「손님이 쓰러져 있습니다! 죽은 것 같습니다!」
「뭐가 어째?」
「사고라구요.」

「몇 호실이야?」
「710호실이지 어딘 어디에요.」
잠시 후 프런트맨이 올라왔다.
그는 지배인에게 보고했다. 곧 지배인이 달려왔다. 그는 시체를 보고 나서 소문나지 않도록 조심하라고 단단히 일렀다. 그는 경찰에 연락했다.
30분쯤 지나자 정사복 경찰관들이 달려왔다.
두 명의 정복 순경이 710호실 문 앞에 버티고 서서 수사관계자 이외의 출입을 통제했다.
사복 차림의 형사들은 피투성이의 시체를 보고서도 별로 놀라는 것 같지 않았다. 놀라기는커녕 남성다운 굵은 유머감각으로 사태를 정리해 나갔다. 살인사건을 많이 보아 왔기 때문일 것이다.
「꽤나 비계 살이 많군. 더럽게 살이 많이 쪘어. 80킬로도 넘겠는데.」
뚱뚱한 형사가 시체를 건드리면서 하는 말이었다.
「혹시 자네 사촌형님 아닌가 잘봐. 아주 비슷하게 생긴 것 같아.」
비쩍 마른 형사가 담배에 불을 붙이며 말했다.
「예끼!」
뚱보 형사는 눈을 부라렸지만 워낙 눈이 작아 표정에 별로 변화가 없어 보였다. 거기에 비해 마른 형사는 눈이 유난히도 커 보였다.
그는 더블 침대 위를 찬찬히 살피다가 양손에 무엇인가 하나씩 집어 들었다.
「다들 이거 보라구. 두 가지가 있는데 어떤 게 여자 것 같아?」
그는 아주 심각한 표정으로 물었기 때문에 모두가 그 쪽으로 시선을 돌렸다.
그것은 음모였다. 하나는 길었고 다른 하나는 곱슬곱슬 했다.
「둘이서 한바탕 한 게 분명해.」

마른 형사는 몇 개를 더 집어 들었다.
「개눈에는 똥만 보인다고 하더니……」
뚱보 형사가 어이없어 하자 깡마른 형사는 백지 위에다가 그것을 소중하게 내려놓았다.
그러면서
「이거야 말로 귀중한 단서지.」
하고 말했다.
「곱슬곱슬한 게 여자 쪽 아니야?」
가장 나이 들어 보이는 형사가 신기한 듯 그것을 들여다보며 동의를 구했다.
「역시 잘 보시는군요.」
마른 형사가 그를 보고 씨익 웃었다.
「그 정도야 뭐 보통이지.」
나이 든 형사는 어깨를 으쓱했다.
피살자의 사망 시간은 그날 새벽, 그러니까 12월30일 새벽 2시 전후로 밝혀졌다.
숙박카드에 적힌 인적사항은 모두 가짜였다. 그러나 피살자의 옷 속에서 신분증이 발견되었기 때문에 신원은 금방 파악되었다.
형사들은 각 방면으로 뛰었다. 뚱보 형사는 피살자의 집으로, 깡마른 형사는 회사로 달려갔다.
그러는 동안 수사진은 동숙했던 여인을 가장 유력한 용의자로 점찍었다. 벨맨 한 명이 다행히 그녀의 인상을 기억하고 있었다. 그는 경찰의 질문에 한동안 겁을 먹고 멈칫거리다가 대답하기 시작했다.
「죽은 남자하고 함께 호텔에 들었다가 자정 지나서 여자 혼자 나가는 것을 봤습니다. 키가 큰 미인이었습니다. 아주 예뻤어요.」
하고 그는 진술했다.
「그 여자 다시 들어오지는 않았나?」

「들어오는 것은 못 봤습니다.」
벨맨은 고개를 저었다.
방안의 지문이 모두 채취되고 벨맨의 진술에 따른 여자의 몽타주가 작성되었다.

뚱보 형사는 피살자의 집 앞에서 잠시 망설였다. 이제부터 나쁜 소식을 전해야 한다는 사실이 무거운 중압감으로 가슴을 짓눌렀다.
그런 일은 짐스럽고 귀찮은 일이었다.
그렇다고 피할 수도 없다. 마음을 독하게 먹고 동행한 키 작은 형사에게 눈짓을 했다. 키 작은 형사는 그의 후배였다. 키 작은 형사가 초인종을 눌렀다. 기다렸다는 듯 뛰어오는 발자국 소리가 들려왔다.
「누구세요?」
하면서 문이 벌컥 열렸다.
첫눈에도 피살자의 부인으로 짐작되는 40대의 여인이 얼굴을 내밀었다.
아마 그녀는 지금까지 소식이 없는 남편을 눈이 빠지게 기다리고 있다가 초인종 소리에 남편인 줄 알고 반갑게 뛰어나온 것 같았다. 간밤에 들어오지 않은 남편이 걱정되어 회사에도 전화를 걸어 보았을 것이다. 환하던 그녀의 얼굴이 순식간에 어두워졌다. 그리고 두려운 눈빛으로 방문객을 쳐다보면서 조심스럽게 입을 열었다.
「어디서……?」
그녀는 말끝을 흐렸다. 남편밖에 모르고 착실하게 살아온, 어디서나 흔히 볼 수 있는 전형적인 한국 여인의 얼굴이 거기에 있었.
그것은 박봉을 이리저리 쪼개어 살아 오느라고 참고 견디며 절제의 나날을 보내온 수수한 얼굴이었다. 그런 얼굴을 향해 당신 남편이 살해되었소, 하고 말한다는 것은 차마 못할 짓이었다.

그가 머뭇거리고 있을 때 후배 형사가
「경찰입니다.」
라고 말해 버렸다.
「무, 무슨 일로……?」
그녀의 눈이 크게 확대되었다.
「이거 뭐라고 말씀드려야 할지……」
후배 형사도 입을 떼기가 난처했는지 머뭇거리면서 뚱보 형사를 돌아보았다.
그는 하는 수 없이 앞으로 나섰다.
「황근호 씨가 남편 되십니까?」
「네, 그런데요?」
여인의 목소리는 이미 떨려 나오고 있었다. 뚱보는 그녀의 시선을 피했다.
「어젯밤 안 들어오셨지요?」
「네, 안 들어오셨어요. 무슨 사고가 났나요? 우리 그이 어떻게 됐나요?」
뚱보는 자신의 구두 끝을 내려다보았다. 구두는 닦은 지 오래되어 더러울 대로 더러워져 있었다. 그는 고개를 번쩍 들었다.
「정말 안됐습니다. 뭐라고 말씀드려야 할지…… 마음을 굳게 먹으십시오. 주인께서는 돌아가신 것 같습니다.」
그녀의 움직임이, 표정이 일순 정지됐다. 잠깐 동안 침묵이 흘렀다. 그것은 사태를 인식하는 데 필요한 침묵이었다. 이윽고 그녀가 몸을 움직였다.
「무, 무슨 말씀을 하시는 거예요?」
「주인께서는 돌아가셨습니다. 불행히도 지난밤에…… 운명하신 겁니다.」
그녀의 얼굴이 흔들렸다. 그녀는 손을 뻗어 뚱보의 옷자락을 잡았다. 그리고 흔들었다.
「무슨 그런 말씀을…… 어떻게 그런 말씀을…… 아니에요…… 그럴 리가 없어요…… 그럴 리가 없어요…… 아니에요…… 아니에요……」
그녀가 쓰러질 듯 비틀거리는 것을 뚱보 형사가 부축했다. 그녀는 형사의 손을 뿌리쳤다.
「아니에요…… 그럴 리가 없어요…… 아니에요……」
그녀의 눈에서 걷잡을 수 없이 눈물이 흘러 내리기 시작했다. 그러나 소리내어 울지는 않았다.
그 대신 그럴 리가 없다고 넋빠진 듯 연신 중얼거리는 것이었다. 그녀를 부축해서 안으로 들어가는데 안에서 노파가 나왔다.
「왜 그려? 무슨 일이냐?」
머리가 하얗게 센 노파는 등이 굽어 있었다.
여인은 노파의 어깨에 얼굴을 묻더니 급기야 울음을 터뜨렸다.
울음 소리를 듣고 안에서 이번에는 청년이 뛰어나왔다.
「엄마. 왜 그래?」
「네 아버지가…… 아버지가……」
여인은 말끝을 잇지 못하고 의식을 잃었다.
그로부터 얼마 동안 형사들은 유가족들의 비통한 울음 소리를 듣고 있어야 했다. 그것은 실로 괴로운 일이었다. 그런 가운데서도 그들은 수사에 도움이 될 만한 것이 없을까 하고 눈여겨보았다.
아파트는 지은 지 얼마 안된 새것이었다. 어림잡아 30평쯤 되어 보였다. 값비싸 보이는 가구 같은 것은 보이지 않았다. 모든 것이 낡고 값싸 보이는 것들뿐이었다.
피살자의 아들 되는 청년이 그래도 제일 먼저 정신을 차리고 따지듯 물어왔다.
「난 당신들의 말을 믿을 수가 없습니다! 도대체 우리 아버지가 어떻게 해서 돌아가셨다는 겁니까? 자동차 사곱니까? 아니면 동사라도 하셨다는 건가요?」
뚱보 형사가 더듬거리면서 대답했다.
「그게 아니라…… 살해됐습니다.」
「뭐라구요?! 그렇다면 더욱 믿을 수 없습니다! 우리 아버지가 살해되다니, 왜 무엇 때문에 말입니까? 당신들은 잘못 보셨습니다!」
굵은 검은 테 안경이 청년의 총기 어린 눈에서 흘러나온 눈물로 얼룩졌다. 중키의 청년은 영리하나 허약해 보였다. 그는 주먹을 불끈 쥐고 있었다.
「우리도 잘못 보았으면 합니다만……」
「두 눈으로 똑똑히 보기 전에는 믿을 수가 없어요! 무슨 이유로 살해됐다는 겁니까?」
청년은 계속 형사들을 노려보았다. 마치 너희들이 죽인 것 아니냐는 듯한 시선이었다.
「아직 우리도 그 이유는 모릅니다.」
「범인은?」
「그것도 모릅니다. 호텔에서 시체로 발견됐습니다.」
「우리 아버지가 아니에요!」
청년은 머리를 흔들었다.
「아니길 바랍니다. 그래서 하는 말인데 함께 가서 확인을 좀 했으면 합니다.」
「네, 가지요. 가고 말고요.」
청년은 자신있게 나섰다.
그때 의식을 잃고 누워 있던 부인이 일어났다.
「나하고 함께 가자. 함께 가서 이 두 눈으로 보지 않고는 믿을 수가 없다.」

「어머니, 어머니는 그대로 집에 계세요. 제가 빨리 다녀올 테니까요.」
청년이 어머니를 만류하는데 이번에는 노파가 앞으로 나섰다.
「내가 가겠다. 이 늙은 것을 놔두고 먼저 가다니…… 몹쓸 놈의 자식!」
두 여자를 간신히 떼어놓고 나오면서 청년은 눈물을 참느라고 무진 애를 썼다.
뚱뚱한 형사는 집에 남아 피살자에 대해 이것저것 알아보고 싶었지만 거의 제정신이 아닌 여자들을 상대로 꼬치꼬치 캐묻는다는 것이 아직은 너무 잔인한 짓인 것 같아 포기하고 거기서 나왔다.
「지금 무슨 일을 하고 있죠?」
차를 타고 가는 동안 그들은 거의 말이 없다가 시체가 안치되어 있는 병원에 가까워지자 뚱보가 청년에게 조심스럽게 물었다.
「대학 졸업반입니다.」
청년은 무거운 음성으로 대답했다.
「무얼 전공했지요?」
이런 판에 별걸 다 묻는다고 생각하면서 청년은 퉁명스럽게 대답했다.
「경영학입니다.」
「취직은 됐나요?」
이 질문에 대해서 청년은 대답하지 않았다. 뚱보 형사는 자신이 너무 심했나 싶어 더 이상 묻지 않았다.
시체실에서 형사가 가리키는 시체를 본 청년은 아무 말 않고 돌아서 나갔다. 형사가 뒤따라가 보니 그는 나무 밑에 쭈그리고 앉아 막대기로 땅을 헤집으면서 울고 있었다.

한편 피살자가 근무했던 세림실업을 찾아간 깡마른 형사는 여러 사람을 만나 보았지만 수사에 도움이 될 만한 이야기는 들을 수가 없었다. 회사 사람들의 그에 대한 평판은 그렇게 좋지도 나쁘지도 않은 그저 그런 것이었다. 비밀 인사기록 카드에는 '독창성이 결여되어 있으며 무사안일을 추구하는 기회주의자'라고 적혀 있었다. 그러고 보면 피살자는 승진과는 담을 쌓고 조사실이라는 한직에 물러앉아 겨우 명맥만 유지하고 있었던 모양이다.

회사 입장으로 볼 때는 그런 사원이야말로 월급만 축내는 귀찮은 존재일 수밖에 없다. 20년이나 근무했으니 지불해야 하는 월급 또한 적지 않을 것이고, 그렇다고 함부로 내쫓을 수도 없다.

개인적으로는 안된 일이지만 그가 죽음으로써 회사가 손해 볼 일은 하나도 없다. 다시 말해 그가 회사가 필요로 하는 엘리트 사원은 아니었다.

세림실업은 종합상사로 큰돈을 벌었는데 최근에 중공업·건설·조선·전자·반도체 등 각종 분야에 손을 뻗어 많은 기업군을 거느린 재벌 그룹으로 부상했다.

선대의 유업을 이어받은 새 회장은 아직 마흔도 안된 젊은 청년이었다.

깡마른 형사는 25층 높이의 본부 빌딩으로 들어설 때부터 위압감을 느끼지 않을 수 없었다. 번쩍거리는 대리석 바닥, 정장 차림의 매끈한 사원들, 그들의 부산한 움직임, 끊임없이 울려대는 전화벨 소리, 여섯 대의 엘리베이터, 아름다운 엘리베이터걸, 톱니바퀴처럼 돌아가는 거대한 조직의 메카니즘 등등…… 이런 것들이 초라한 그를 위압적으로 좨어 왔다. 그래서 그는 괜히 화장실에 들어가 자신의 모습을 거울에 비춰 보면서 한숨을 돌려야 했다. 화장실까지도 으리으리해서 위압감이 느껴질 정도였다.

그는 부장급 이상은 만날 수가 없었다. 그나마 성의 있게 상대해 주려고 하지 않았기 때문에 꽤나 애를 먹어야 했다. 신분을 밝혔는데도 불구하고 하나같이 대수롭지 않게 여기거나 귀찮게 생각하는 눈치였다. 그는 자신의 초라한 차림과 박봉, 그리고 낡은 책상을 생각하자 갑자기 자신이 이 사회에서 낙오자가 된 느낌이 들었다.
 우울한 기분으로 세림빌딩을 나서는데 누군가가 뒤쫓아와 그를 붙들었다. 조사실 직원이었다. 나이는 서른쯤 되었을까 매사에 조심스러워하는 것이 몸에 밴 것 같은 그런 사람이었다.
「아까는 회사 안이라 말씀을 못 드렸습니다. 드릴 말씀이 있는데 지금 괜찮으시다면……」
 깡마른 형사는 정신이 번쩍 들었다. 이거 웬 떡이냐 싶어 그를 데리고 가까운 다방으로 들어갔다.
 레지가 호들갑을 떨며 다가왔다. 무척 어둡고 지저분한 다방이었다.
「아까 여자 관계를 물으셨는데…… 그것이 이번 사건과 관계가 있는 건가요?」
 직원은 형사의 눈치를 살피며 조심스럽게 물었다. 여차하면 입을 다물어 버릴 것 같았다.
「네, 관계가 있습니다. 호텔에서 함께 동침했던 여자가 도망쳤거든요.」
 형사는 부드럽게 대답했다.
「그럼 여자가 범인인가요?」
「그럴 가능성이 많습니다. 뭐 짚이는 게 있습니까?」
 조사실 직원은 잠시 머뭇거리다가 결심한 듯 무겁게 입을 열었다.
「사실은 실장님을 따라 한두 번 어느 술집에 간 적이 있었는데…… 그 술집 호스티스가 실장님의 애인인 것 같았습니다.」
 드디어 단서를 조금 잡았다 싶어 형사는 앞으로 바짝 다가앉았다.
「어느 술집인가요?」
「무교동에 있는 로망스라는 살롱입니다.」

「로망스?」
「네.」
「호스티스 이름은?」
형사는 숨가쁘게 말했다.
「이름은 모르고 미스 박이라는 것만 알고 있습니다. 아주 예쁜 아가씨죠.」
「얼굴을 보면 알겠소?」
「네, 알 수 있습니다.」
직원은 자신 있게 대답했다.
「그 여자하고 실장님하고는 깊은 사이였나요?」
「그런 것 같았습니다. 실장님이 술에 취해 자랑삼아 자기 애인이라고 말하는 걸 몇 번 들었습니다. 처음에는 그저 농담이겠거니 하고 생각했는데 그게 아니었습니다.」
「그 술집엔 자주 갔나요?」
「그런 것 같았습니다. 퇴근 후 어쩌다 거기 들러 보면 언제나 거기 계셨으니까요.」
「살롱이라면 비싼 술집 아닌가요?」
「네, 꽤 비싼 술집이지요.」
「돈이 어디서 나서 매일 그런 술집엘 갔지?」
「모르겠습니다.」
「말씀 고맙습니다. 선생님 성함은?」
그는 천상기(千祥基)라고 했다.
「6시부터 영업이니까 저녁에 가셔야 호스티스를 만날 수 있을 겁니다.」
「저녁에 시간 좀 내주실 수 없겠습니까? 함께 가서 그 여자를 지적해 주시면 고맙겠는데……」
그 말에 그는 펄쩍 뛰었다. 어떻게 대놓고 바로 이 여잡니다라고 가리킬 수 있느냐는 거였다.
「고자질은 질색입니다. 안 보이는 데라면 몰라도 보는 데서 어떻게 그런 짓을 합니까?」
그래서 타협점을 찾은 것이 이런 것이었다. 로망스에는 제각기 들어간다. 물론 서로 아는 체해서는 안된다.
형사들이 그 여자의 신변을 확보하면 천상기는 그 여자가 황근호의 애인인지 아닌지 형사들만이 알아볼 수 있는 사인을 보내준다. 애인일 경우 손수건을 꺼내 땀을 닦기로 되어 있었다.
수사본부로 돌아온 깡마른 형사는 뚱보 형사와 귓속말을 나누었다.
「어떻게 됐어?」
「아들이 시체를 확인하고 돌아갔어. 집에서 별다른 걸 찾지는 못했어. 정신없이 우는데 물어볼 수가 있어야지.」
「검시 결과는 어떻게 됐어?」
「나왔는데 목에 입은 상처가 아주 치명적이야. 그리고 여자와 간밤에 술을 많이 마신 모양이야. 프런트맨도 말했지만……」
「무교동에 있는 로망스라는 술집에서 마셨을 거야.」
뚱보 형사가 눈을 크게 떴다.
「어떻게 그걸 알았어?」
「유능한 형사는 다 수가 있다구.」
「흥, 어쩌다 주워 들었겠지.」
뚱보는 코웃음을 쳤다.
「그리고 범인은 그 집 호스티스야.」
「그럼 왜 이러고 있어?」
「저녁 때까지 기다려. 함께 가는 거야.」
「어떻게 된 거야? 사람 들뜨게 만들지 말고 속시원히 이야기해 봐.」

그는 천상기한테서 들은 이야기를 그대로 전해 주었다. 뚱보 형사는 손가락을 튕겼다.
「축하해. 내가 한 수 늦었는데.」
「아직은 일러. 일단 잡고 나서 증거를 하나라도 확보해 놓아야 안심하지.」
그들은 약속이나 한 듯 시계를 들여다보았다. 4시 조금 지난 시각이었다.
「지문은 어떻게 됐어?」
깡마른 형사가 물었다.
「그거 나오려면 아직 멀었어. 목격자하고 대질시키면 되는데 지문이 무슨 필요가 있어?」

그날 저녁 7시 조금 전, 로망스의 호스티스 박종미는 업소에 나와 초조하게 담배를 피우고 있었다.
그녀는 황씨가 나타나기를 기다리고 있었다.
그녀의 백 속에는 5백만 원 가까운 돈이 들어 있었다. 그것은 지난밤 황씨의 지갑 속에서 훔쳐낸 돈이었다.
그런데 그 돈을 가지고 집으로 돌아온 그녀는 자신의 행동을 크게 뉘우쳤다. 그야말로 어리석은 짓을 했다고 생각한 것이다.
고심 끝에 잘못을 빌고 돈을 돌려줘야겠다고 생각하고 호텔로 전화를 걸었다. 그때가 아침 9시께였다. 황씨는 벌써 호텔에서 나갔는지 전화를 받지 않았다. 회사에 출근했을 거라 생각하고 그 쪽에도 전화를 걸어 보았다. 그러나 그는 회사에 없었다.
아직 출근하지 않았다는 것이었다. 로망스에 달려갔을지도 모른다고 생각하고 거기에도 전화를 걸어 보았다. 그러나 그는 거기에도 없었다. 그녀의 불안감과 초조감은 극에 달했다.
11시쯤에 호텔로 다시 전화를 걸었다. 이번에는 전화를 받은 사람이 있었다.
 황선생님 아니냐고 하자 상대방은 당신이 누구냐고 따지듯 물어왔다. 그녀는 기겁하고 전화를 끊었다. 한참 기다렸다가 회사로 다시 연락을 취해 보았다. 황씨는 그때까지 출근하지 않고 있었다.
 결근이었다. 전화 연락도 없다는 대답이었다. 그의 집 전화번호를 알아내어 가지고 남자를 시켜 전화를 걸어 보았다. 그러나 그는 집에도 없었다.
 이상한 일이었다. 아무리 생각해도 지금쯤 발을 동동 구르며 있어야 할 곳에 있어야 할 사람이 어디에도 없으니 정말 이상한 노릇이었다.
 그녀는 다섯 시부터 업소에 나와 앉아 황씨를 기다렸다. 이제나 저제나 하고 있었지만 그는 좀처럼 나타나지 않았다. 5백만 원 가까운 돈을 잃었으니 그걸 찾기 위해서라도 한 걸음에 달려올만도 하련만 그는 그렇지가 않았다. 손님을 맞으려고도 하지 않고 안절부절못하고 있는데, 7시 조금 지나 황씨의 부하 직원인 천상기가 어깨를 웅크리고 들어왔다. 황씨와 몇 번 온 적이 있기 때문에 종미에게는 눈에 익은 사람이었다.
 눈이 마주치자 그는 시선을 돌리면서 스탠드 코너에 앉았다. 종미는 그 쪽으로 급히 다가갔다.
「안녕하세요?」
「아, 미스 박……」
 그는 안경을 벗어 닦으면서 눈을 가늘게 떴다.
「황선생님은 안 오세요?」
「오늘 회사에 안 나오셨어. 여기 계실 것 같아서 내가 왔는데……」
 그는 안경을 도로 끼면서 그녀를 흘끔 쳐다보았다. 그녀는 창백한 얼굴로 그의 옆자리에 올라앉았다.
 화장 냄새가 물씬 풍겨왔다.

「여기에도 아직 안 오셨어요. 무슨 일이 있나 보죠?」
「글쎄, 모르겠어. 전화 연락도 없었으니까.」
「평소에도 결근을 잘하세요?」
「아니, 그렇지 않아. 아무 말없이 결근하기는 내가 알기로 이번이 처음이야.」
 그는 룸으로 들어가는 것을 거절하고 바텐더에게 마티니 한 잔을 주문했다. 종미는 진토닉을 청했다. 그때 문이 열리면서 두 명의 남자가 들어왔다.
 마흔 안팎으로 보이는 사람들로 한 사람은 뚱뚱했고 다른 한 사람은 비쩍 마른 모습이었다. 그들은 너무나 대조적으로 생겼으면서 묘하게도 조화를 이루고 있는 느낌이 드는 손님들이었다.
 뚱뚱한 남자는 세무 잠바를 입고 있었고 마른 남자는 베이지색 코트 차림이었다.
「어, 추워.」
 뚱뚱한 남자가 어깨를 추스르며 말했다. 천상기는 그들을 힐끗 쳐다보고 나서 다른 쪽으로 시선을 돌렸다. 박종미는 그들이 여느 남자들과는 어쩐지 좀 다르다고 생각했다. 무엇이 다른지는 딱 꼬집어 말할 수 없지만 하여간 틀린 점이 있었다.
「안으로 들어가시죠.」
 웨이터가 그들에게 말했다. 그러나 그들은 들은 체도 하지 않았다. 마른 사내가 출입구를 가로막고 섰다. 뚱보 남자가 웨이터에게 말을 걸었다.
「여기…… 미스 박이라고 있지?」
 웨이터는 말없이 종미를 바라보았다. 사나이들의 시선에 종미의 얼굴은 하얗게 변했다.
「미스 박이요?」
 뚱뚱한 남자가 종미를 쏘아보며 물었다.

「네, 그런데요?」
 종미는 다리를 포개면서 담배에 불을 당겼다.
 뚱보는 힐끗 천상기를 바라보았다. 천상기는 손수건으로 천천히 얼굴을 닦고 있었다. 뚱보가 갑자기 종미의 팔을 잡았다.
「안으로 들어갑시다. 술이나 한 잔 하게.」
 종미의 손에서 담배가 굴러 떨어졌다.
「이거 놓으세요. 왜 이러시는 거예요?」
 종미는 가지 않으려고 팔을 빼려 했다.
「당신이 유명하다는 걸 듣고 왔지. 안에 들어가서 한 잔 하자구.」
 뚱보는 더욱 세차게 종미를 잡아당겼다.
「강제로는 싫어요. 이거 놓으세요!」
 그녀는 앙칼지게 쏘아붙이면서 그의 손을 또다시 뿌리쳤다.
 웨이터가 중간에 끼어들어 뚱보를 밀어내려고 했다. 뚱보는 손등으로 웨이터의 복부를 가볍게 쳤다.
「임마, 넌 저리 가 있어.」
 위압적인 한마디에 웨이터는 움찔하고 뒤로 물러갔다.
 뚱보는 다시 그녀의 팔을 움켜잡았다. 그러자 이번에는 주인으로 보이는 중년여인이 나타나 아무리 술집 여자지만 그렇게 다루는 법이 어디 있느냐고 제법 나무라는 투로 말했다.
「경찰입니다. 조사할 일이 있어서요.」
 그 한마디에 모두가 갑자기 조용해졌다. 증명을 내보이자 종미는 비틀거리며 일어섰다.
 두 명의 형사는 그녀를 룸으로 데리고 들어갔다.
 마른 형사가 웨이터에게 맥주 두 병과 땅콩을 주문했다.
 종미는 몸을 사리며 앉아 있었다. 처음 얼마 동안 무거운 침묵만 흘렀다. 그들은 말없이 맥주 한 잔씩을 들이켰다.
「한 잔 들겠어?」

뚱보는 빈 잔을 그녀에게 내밀었다. 그녀는 멈칫하다가 손을 뻗어 잔을 받았다. 뚱보가 맥주를 따라주자 단숨에 그것을 비웠다.

빈 잔이 이번에는 뚱보에게 넘어갔다.

뚱보는 그녀가 따라 주는 잔을 받으면서 첫 번째 질문을 던졌다.

「우리가 무슨 일로 왔는지 알고 있지?」

그녀는 눈을 밑으로 깔았다. 그리고 꼼짝하지 않았다.

「황근호 씨를 알고 있지? 애인이라고 들었는데?」

「……」

그녀는 여전히 꼼짝하지 않았다.

「왜 대답이 없지?」

「……」

「이름이 뭐지?」

「박종미예요.」

기어들어가는 목소리로 그녀가 대답했다.

「나이는?」

「스물다섯이에요. 저를 체포하는 거예요?」

뚱보는 고개를 끄덕였다. 종미는 몸을 떨었다. 그녀는 갑자기 두 손으로 얼굴을 가리더니 흐느끼기 시작했다.

「저는 그 사람한테 몸과 마음을 다 줬어요.」

그녀는 조그만 소리로 울기 시작했다. 형사들은 냉랭한 눈으로 쳐다보기만 했다.

「처음에는 그럴 생각이 아니었어요. 돈을 보니까 제 눈이 뒤집혔나봐요.」

너무 흐느끼는 바람에 그녀는 말을 채 잇지 못했다. 무슨 말인지 못 알아들을 부분도 많았다.

「돈은 하나도 쓰지 않았어요. 다시 돌려 드리려고 가져왔어요.」

「그 돈 어딨어?」

깡마른 형사가 처음으로 물었다.
「가져오겠어요.」
그녀가 일어서자 마른 형사도 따라 일어섰다.
혼자 남은 뚱보는 기다렸다는 듯이 맥주를 들이켰다.
조금 후에 두 사람이 돌아왔다.
형사들은 숄더 백을 탁자 위에 올려놓고 열어 보았다. 종이 꾸러미를 헤치자 수표와 돈다발이 나왔다.
백만 원짜리 수표가 세 장, 십만 원짜리 수표가 여덟 장, 만 원짜리 지폐가 아흔 일곱 장이었다. 그러니까 모두 4백77만 원이 되는 셈이었다.
「이게 분명히 황씨의 돈이란 말이지?」
「네……」
그녀는 들릴 듯 말 듯한 목소리로 시인했다. 형사들은 의미 있는 시선을 주고받았다.
「이 돈을 증거로 압수하니까 그렇게 알아. 선수를 치는 게 꽤 영리한 아가씨군.」
「돌려 드리는데도 죄가 되나요?」
종미는 항의하는 투로 형사들을 바라보았다.
「돌려 줘? 누구한테? 죽은 사람한테 돈을 돌려 준단 말이야?」
뚱뚱한 형사는 빈정거리면서 수갑을 꺼내 들었다. 그리고 그녀가 뭐라고 말할 사이도 없이 그녀의 한 쪽 손목에 수갑을 철컥 하고 채웠다. 그리고 다른 한 쪽은 자신의 손목에 걸었다.
「죽다니요? 황선생님이 죽었단 말이에요?」
그녀가 놀라서 물었다. 형사들은 차가운 눈으로 그녀를 쏘아보았다.
「박종미, 당신을 살인혐의로 체포하겠다.」
「저를요? 무슨 말씀을 하시는 거예요? 저는 죽이지 않았어요.」

그녀는 눈을 크게 뜨고 부들부들 떨었다.
박종미는 수사본부로 연행되어 심문을 받았다.
그녀는 형사들에 둘러싸여 정신을 차릴 수가 없었다. 공포에 질린 나머지 제대로 입을 열지도 못했지만 살인부분만은 끝까지 부인하고 나왔다.
그럴수록 심문하는 측은 그녀가 황근호를 살해했다는 것을 믿어 의심치 않았다.
형사들은 그녀가 황씨와 함께 투숙했던 호텔로 그녀를 데리고 갔다. 그녀를 목격했던 프런트맨과 벨맨은 단번에 그녀를 알아보았다.
「이 여자가 틀림없습니다!」
그들은 단호하게 증언해 주었다.
형사들은 그녀를 데리고 710호실로 들어갔다. 시체만 없다뿐이지 방안은 그대로 보존되어 있었다.
「자, 잘 보라구.」
뚱뚱한 형사가 그녀를 방안으로 끌어들이며 말했다.
그녀는 피로 얼룩진 카펫을 피해 걸어갔다. 그리고 침대 앞에 이르러 주춤하고 섰다. 침대는 온통 검게 말라 붙은 핏자국으로 얼룩져 있었다.
「아……」
그녀는 공포에 질린 나머지 외마디 소리를 지르면서 와들와들 떨었다. 뒷걸음질치는 그녀를 뚱뚱한 형사가 뒤에서 안을 듯이 붙잡았다.
「자, 이래도 부인하나?」
그녀는 머리를 흔들었다.
「누가…… 누가 이런 짓을……?」
그녀는 말을 이을 수가 없었다.

「누구라니…… 당신이 그런 거지. 안 그래?」
그녀는 울음을 터뜨리며 세차게 머리를 흔들었다.
「전 죽이지 않았어요. 몇 번이나 말해야 되겠어요?」
그녀는 울부짖었다.
깡마른 형사는 창 밖을 바라보고 있었다. 뚱보가 그녀의 어깨를 잡아 흔들었다.
「황씨는 욕실 앞에 쓰러져 있었지. 밖으로 기어 나가려다가 욕실 앞에서 숨이 끊어진 거야. 어떻게 죽였는지 이야기해 봐요.」
「죽이지 않았어요!」
「당신은 칼로 황씨의 옆구리와 목을 찔렀어. 무자비하게 말이야. 술을 많이 먹여 의식을 잃게 한 다음에 칼로 찌른 거야. 그리고……」
「그리고 돈을 훔쳐 갔다는 건가요? 그까짓 돈을 훔쳐 가려고 사람을 죽여요?」
「그까짓 돈 때문에 당신이 술집에 나가는 거고 황씨한테 몸까지 준 거 아니야? 사람이 돈에 환장하면 단돈 만 원에도 사람을 죽일 수가 있어. 안 그래?」
뚱보는 유들유들했다. 물고 늘어져서 자백을 받아내는 데는 누구보다도 뛰어난 솜씨를 발휘하고 있었다. 그는 박 명(朴明)이라는 이름을 가지고 있었다.
그는 심문에 앞서 그녀에게 자기와 성이 같은 이야기를 하고, 그래서 신사적으로 대하겠으니 순순히 털어놓으라고 말했다.
「칼은 어디에 뒀지?」
범행에 쓴 칼을 찾는 것이 가장 중요했다. 그것만 찾아내면 그녀가 아무리 부인해도 소용없다. 그러나 쉽게 털어놓지 않았다.
「그런 거 없어요.」
그녀의 대답은 한결같았다.

「고집 피워 봐야 소용없어. 불게 될텐데 왜 쓸데없이 고집을 부리는 거야?」
 호텔을 나온 그들은 그녀의 집으로 향했다. 집 안을 수색하기 위해서였다.
 그녀의 집은 조그만 아파트였다. 아파트에서 그녀는 혼자 살고 있었다. 어머니가 병원에 입원했으니 어쩌니 한 것은 황씨로부터 돈을 우려내기 위한 새빨간 거짓말이었다.
 형사들은 집 안을 샅샅이 뒤졌다.
 범행에 사용한 흉기나 피묻은 옷가지 같은 것을 찾아내기 위해서였다. 그러나 그런 것은 찾아낼 수가 없었다. 기껏해야 부엌용 스테인리스 칼이 있을 뿐이었는데 그것을 증거물로 인정할 수는 없는 일이었다.
 깡마른 형사 구문대(具聞大)는 금방 싫증을 느꼈다. 그래서 박 명이 구석구석을 뒤지는 동안 예쁘게 꾸며진 침실을 호기심 어린 눈으로 구경하고 있었다. 방안에는 여자 특유의 향내가 나고 있었다. 그것은 남자를 편안하게 인도하는 달콤한 향기였다.
「철저하게 대비했어. 아주 영리한 여자야.」
 아무것도 찾지 못한 박 명은 침실로 들어와 침대에 걸터앉으면서 투덜거렸다.
「속 좀 썩이겠군.」
 구형사는 하품을 하면서 일어났다.
「저걸 어떡하지? 자백을 받아내야겠는데 말이야.」
「자백은 기대하지 않는 게 좋을걸.」
「천만에. 어디 두고 보라지.」
 그들은 용의자를 데리고 아파트를 빠져 나왔다.
 집중적으로 며칠을 두고 심문할 수 있는 장소로는 여관이 제일 적당했다. 세 사람은 어느 여관으로 가서 욕실이 달린 방을 하나 얻어

들었다. 방으로 들어가자 뚱보는 잠바를 벗어 던지고 여자에게 말했다.
「솔직히 자백하기 전에는 여기서 나갈 수 없어.」
「전 더 이상 할말이 없어요.」
그녀는 입술을 파르르 떨며 대꾸했다. 뚱보는 주먹을 불끈 쥐고 그녀를 노려보다가 탁자를 세게 후려쳤다. 너무 세게 때렸기 때문에 손이 아파서 낯을 찡그렸다. 그것을 보고 구문대는 빙그레 웃었다.
박 명은 벌컥 화를 냈다.
「웃지만 말고 어떻게 좀 해봐!」
「내가 어떡하란 말이야.」
구형사는 아랫목에 벌렁 드러누웠다. 그것을 보고 박형사는 화를 참지 못해 씩씩거리다가 다시 탁자를 후려쳤다.
「돈이 탐나서 죽였다고 왜 솔직히 자백하지 않는 거야? 자백하지 않는다고 해서 풀려날 줄 알아? 그 따위 바보 같은 생각은 집어치워! 아무리 부인해도 여러 가지 증거가 확실하면 죄가 인정되어 처벌받게 되는 거야. 자백 따위는 아무 쓸모도 없어.」
「전 돈을 훔쳤지만 그 사람을 죽이지는 않았어요.」
그녀는 몸을 도사리며 분명한 어조로 말했다. 자신을 방어하려 필사적으로 안간힘을 쓰고 있는 것이 역력했다.
이미 자정이 지난 시간이었다. 그러나 심문자는 조금도 고삐를 늦추려고 하지 않았다. 그는 상대방이 살인범이라는 사실을 굳게 믿고 있었다.
그 확신을 뒷받침할 수 있는 증거를 확보하기 위해 그는 밤을 꼬박 새우며 용의자를 심문했다.
그렇다고는 하지만 잠 한숨 자지 못하고 입씨름을 벌인다는 것은 확실히 힘들고 괴로운 일이었다. 그것은 심문을 받는 사람 역시 마찬가지였다.

박종미는 그야말로 죽을 지경이었다. 그러나 살아야 한다는 일념에서 이를 악물고 버텨 나갔다.

삭풍의 밤

12월도 지나가고 새해가 찾아왔다.
신정 연휴도 끝난 1월4일 저녁.
서울 거리에는 삭풍이 몰아치고 있었다.
먼지를 뒤집어쓴 한 대의 자가용 승용차가 종로통의 차도를 벗어나 좁은 길로 들어섰다. 얼마쯤 달리던 차는 노상 주차장에 멈춰섰다. 몇 개의 차들이 그 곳에 주차해 있었다. 운전석 문이 열리더니 깡마른 사나이가 내렸다. 불빛에 드러난 머리는 곱슬곱슬했다. 콧잔등은 매의 부리처럼 휘어져 있었다.
창문을 잠그고 나서 그는 추운지 어깨를 웅크렸다. 베이지색 바바리 코트 깃을 세우고 나서 호주머니에 두 손을 찌르고 걷기 시작했다.
얼마쯤 걷다가 호텔 앞에서 걸음을 멈추었다. 조그만 삼류 호텔이었다.
그는 천천히 안으로 들어갔다. 로비를 휘둘러 본 다음 커피숍으로 걸어갔다.
커피숍에는 사람들이 와글거리고 있었다. 날씨가 추워지자 사람들이 커피숍으로만 몰리는 모양이었다.
 그는 돌아섰다가 생각을 고쳐 먹고 안으로 들어갔다. 입구 쪽에서 두 명의 손님이 막 일어서고 있었다. 남자들이었다. 고수머리의 사나이는 빈자리가 거기였기 때문에 그들이 자리를 뜨자 거기에 앉았다.
 「커피.」
 다가온 웨이터에게 그는 가볍게 말했다. 그리고 주머니에서 석간 신문을 꺼내 펴들었다.
 신문을 뒤적이던 그의 눈은 자연 사회면 톱뉴스에 눈이 갔다. 미모의 여자 사진이 하나 큼직하게 실려 있었다. 여자는 얼굴을 반쯤 숙이고 있었는데 살인범의 얼굴치고는 너무 예뻤다.
 그녀는 지난 12월30일 새벽 S호텔에서 발생한 살인사건의 유력한 용의자로 그동안 경찰의 조사를 받아오다가 마침내 범행 일체를 자백했다는 것이었다. 그녀는 로망스라는 살롱의 호스티스로 단골인 세림실업 조사실장 황근호라는 사람과 깊은 관계를 맺어오던중 그가 자기를 버리려고 하자 거액의 돈을 요구했다.
 황씨가 그 제의를 거절하자 그의 수중에 거액이 들어 있음을 감지하고 그를 죽일 것을 결심, 술을 먹여 의식을 잃게 한 다음 호텔로 유인해 살해하고 4백77만 원을 훔쳐 도주했다.
 대개 이런 내용이었다. 경찰은 그 증거로 그녀가 훔쳐낸 4백77만 원과 호텔 직원들의 증언, 그리고 710호실에서 채취한 그녀의 지문 등을 열거했다.
 그런데 경찰은 가장 중요한 증거물인, 범행에 사용한 흉기만은 아직 찾아내지 못하고 있었다.
 범인은 집으로 돌아가던중 차창 밖으로 그것을 집어 던져 버렸다고 말하고 있었다. 그래서 경찰은 그 흉기를 주은 사람의 신고를 기다리고 있었다.

고수머리의 사나이는 신문을 접어 주머니에 도로 집어 넣고 커피를 마셨다.
커피를 모두 마시고 나자 그는 카운터로 가서 요금을 지불했다.
「여기 어떤 사람이 열쇠를 맡겨 놨지요?」
그는 점잖게 물었다.
카운터 아가씨는 그를 힐끗 쳐다보고 나서 봉투 하나를 집어 들었다.
「성함이 어떻게 되시죠?」
아가씨는 그를 더 이상 보지 않고 물었다.
「김대식……」
아가씨가 봉투를 내밀었다.
봉투를 받아 든 그는 걸어가면서 봉투를 찢었다. 안에서 열쇠 하나가 나왔다. 열쇠에는 넘버가 찍힌 플라스틱 조각이 달려 있었다.
그는 호텔을 나와 얼마쯤 걸어가다가 지하철로 들어갔다.
전철 매표구에는 사람들이 길게 늘어서서 차례를 기다리고 있었다. 그는 맨 뒤에 서서 차례를 기다렸다. 얼마 후 그의 차례가 되었다.
「서울역.」
그는 동전을 밀어 넣었다.
표를 집어들고 개찰구를 통과해 다시 밑으로 향한 계단을 밟았다.
플랫폼에는 사람들이 많이 몰려 서 있었다.
도심을 꿰뚫고 달리는 어두운 지하터널 저쪽으로부터 칼날 같은 바람이 몰려왔다. 사람들은 바람을 피해 어깨를 잔뜩 웅크렸다.
그는 뒤를 한 번 돌아보았다. 기둥 뒤로 검은 모습이 얼른 사라지는 것이 보였다.
전동차가 바람을 몰고 들어왔다.
그는 사람들 속에 섞여 차 속으로 들어갔다. 기둥 뒤에서 건장한 사내 두 명이 모습을 드러내는 것이 얼핏 보였다. 그들은 다른 문으로 올랐다.

한 명이 자기 쪽으로 접근하는 것을 그는 창문을 통해 가만히 바라보았다. 전동차가 어두운 터널 속으로 들어가자 사람들의 움직임이 거울을 보듯 환하게 창문에 비치는 것을 볼 수 있었다.

그가 서 있는 곳으로부터 3미터쯤 떨어진 곳에 그 사내는 멈춰섰다. 다른 한 명은 저쪽 출입문 앞에 서 있었다. 가까이 서 있는 자는 누르스름한 파카를 입고 있었다. 레슬러처럼 우람한 모습이었다.

문 쪽에 서 있는 자는 검은색의 토파를 입고 있었는데 드럼통처럼 뚱뚱해 보였다.

전동차는 시청 앞에서 잠시 정거한 다음 서울역 쪽으로 다시 출발했다.

고수머리의 사나이는 다음 정류장에서 내릴 준비를 했다. 레슬러처럼 생긴 사내도 문 쪽으로 슬금슬금 다가왔다. 고수머리의 사나이는 일부러 천천히 움직였다. 그러다 보니 레슬러와 나란히 내리게 되었다. 나란히 서서 대 보니 레슬러가 머리 하나는 더 커 보였다.

그는 계단을 천천히 올라가 서울역 광장으로 나왔다. 삭풍이 얼굴을 할퀴고 지나갔다.

담배 가게 앞에서 담배 한 갑을 사면서 지하철 입구 쪽을 얼른 살폈다. 그들은 보이지 않았다. 보이지 않았기 때문에 그는 더욱 긴장되었다.

담배에 불을 붙인 다음 오른쪽으로 걸음을 옮겼다.

짐을 임시로 보관해 두는 박스는 역사 오른쪽 어두운 곳에 서 있었다. 아연을 입힌 철제 박스가 아래위 두 줄로 놓여 있었다.

박스 문에는 각기 넘버가 붙어 있었다. 그는 35번을 찾아 열쇠를 꽂았다.

열쇠를 비틀면서 문 손잡이를 잡아당겼다. 문이 열리고 안이 들여다보였다. 속은 텅 비어 있었다. 속았다는 생각과 함께 분노에 몸을 떨며 돌아서려고 하는데 뒤에서 인기척이 났다.
「그대로 서 있어! 움직이면 죽는다!」
그것은 나직하면서도 위압적인 목소리였다. 한 명이 앞으로 모습을 드러냈다. 뚱뚱한 자였다. 껌을 잘근잘근 씹어대고 있었.
토파에 두 손을 찌르고 있었는데 오른쪽 주머니가 유난히도 불룩해 보였다. 거기에 무기가 들어 있을 것이라고 고수머리는 생각했다.
「저쪽으로 조용히 걸어!」
뒤쪽의 사내가 말했다. 무기 끝이 등을 찔러 왔다.
「시키는 대로 해! 살고 싶으면 말이야!」
드럼통처럼 생긴 자가 껌을 씹어대며 말했다.
고수머리는 그들이 가리키는 쪽을 힐끗 바라보았다. 계단을 조금 올라가는 곳에 다리가 있었다.
수은등이 다리를 환하게 비추고 있었다. 얼기설기 얽힌 철로 위를 가로질러 반대편에 있는 역과 연결되어 있는 높고 긴 다리였다.
이자들은 저 다리 위에서 나를 처치할 생각이다! 그는 순간적으로 판단했다.
「당신들은 누구지?」
그는 혀 짧은 목소리로 물었다. 그러면서 앞과 뒤를 쟀다. 드럼통은 껌을 씹어대는 데 열중한 것 같았지만 조그만 두 눈은 이쪽을 노리고 있었다.
여차하면 무기를 사용할 기세였다. 권총일까, 칼일까 칼이기를 바란다. 총은 시끄러우니까.
가늘게 찢어진 그의 두 눈이 더욱 가느스름해졌다. 눈빛은 냉혹하게 가라앉아 있었다.
「당신들은 누군데 이러는 거지?」

그는 다시 한번 물었다.
「잔말 말고 저쪽으로 가!」
 무기의 끝이 다시 등을 찔러 왔다. 거의 동시에 그의 오른쪽 팔꿈치가 뒤에 붙어 서 있는 자의 가슴 부분 명치를 힘껏 내질렀다.
「어이쿠!」
 뒤에 서 있는 자의 신음 소리보다 먼저 그의 구두 끝이 이번에는 앞에 버티고 있는 자의 사타구니를 걷어찼다.
「윽!」
 뚱뚱한 사내는 허리를 구부리면서 침몰했다. 고수머리의 손끝에서 철컥 하는 금속성 소리가 짧게 났다.
 잭나이프의 날카로운 끝이 뚱뚱한 사내의 얼굴을 옆으로 그었다.
「으윽!」
 뚱뚱한 사내는 다시 한번 비명을 지르며 땅바닥에 나뒹굴었다.
 고수머리의 사나이는 구름다리 쪽으로 몸을 날렸다. 그때 뒤에 쓰러져 있던 레슬러가 발로 그의 다리를 걸었다. 고수머리는 앞으로 철버덕 하고 쓰러졌다. 레슬러가 그 위를 덮쳤다.
 덮치는 것과 동시에 무쇠 같은 팔로 목을 휘감았다. 그리고 상대를 타고 앉아 목을 뒤로 당겼다. 숨이 막힌 고수머리는 머리를 뒤틀면서 몸부림쳤다. 이미 구경꾼들이 몰려들고 있었다.
 호각 소리도 들려왔다. 호각 소리에 레슬러는 멈칫했다. 그 틈에 고수머리는 목을 빼면서 몸을 틀었다. 그러나 레슬러의 손아귀에서 벗어날 수는 없었다.
 레슬러는 왼손으로 그의 목을 다시 짓누르면서 오른손을 높이 쳐들었다. 고수머리는 자신의 얼굴을 향해 내려오는 칼을 보고 반사적으로 상대의 칼 든 손을 움켜잡았다.
 그러면서 오른손에 들려 있는 잭나이프로 상대방을 힘껏 찔렀다. 칼끝은 두꺼운 토파를 뚫고 늑골 사이로 파고 들었다. 레슬러는 순간

적으로 경련했다. 고수머리는 더 깊이 칼을 찔러 넣었다.
 레슬러는 두 번째 경련을 일으키면서 이상한 신음 소리를 냈다. 그때 머리 위에서 호각 소리가 났다. 방한모를 뒤집어쓴 순경 두 명이 곤봉을 들고 내려다보고 있었다.
「이게 무슨 짓들이야! 일어나요! 일어나!」
 순경 한 명이 레슬러의 덜미를 잡아당겼다. 레슬러는 옆으로 힘없이 쓰러졌다.
 고수머리는 용수철처럼 튀어 일어났다. 순경이 고수머리의 팔을 낚아챘다. 연행하려고 그러는 게 분명했다. 고수머리는 번개처럼 상대의 복부에 일격을 가했다.
 순경이 허리를 굽혔을 때 고수머리는 이미 다리 쪽으로 도망치고 있었다. 다른 순경이 미친 듯이 호각을 불어대면서 그 뒤를 쫓았다.
 고수머리는 놀라운 속도로 달려갔다. 젊은 순경이 기를 쓰고 따라갔지만 다리 중간에 가기도 전에 그의 모습은 다리 아래로 사라져 버렸다.
 마지막 계단을 내려온 고수머리는 별로 숨가빠하지도 않았다. 그는 곡예를 하듯 차도로 들어섰다. 헤드라이트 불빛 속에 그의 모습이 나타났다 사라졌다 했다. 차들이 급정거하면서 요란스럽게 경적을 울려댔다.
 차도를 건너간 그는 빈 택시를 향해 손을 흔들었다. 택시가 와서 멎었다.
 택시에 올라앉아 다리 쪽을 쳐다보았다. 순경이 계단을 허겁지겁 내려오고 있는 것이 보였다.
「어디로 갈까요?」
 운전사가 백미러로 그를 힐끗 쳐다보며 물었다.
「시청 앞으로 갑시다.」
 차가 움직였다.

「손님, 얼굴에 피가 흐르는데요.」
 운전사의 말에 그는 얼굴을 만져 보았다. 광대뼈 부위에서 피가 흐르고 있었다.
 격투할 때 입은 상처 같았다. 레슬러의 칼끝이 얼굴을 스치는 순간 그는 상대방의 늑골을 겨누고 잭나이프를 찔러 넣었던 것이다.
 그렇지 않았다면 얼굴을 난자당했을 것이다. 그는 손수건으로 상처를 누르면서 안도의 한숨을 내쉬었다.
 기분 나쁜 밤이었다. 그는 우울한 눈빛으로 차창 밖을 내다보다가 비로소 잭나이프를 가져 오지 않은 것을 깨달았다.
 칼은 레슬러의 몸에 그대로 박혀 있을 것이다. 지금 그것을 찾으러 간다는 것은 불가능했다.
 시청 앞에서 택시를 내렸다. 지하도를 지나자 약국이 눈에 띄었다. 약국에 들어가 상처를 소독한 다음 반창고를 그 곳에 붙였다. 약국을 나와 지체하지 않고 택시를 잡아 탔다.

 구경꾼들은 경찰 패트롤카가 떠난 뒤에야 흩어졌다.
 패트롤 카는 사이렌을 울리면서 밤거리를 질주했다. 차 속에는 경찰 외에 두 사내가 타고 있었다. 그들은 피투성이 몸을 포갠 채 뒷자리에 쓰러져 있었다.
 10분도 채 못돼 패트롤 카는 어느 종합병원 정문을 통과했다.
 패트롤 카의 운전대를 잡은 경찰은 응급실 앞에서 차를 세웠다. 남자 간호사들이 뛰어나와 들것에다 두 사람을 실었다. 그들이 응급실 안으로 사라지자 경찰 한 명이 무전기로 본부에 보고했다.
 보고가 끝나자 그는 동료 경찰과 함께 응급실로 들어갔다. 또 하나의 문이 그들을 가로막고 있었다. 수술실이었다. 문이 안으로 잠겨 있었다. 문을 두드리자 여자 간호사가 얼굴을 내밀었다.
「수술중이니까 잠깐 기다리세요.」

그녀는 도로 문을 닫아 걸었다.
경찰들은 담배를 피우면서 초조히 기다렸다.
거의 한 시간 가까이 그들은 앞에서 기다리고 있었다.
한 시간 후 의사가 나타났다. 의사는 땀에 젖은 얼굴로 말했다.
「한 사람은 죽었습니다.」
감정이 없는 목소리였다.
「또 한 사람은?」
경찰은 다급하게 물었다.
「중상입니다. 생명에는 지장이 없지만 중상입니다.」
그러면서 그는 손가락을 세워 얼굴에 사선을 그어 보였다.
「상처가 이렇게 길게 났어요. 왼쪽 눈에서부터 오른쪽 턱 있는 데까지…… 왼쪽 눈은 완전히 동자가 찢어져서 재생불능입니다.」
두 명의 경찰관은 약간 멍한 얼굴로 의사를 바라보고 있다가 고개를 끄덕였다.
「잠깐만 기다려 주십시오. 시체와 유품은 건드리지 말고 그대로 두십시오. 곧 조사가 시작될 테니까.」
「네, 알겠습니다. 하지만 부상자는 입원실로 옮기지 않으면 안됩니다.」
의사가 아까보다 강한 어조로 자기의 의무를 말했다.
「그건 그렇게 하십시오.」
수사관들이 도착할 때까지 순경들은 피살체와 환자를 지키고 있어야 했다. 한 사람은 수술실 입구에 서 있었고 다른 한 명은 환자가 들어 있는 입원실을 지켰다.
입원실 침대 위에 누워 있는 환자는 얼굴을 온통 붕대로 감고 있어서 그 모습을 알아볼 수가 없었다. 그는 몹시 고통스러운지 연방 몸을 비틀면서 신음 소리를 내고 있었다. 그 때문에 조용하던 병실은 좀 시끄러워졌다. 먼저 입원했던 환자들이 투덜거리기 시작했다.

침대 곁에 서서 환자를 지키고 있던 순경도 신음 소리를 듣고 있기가 싫었다. 환자들 속에 서 있는 것이 어쩐지 꺼림칙하기까지 했다. 그래서 그는 밖으로 나와 문 앞에서 대기했다.
그런데 조금 있자 안에서 유리창 깨지는 소리가 났다. 불길한 예감에 순경은 문을 밀었다. 문이 열리지 않았다. 안에서 일어나는 사고에 대비해서 병실 문은 안에서 잠그도록 되어 있지가 않았다.
힘껏 밀어대자 문이 조금씩 열렸다. 겨우 안으로 들어가 보니 침대로 문을 막아놓고 있었다. 그 환자의 침대였고, 있어야 할 그 환자는 보이지 않았다.
「저기로 도망쳤습니다!」
목에 붕대를 감은 남자 환자 하나가 유리창을 가리키며 말했다. 순경은 그 쪽으로 가 보았다.
유리창이 박살나 있었다. 그 곳으로 찬 바람이 몰려들어 오고 있었다. 1층 입원실이었기 때문에 도망치기가 수월했던 모양이다.
병실 바닥에는 피에 젖은 붕대가 떨어져 있었다. 그대로는 앞이 보이지 않아 도망칠 수가 없었을 것이다.
「도망치는 걸 보고도 가만 있었나요?」
순경은 화난 눈으로 환자들을 둘러보았다.
그의 말이 끝나기가 무섭게 목에 붕대를 감은 환자가 말했다.
「아이구, 말도 마십시오. 그렇게 무서운 사람은 처음입니다. 병을 깨가지고 위협하는 바람에 꼭 죽는 줄 알았습니다. 그 사람 제정신이 아니었습니다.」
「사람 다치지 않은 게 다행이에요.」
이번에는 다른 환자가 맞장구를 쳤다.
「어느 쪽으로 도망가던가요?」
「저쪽으로요.」
순경은 환자가 가리키는 어둠 저편 후문 쪽을 바라보다가 후닥닥 뛰어나갔다.
「환자가 도망쳤어!」
수술실 앞에 서 있던 동료 순경에게 소리쳐 알린 다음 그는 후문 쪽으로 달려갔다.
순경도 곧 뒤따라왔다.
그들은 차도까지 달려가 보았다. 그러나 환자의 모습은 어디에도 없었다.
「놓쳤어.」
「큰일인데.」
그들은 걱정스러운 얼굴로 길가에 우두커니 서 있다가 병원으로 돌아왔다.
얼마 후 들이닥친 살인사건 전담의 수사관들은 환자 하나가 도망친 것을 알고는 몹시 화를 냈다.
피살자는 신원을 알 수 있는 어떤 근거도 가지고 있지 않았다. 피살자와 도망친 환자는 같은 일당이다. 그들은 합세해서 범인과 싸웠다.
조사 결과 그들 두 명이 범인 한 명에게 달려들었다. 그들은 두 사람 다 건장했다. 그들에 비해 범인은 중키에 깡마른 모습이었다.
상식적으로 생각할 때 승부는 뻔한 것이었다. 그런데 결과는 그 반대로 나타났다. 건장한 두 명이 말라빠진 한 사람에게 철저하게 패한 것이다.
「범인은 대단한 솜씨를 가진 모양이야.」
한 수사관이 팔을 휘둘러 보았다.
「칼을 잘 쓰는 모양이야.」
수사관들은 시체 앞에서 아무렇지도 않은 듯 지껄였다.
그들은 피묻은 칼을 내려다보았다. 그것은 피묻은 그대로 플라스틱 곽 속에 들어 있었다.

「고급 칼이야. 손잡이가 상아 같은데.」
「그런데 환자는 왜 도망쳤지?」
「뒤가 켕기는 놈이니까 도망쳤겠지. 경찰의 조사를 받을 입장이 못되는 놈일 거야. 중상을 입고서도 도망친 걸 보면……」
 감식반원은 피살자의 지문을 열심히 채취하고 있었다. 한 쪽에서는 연방 카메라 셔터를 눌러대고 있었다.
 다음날 범인과 도망친 환자의 몽타주가 목격자들의 진술을 토대로 작성되었다. 그러나 그것들은 기대할 만큼 정확한 몽타주라고 할 수 없었다.

 박 명과 구문대는 박종미를 검찰에 송치한 뒤 한숨을 돌리고 있다가 서울역에서 발생한 살인사건 수사를 도우라는 명령을 받았다. 세림실업 조사실장 피살사건 수사본부가 해체된 직후였다.
 박 명은 도망친 환자를 찾아나섰고 구문대는 범인이 남긴 고급 잭나이프의 출처를 찾아나섰다.
 도망친 환자는 중상이었으므로 어느 병원엔가 다시 입원했을 것으로 보고 수십 명의 형사들이 시내의 각 병원을 뒤지고 다녔다.
 박 명도 그들 틈에 끼어 안과병원을 방문하고 다녔지만 별로 신바람이 나지 않고 피곤하기만 했다. 다른 한 패는 그 환자가 어디론가 실어다 주었을 것으로 기대되는 택시를 찾아다녔다.
 구문대 형사 역시 수십 명의 형사들과 함께 잭나이프의 출처를 찾아 헤매고 다녔다. 그러나 그의 머릿속은 검찰에 송치한 박종미에 대한 것으로 꽉 차 있었다.
 박종미는 돈을 훔친 것은 자인했지만 살인 부분에 대해서는 끝까지 부인했다. 그러나 그들은 서류를 갖추어 그녀를 결국 검찰에 송치시켜 버렸다.
 좀 성급한 처리였다는 생각이 안 드는 것은 아니었지만 달리 방법이 없었다. 누구보다도 박 명이 그녀가 범인임을 굳게 믿고 있었다.
 그러나 구문대는 그녀를 송치하고 나서야 뭔가 잘못된 것 같은 기분을 떨쳐 버릴 수가 없었던 것이다. 그는 차에 오르면서 울부짖던 그녀의 모습이 자꾸만 생각났다.
「생사람 잡는 너희들이 경찰이야? 이 악당들! 내가 죽으면 귀신이 돼서라도 너희들을 쫓아다닐 거야! 나쁜 인간들. 난 갈보짓은 했지만 생사람을 잡지는 않았어!」
 그녀는 머리를 산발한 채 미친 듯 울부짖었다.
 단지 그녀가 끝까지 범행을 부인했고, 떠나가는 마당에 그렇게 울부짖었다고 해서 그의 마음에 혼란이 일어난 것은 아니었다. 그는 누구보다도 냉철한 판단력으로 정평이 나 있는 사나이였다.
 그가 의아하게 생각한 점은 과연 여자의 힘으로 그렇게 능숙하게 칼을 휘두를 수가 있느냐 하는 것이었다. 범인은 급소만을 노려 칼을 사용했다. 범인이 칼을 사용한 횟수는 단 두 번이었다.
 횡경막 위 늑골 사이를 정확히 찔러 심장을 건드렸고 다음에는 목으로 옮겨 경동맥을 절단했던 것이다. 그것은 전문가가 아니면 해낼 수 없는 것이었다.
 살롱 호스티스가 과연 그런 솜씨를 발휘할 수 있을까. 여자가 남자에게 칼부림을 한 예는 얼마든지 있다. 그 경우 열이면 열 닥치는 대로 난자당하는 게 고작이다. 정신없이 손가는 대로 찌르기 때문에 자상이 수없이 많은 것이 특징이라면 특징이다.
 또 하나 중요한 것은 결정적인 증거물인 칼을 아직까지 찾아내지 못한 점이었다. 그녀는 범행에 사용한 칼을 택시를 타고 가다가 버렸다고 했다.
 과연 그랬을까. 택시를 탈 때까지 그 피묻은 칼을 들고 있었을까.
 전문가가 아닌, 일반 살인자의 경우 겁에 질린 나머지 피묻은 칼을 현장에 버리기 마련이다. 현장이 아니더라도 멀리까지 가지고 가지는 못한다. 심한 공포감으로 가까운 곳에 버린다.
 셋째, 벨맨이 710호에서 피살자를 발견하고 어쩔 줄 모르고 있을 때 여자로부터 전화가 걸려온 점이다. 박종미는 그 전화는 자신이 건 것이라고 주장했다.
 말인즉 황씨에게 돈을 돌려 주기 위해서 걸었다고 했다. 그거야 어떻든 그녀가 그 시간에 전화를 건 것만은 확실했다. 통화 내용이 벨맨의 증언과 일치하기 때문이었다.
 그녀는 전화를 걸어 710호실이냐고 묻고 벨맨이 그렇다고 대답하자, 「어머, 목소리가 다르네. 황선생님 아니세요?」했다.
 벨맨이 얼결에 당신은 누구냐고 되묻자 그녀는 당황해서 전화를 끊었다.
 거기에 대해서 벨맨도 같은 말을 했다.
 그뿐이 아니다. 그녀는 황씨의 회사에도, 그리고 그의 집에도 전화를 걸어 그를 찾았다. 집에 전화를 걸 때는 자신이 직접 하지 않고 남자를 시켜서 전화를 걸었다. 그것은 전화를 걸어 준 로망스의 웨이터가 증언했기 때문에 틀림없는 사실이다.
 그녀가 황씨를 살해했다면 왜 전화를 걸어 그를 찾았단 말인가? 황씨가 죽었는지 살았는지 알아보기 위해서 전화를 걸었던 것일까? 아니면 경찰에 체포될 경우에 대비한 그녀의 트릭이었을까?
 뭐라고 단정을 내릴 수가 없다. 단정을 내릴 수 없기 때문에 의문이 남는다.
 이 세 가지 의문을 해결하려면 시간이 좀 걸릴 것이다. 그리고 의외의 난관에 봉착할지도 모른다. 그러나 의문은 찌꺼기를 그대로 놓아 둔 채 그녀의 운명이 결판나는 것을 구경하고 있을 수는 없는 일이다.
 그녀 말마따나 생사람을 잡게 될지도 모르는 일이다. 그렇게 되면 평생 죄의식에 사로잡혀 살아가지 않으면 안될 것이다.

그는 골목을 빠져나와 건널목에 섰다.

차들이 홍수처럼 흘러가고 있었다.

문득 하나의 생각이 번개처럼 머릿속을 스쳐갔다. 괜한 생각이라고 지워 버렸다. 길을 건너가 다시 그 생각이 떠올랐다. 그것은 두 건의 살인사건이 모두 칼을 잘 쓰는 자에 의해 저질러졌다는 생각이었다.

신원이 아직 밝혀지지 않은 그 사내도 황씨처럼 횡격막 위 늑골 사이에 칼을 맞고 죽었다. 두 명의 범인은 칼 쓰는 솜씨가 비슷하다. 두 명 다 능숙한 것이다. 혹시 피살된 두 사람은 하나의 칼, 즉 손잡이가 상아로 된 잭나이프에 찔려 죽은 게 아닐까. 그것은 곧 범인이 동일 인물이라는 말이 된다.

그는 주머니에서 사진을 꺼내 힐끔 보았다. 그것은 범인이 남기고 간 잭나이프를 찍은 칼라 사진이었다. 그럴 리가 없어. 그는 머리를 흔들며 사진을 도로 주머니 속에 집어 넣었다.

사진을 내보이며 몇 군데 돌아다녀 보았지만 그것을 알아보는 사람은 없었다. 모두가 하나같이 처음 보는 칼, 혹은 보기 드문 칼이라고 말할 뿐이었다.

아픈 다리를 쉬려고 다방에 잠시 들려 커피를 한 잔 시켜 마시다가 그는 죽은 황씨가 가지고 있던 수표의 출처에 생각이 미쳤다.

그전에도 거기에 생각이 미치지 않은 것은 아니었다. 하지만 불필요한 생각이려니 해서 금방 잊어먹고 말았다. 아니 잊은 게 아니라 일부러 잊으려고 애를 썼다는 것이 옳을 것이다.

그는 망설이다 수첩을 꺼내 뒤적였다. 다행히 수표에 대한 메모가 남아 있었다. 박종미가 황씨 지갑에서 꺼낸 돈은 모두 4백77만 원이었다.

그중 백만 원짜리 수표가 세 장, 그리고 10만 원짜리 수표가 여덟 장 들어 있었다.

황씨는 도대체 그 돈이 어디서 났을까. 적은 돈이라면 또 모른다. 월급쟁이가 5백만 원 가까운 돈을 가지고 다녔다는 것은 좀 이상하지 않은가.

보너스 받은 것일까. 그럴 리가 없다. 아무리 보너스가 많기로서니 5백만 원이나 받을 리가 있겠는가. 일개 조사실장이 말이다.

혹시 퇴직금으로 받은 게 아닐까. 그것도 이해가 가지 않는다. 20년 근속에 퇴직금이 불과 5백만 원이라니 말도 안되는 소리다.

곗돈을 탄 걸까. 아니면 고향에 있는 논밭을 판 돈일까. 가만히 앉아서 상상에 맡기면 아무 일도 안된다. 직접 확인하지 않으면 안된다.

그는 먼저 세림실업으로 전화를 걸어 박종미를 체포하는 데 결정적인 정보를 제공해 준 바 있는 천상기를 찾았다. 그는 마침 자리에 있었다.

황씨에 대한 몇 가지 사항을 알아봐 달라고 부탁한 후 한 시간 후에 만나기로 하고 전화를 끊었다.

한 시간 후 그들은 세림빌딩 지하에 있는 다방에서 만났다. 천상기는 사건이 해결된 마당에 수사관이 또 찾아오자 이상한 모양이었다.

「그거 알아보셨나요?」

구문대는 자리에 앉자마자 물었다.

「네, 알아보았습니다. 우리 회사 봉급 날짜는 매월 25일입니다. 황실장님 월급은 75만 원이었습니다. 그중 본봉은 62만 원이었고 나머지는 수당이었습니다.」

「연말 보너스는 얼마 나왔나요?」

「3백 프로 나왔습니다. 하지만 본봉을 기준으로 주고 있기 때문에 황실장님이 받으신 보너스는 1백86만 원이었습니다.」

그렇다면 월급까지 합쳐 2백61만 원 받은 셈이다.

「퇴직금을 미리 당겨서 받은 일은 없나요?」

「알아보았더니 그런 일은 없었습니다.」
잠시 대화가 끊어졌다. 구형사가 묻기 전에 천상기가 물어왔다.
「아직 수사가 덜 끝났나요?」
「글쎄, 형식상으로는……」
말끝을 흐리다가 솔직히 털어놓기로 했다.
「사실은 궁금한 점이 있어서 그래요. 황씨는 피살되던 날 밤 지갑 속에 5백만 원 가까운 돈을 가지고 있었어요. 그중 3백80만 원은 자기앞수표였어요. 내가 알고 싶은 것은 그 돈의 출처입니다. 여기서 받은 것은 2백6십여만 원인데 5백이나 되다니 그 돈이 어디서 났을까요?」
「글쎄요.」
천상기는 고개를 갸우뚱했다.
그러다가
「혹시 누구한테 빌린 게 아닐까요?」
하고 물었다.
「누구한테 말입니까? 보너스까지 합쳐서 2백60만 원이나 받았는데 돈을 빌릴 필요가 있었을까요?」
「황실장님은 평소에 남한테 돈을 자주 빌려 썼습니다. 저한테도 빚이 있었지요.」
그는 조금 불쾌한 어조로 말했다.
구문대는 크게 눈을 떴다.
「그래요? 얼마나 빌려줬나요?」
천상기는 눈을 깜박거리기만 할 뿐 얼른 입을 열려고 하지 않았다. 아마도 꽤 많은 액수를 빌려 준 모양이라고 구형사는 생각했다.
「얼마나 빌려 줬나요?」
그는 다시 물었다.
「3만 원이오.」

그렇게 말하고 천상기는 검은 테의 안경을 밀어 올렸다.
「그래서 못 받았나요?」
「본인이 세상을 떠났는데 어디 가서 받습니까? 그렇다고 사모님한테 가서 달랠 수도 없고……」
「그 사람 천선생한테서만 그렇게 돈을 빌려 썼나요? 아니면 여러 사람한테서 자질구레하게 빌렸나요?」
「저뿐만 아니라 여러 사람한테 손을 내밀었습니다. 그것도 주로 부하 직원들한테 빌려 썼지요. 윗사람이 돈 좀 빌려 달라는데 안 빌려 줄 수도 없고 울며 겨자 먹기로 빌려 주었지요.」
「액수가 큰 것들이었나요?」
「아뇨. 큰돈은 빌려줄 수가 없죠.」
「푼돈을 빌려 썼군요.」
「네, 주로 그랬습니다.」
「잘 갚았나요?」
천상기는 고개를 설레설레 흔들었다.
「빌려 준 사람치고 받을 생각을 한 사람은 아무도 없었지요.」
구형사는 고개를 갸우뚱했다.
「이상하군요. 남의 돈을 갚지 않다니…… 그것도 번번히 말입니다. 혹시 건망증이 심했던 게 아닐까요?」
「건망증이 심한 것이 아니라 버릇인 것 같습니다.」
천상기는 단정적으로 말했다.
「푼돈이니까 빌려 주지 큰돈은 아예 빌려 달라고 하지 않았어요. 언제나 푼돈을 빌려 달라고 했지요. 어쩌면 그게 더 약은 생각이 있는지도 모르지요.」
 그렇게 말하고 나서 그는 큰 실수나 한 듯 얼굴을 붉혔다. 고인에 대해 본의 아니게 험담을 늘어놓았다고 생각한 것 같았다.
 구문대는 황씨의 부인을 만나보기로 했다. 아직 비통에 잠겨 있을 때이지만 그렇다고 안 만나 볼 수도 없었다.
 달리는 택시 속에서 그는 아까보다 더 많은 의문에 싸여 있었다.
 황씨는 그 돈이 어디서 났을까. 그는 무슨 돈이 있어서 거의 매일 이다시피 그 비싼 술집을 찾았을까. 박종미의 말에 의하면 그는 그녀에게 만날 때마다 상당한 팁을 뿌리기까지 했던 모양이다.
 죽기 직전에만 해도 20만 원이나 주었다. 그것은 단순한 팁 정도가 아니다. 황씨는 그녀를 애인으로 생각하고 있었고 박종미는 그를 돈 줄이라고 여기고 있었던 것이 분명하다. 박종미가 받은 20만 원도 10만 원짜리 자기앞수표 두 장이었다.
 그는 혹시 비정상적인 수법으로 부수입을 올리고 있었던 게 아닐까. 그것 때문에 살해당한 게 아닐까.
 이런 저런 생각을 하고 있는 동안 차는 어느새 황씨의 유족들이 살고 있는 아파트 단지로 들어서고 있었다.
 황씨의 유족은 모두 5명이었다. 노모와 부인 노명인 외에 두 아들과 딸 하나가 있었다. 장남은 대학 졸업반이었고 둘째 아들과 딸은 대학 재학중이었다. 자식들은 모두가 명석해서 수재 집안으로 소문이 나 있었다.
 죽은 황씨의 노모는 일흔세 살이었다. 그녀는 자기보다 아들이 먼저 세상을 떠나자 충격을 받고 누워 있었다. 노모를 남겨 두고 아들이 세상을 먼저 떠난다는 것은 확실히 큰 불행이자 불효라고 할 수 있었다.
 황씨의 부인 노명인은 매우 현명한 여자였다. 남편이 살아 있을 때는 남편 없이는 하루도 못살 것 같았는데 막상 그 남편이 없고 보니 슬픔에 앞서 강한 책임감을 느끼지 않을 수 없었다.
 그녀는 슬픔을 누르고 늙은 시어머니를 위로하면서 재기의 기틀을 마련하려고 안간힘을 쓰기 시작했다. 영리하고 이성적인 아이들은 그녀의 뜻을 이해하고 적극적으로 협조하고 나왔다.

사실 누구보다도 충격을 받은 사람은 바로 그녀 자신이었다. 그녀가 받은 충격은 단지 사랑하는 남편의 죽음 때문만은 아니었다.

죽음에 이은 새로운 사실이 그녀를 더욱 놀라게 했던 것이다. 그것은 사랑하는 남편의 배신이었다.

자기만을 사랑해 온 줄 알았던 남편이 술집 호스티스와 놀아나다가 결국은 그녀의 손에 살해되었다는 사실은 그녀에게 그의 죽음 이상의 충격을 주었던 것이다.

슬픔과 배신감, 그리고 수치심으로 그녀는 처음에는 몸둘 바를 몰랐다. 모두 팽개치고 자살해 버릴까도 생각했었다. 그러나 그녀는 마침내 수렁에서 벗어나 자신을 일으켜 세운 것이다.

집에는 노모와 부인, 그리고 딸이 있었다.

부인은 몹시 야윈 얼굴이었지만 담담한 표정으로 그를 맞아들였다. 죽은 황씨에 대해 몇 가지 물어볼 것이 있어서 왔다고 하자 그녀는 조금 긴장하면서 그를 거실의 소파로 안내했다.

그들이 자리잡고 앉자 대학에 다니고 있는 그녀의 딸도 자리에 합석했다. 부인이 너는 들어가 있으라고 했지만 여대생은 그대로 버티고 앉았다. 부인은 더 이상 고집스런 딸을 말리지 않았다. 구형사도 그녀를 기피해야 할 이유가 없었으므로 그대로 있어도 좋다고 했다. 부인의 막내딸인 황인혜(黃仁惠)는 이제 2학년이 되는데 영문학을 전공하고 있었다. 미인은 아니었지만 매우 신선한 인상을 주는 아가씨였다.

구문대는 차를 한 잔 마시고 나서 말문을 열었다.

「돌아가신 분에 대해서 자꾸만 말을 꺼내서 안됐습니다만 의문나는 점이 있어서 그렇습니다. 황선생님께서 남긴 유품가운데 5백만 원 가까운 돈이 있었는데 그걸 받으셨는지요.」

「4백77만 원 말인가요?」

「네, 바로 그 돈 말입니다.」

「아직 못 받았는데요.」
「네. 재판에서 그건 중요한 증거물이 되기 때문에 당분간 검찰에 보관하고 있을 겁니다. 그런데 그 돈에 대해서…… 사모님께서는 혹시 그 돈의 출처를 알고 계십니까?」
그녀는 잠시 탁자를 내려다보았다. 조금도 자세가 흐트러지지 않은 단정한 자세였다. 잠시 후 고개를 흔들었다.
「모르겠어요.」
「평소에도 황선생께서는 그런 큰돈을 가지고 다니셨나요?」
구문대는 부인의 표정을 주의깊게 살폈다.
「아뇨. 그렇지는 않아요. 호주머니를 뒤져 보지 않아서 뭐라고 말씀드릴 수는 없지만 저는 매일 아침 그분이 출근할 때마다 3천 원씩을 드렸어요. 점심 값과 차비로 드린 거지요.」
그녀는 최대한으로 감정을 억제하면서 말하고 있었다. 그의 눈에는 그녀의 그 같은 억제된 감정이 분명히 보이고 있었다.
그래서 그는 죽은 황씨에 대하여 이야기를 할 때 여간 거북하지 않았다. 그러나 그는 질문을 던져야 했다. 비록 그것이 잔인한 질문이라 하더라도 말이다.
「그렇다면 황선생님께서는 사모님에게 주시는 3천 원을 가지고 하루 하루를 보내셨군요.」
「네, 그런 걸로 알고 있어요.」
「혹시 가외로 생기는 돈은 없었나요? 고정 월급 외에 말입니다.」
「없었어요. 오로지 월급밖에는 없었어요.」
「월급은 꼬박꼬박 갖다 주셨나요?」
「네, 한푼도 쓰지 않고 봉투째 가져오시곤 했어요.」
그런 남편을 그가 의심했을 리 없다.
「지난 연말에 보너스가 3백 프로 나온 걸로 알고 있는데 그것은 한푼 쓰지 않고 가져오셨나요?」

「네, 물론이에요. 전 그걸 받고 거기서 10만 원을 떼어 그분에게 드렸어요. 용돈으로 쓰시라고요.」
「받으시던가요?」
「네……」
그녀의 목소리가 갑자기 작아지고 있었다. 그 곁에 앉아 있는 인혜의 눈에 눈물이 고이고 있었다.
문대는 한동안 망설이다가 그녀들의 시선을 피하며 조심스럽게 다시 입을 열었다.
「죄송한 말씀입니다만, 제가 알기로 황선생님께서는 거의 매일이다시피 술을 드셨습니다. 더구나 그분이 늘상 출입하신 로망스라는 곳은 술값이 비싼 고급 살롱입니다. 팁만 해도 2만 원 이상은 주어야 하는 곳입니다.」
「무슨 말씀인지 알겠어요. 하지만 전 그분이 무슨 돈으로 그렇게 비싼 술을 마시고 다녔는지 모르겠어요.」
그녀도 그 점은 이상하게 생각하는 것 같았다.
「궁금해서 물어보신 적도 없습니까?」
「몇 번 물어봤지만 그때마다 자기 돈으로 마셨다는 말은 하지 않았어요. 그이는 그럴듯하게 이유를 대곤 했지요.」
노여운 빛이 그녀의 눈에 잠깐 나타났다가 스러지는 것이 보였다.
「혹시 최근에 목돈이 될 만한 부동산 같은 것을 판 적은 없었습니까?」
「그럴만한 부동산도 없어요.」
「큰돈을 벌어야 할 일도 없었습니까?」
「없었어요.」
「그럼 도대체 그 돈이 어디서 난 걸까요?」
「모르겠어요.」
부인은 아랫입술을 깨물 듯이 하면서 머리를 흔들었다.

그때, 잠자코 있던 인혜가 불쑥 입을 열었다.

「아빠는 이미 돌아가셨는데 그런 거 알아서 뭐하려고 그러세요? 범인도 이미 잡히지 않았어요?」

그제서야 그는 그녀가 자기에게 적의를 품고 있음을 깨달았다. 그는 엄숙한 표정으로 말했다.

「이번 사건에는 몇 가지 의심나는 점이 있어요. 조그만 의심점이라도 그것을 명확히 해결해 놓지 않으면 마음이 놓이지 않아요. 무엇이나 확실히 해 두지 않으면 안됩니다. 그것이 우리의 직업이지요. 범인이라고 잡아 놨는데 나중에 얼마든지 범인이 아닐 수도 있으니까요.」

결국 구문대는 5백만 원의 출처를 알아내지 못한 채 그 집에서 물러나올 수밖에 없었다.

시간을 보니 4시가 가까워 오고 있었다.

하늘은 눈이라도 올 듯 잔뜩 흐려 있었다.

그는 더 이상 망설이고 있을 필요가 없다는 생각에 드디어 은행을 찾아가 보기로 했다. 그는 수첩을 꺼내 메모 내용을 다시 한번 눈여겨 보았다.

· 수표1 : 백만 원짜리. 번호 다24215643. 발행지 K은행 S동 지점.
· 수표2 : 백만 원짜리. 번호 가32352149. 발행지 S은행 S동 지점.
· 수표3 : 백만 원짜리. 번호 다67543448. 발행지 K은행 D동 지점.
　　　　　(부산)
· 수표4 : 십만 원짜리. 번호 라15238322. 발행지 J은행 A동 지점.
· 수표5 : 십만 원짜리. 번호 바92532488. 발행지 D은행 C동 지점.
· 수표6 : 십만 원짜리. 번호 라66513452. 발행지 S은행 D동 지점.
· 수표7 : 십만 원짜리. 번호 가51234475. 발행지 H은행 N동 지점.

・수표8 : 십만 원짜리. 번호 마37269652. 발행지 R은행 H동 지점.
・수표9 : 십만 원짜리. 번호 나49762349. 발행지 K은행 A동 지점.
    (광주)
・수표10 : 십만 원짜리. 번호 아68321655. 발행지 J은행 M동 지점.
・수표11 : 십만 원짜리. 번호 바34441256. 발행지 B은행 D동 지점.

 이 수표들은 지금 모두 검찰에 가 있다. 그런데 이 11장의 수표에는 몇 가지 공통점들이 있다. 첫째, 수표가 하나같이 손때 묻지 않은 새것이라는 점이다. 둘째, 뒷면에 사인이 하나도 없다는 점이다. 수표를 건네받을 때는 건네주는 사람의 사인을 받아 두는 것이 상례로 되어 있다. 그래야만 사고에 대비할 수가 있는 것이다.
 그런데 황씨가 가지고 있던 11장의 수표에는 전혀 이서(裏書)가 없다. 셋째, 11장의 수표가 11군데서 발행되었다는 점이다.
 바꿔 말하면 같은 발행지의 수표는 하나도 없고 발행지가 모두 다르다는 점이다. 더군다나 그중 두 장은 지방에서 발행된 수표다.
 구문대는 잠시 아연한 생각에 걸음을 멈추었다. 열한 군데의 은행들을 일일이 찾아 본다는 것은 쉬운 일이 아니다. 수표가 황씨의 손에 들어가기까지 몇 사람의 손을 거치게 되었는지, 그 중간 중간에 드나드는 사람들도 모두 만나 보지 않으면 안된다.
 그러다 보면 수십 명을 만나게 될지도 모른다. 어려운 일이다. 뭣하러 사서 고생을 하는가. 그럴 필요가 있을까.
 그는 머리를 흔들면서 다시 걷기 시작했다.
「알아볼 때까지 알아보는 거야.」
 그는 중얼거리면서 자신을 채찍질했다.
 얼마 후 그는 걸음을 멈추고 맞은편 빌딩을 쳐다보았다.
 그의 수첩에 적혀 있는 은행 가운데 한 곳이 맞은편 빌딩 1층에 자리잡고 있었다.

J은행 A동 지점이었다.
그는 망설이다가 길을 건너갔다.
은행문을 밀고 안으로 들어가 잠시 실내를 둘러보는데 경비원이 슬금슬금 다가와 그의 아래위를 살폈다.
바바리 차림에 비쩍 마른 모습이 어쩐지 수상쩍게 보였던 모양이다.
「어떻게 오셨나요?」
허리에 두 손을 걸치며 경비원이 물었다.
「경찰입니다.」
그는 무뚝뚝하게 말했다.
「무슨 일로……?」
경비원은 금새 공손해지면서 물었다.
「뭣 좀 알아볼 일이 있어서 왔습니다. 여기서 발행된 수표에 대한 건데……」
「아, 그런 일이라면 잠시 기다리십시오.」
경비원은 그의 말을 다 듣지 않고도 무엇 때문에 왔는지 알아챈 모양이었다.
잠시 후 구형사는 안쪽으로 들어가 차장과 인사했다. 차장은 약간 귀찮은 표정을 지었다. 그러나 차장은 그의 이야기를 듣고 나서 젊은 여직원을 불렀다. 그리고 수표 내용이 적힌 메모지를 주면서 지시했다.
「이것 좀 알아봐요. 경찰에서 오셨으니까 누가 끊어 갔는지 빨리 알아봐요.」
구문대가 기다리고 있는 동안 차장은 자기 일을 계속했다.
구문대는 말없이 은행 안을 둘러보았다. 많은 사람들이 쉴 새 없이 은행을 드나들고 있었다.
10분쯤 지나자 여직원이 장부를 들고 왔다. 그리고 그것을 차장 앞에 펴 놓으면서 한 곳을 지적해 보였다.
「이분이 끊어 갔어요.」
차장은 그것을 들여다보고 나서
「이강필이란 사람이 작년 12월6일에 끊어 갔군요.」
하고 말했다.
 구문대는 눈으로 직접 확인하고 나서 그것을 수첩에 적어 넣었다.
「이 사람에 대해서 좀 알 수 있을까요? 이것만 가지고는 안되겠는데……」
 사실 이름만 가지고 사람을 찾아낸다는 것은 어려운 일이었다.
「이름이 가명만 아니라면 알아볼 수 있습니다.」
 차장은 선선히 응해 주었다.
「예금주의 이름을 가나다순으로 컴퓨터에 수록해 놓았기 때문에 알아볼 수 있습니다. 조금만 기다려 주십시오.」
 차장은 자랑스러운 듯이 말하고 나서 아까의 그 여직원에게 이강필이란 사람의 인적 사항을 알아 오라고 지시했다.
 다시 10분쯤 지나 그 여직원은 타이핑 용지를 들고 돌아왔다.
 거기에는 이강필이란 사람의 주소와 전화번호가 찍혀 있었다.
「이것뿐이야?」
 차장이 여직원에게 물었다.
「네, 다른 것은 없는데요.」
「직업 같은 것도 안 적혀 있군. 가 봐요.」
 차장이 여직원을 보내고 나서 타이핑 용지를 구문대에게 건넸다.
 은행 안에 마침 공중전화가 비치되어 있었다.
 구문대는 밖으로 나오려다 말고 이강필이란 사람에게 전화를 걸어 보기로 했다.
 전화를 받은 사람은 여자였다.
「이강필 씨 계십니까?」

「안 계신데요.」
교양 없는 여자의 목소리 같았다.
「어디 가셨습니까?」
「회사에 가셨는데요.」
「회사 전화번호를 좀 가르쳐 주시겠습니까?」
구문대는 공손하게 물었다.
「실례지만 누구신가요?」
상대방 여자는 경계하는 목소리로 물었다.
「아, 네 이선생 친구 되는 사람입니다. 시골에 살고 있는데 올라온 김에 한번 만나보고 갈려고요.」
이강필의 부인으로 생각되는 여인은 머뭇거리다가 더 이상 묻지 않고 회사 전화번호를 가르쳐 주었다.
전화번호만 가지고는 무슨 회사인지 전혀 알 수가 없었다. 그래서 그는 우선 회사로 전화를 걸어 무슨 회사냐고 물어보았다.
「청산관광입니다.」
「아, 관광회사군요.」
청산관광(靑山觀光)은 J은행 A동 지점으로부터 불과 수십 미터 거리에 있었다.
이강필이란 사람은 청산관광 총무과장이었다. 나이는 서른댓쯤 되어 보였는데 구문대가 신분을 밝히자 얼굴색이 하얗게 변했다.
「무, 무슨 일로……?」
「네, 수표에 대해서 좀 알아볼려고요. 좀 조용한 데로 가실까요?」
이강필은 구형사를 응접실로 안내했다.
「무슨 수표인가요?」
구형사는 말없이 수표를 내밀었다. 이강필은 수표를 유심히 들여다보았다.

「아, 그보다 먼저 황근호 씨하고는 어떻게 되는 사이십니까?」
「황근호 씨라고요?」
「네, 세림실업에 근무하는 황근호 씨 말입니다. 조사실장이죠.」
「그런 사람은 모르겠는데요.」
「그래요. 그렇다면 이걸 좀 봐주십시오.」
 그는 수첩을 펼쳐 보였다.
「이건 J은행 A동 지점에서 발행된 10만 원짜리 자기앞수표 번호입니다. 은행에 알아봤더니 이선생께서 작년 12월6일에 끊어 가셨더군요.」
「네. 우리 거래은행이기 때문에 수시로 수표를 끊지요. 그 수표가 뭐 잘못됐습니까?」
 상대는 차츰 침착을 되찾고 있었다.
「아니, 잘못됐다는 게 아니라 그 수표를 누구한테 줬는지 그걸 알아보고 싶어서 그럽니다.」
「수표 거래가 많아서 그걸 일일이 기억할 수 있을지 모르겠습니다.」
「12월6일에 끊어 갔으니까 그 날짜를 중심으로 장부를 검토해 보면 알 수 있지 않을까요?」
「네, 알겠습니다.」
 총무과장은 여직원에게 장부를 가져오게 했다. 그는 12월6일자 지출란을 들여다보고 나서 여직원에게 물었다.
「이날 은행에 가서 수표를 끊어 왔지? 내 이름으로 말이야……」
「네, 확실한 건 수표책을 보면 알 수 있어요.」
 그 여직원은 따로 수표책을 가지고 있었다. 똑똑한 여직원이었다. 그녀는 수표책을 가져와 펼쳐 들었다.
「그날 2백50만 원을 끊었어요. 백만 원짜리 두 장하고 십만 원짜리 다섯 장이었어요.」

그녀는 수표번호까지 적어두고 있었다. 그 번호 가운데 구형사가 메모해 둔 10만 원짜리 수표번호도 분명히 있었다.
「이 수표는 누구한테 지출되었나요?」
「그건…… 버스 대금으로 지출되었어요.」
「버스 대금?」
구형사는 의아스런 얼굴로 이강필을 바라보았다.
거기에 대해 이강필이 보충 설명을 했다.
「월부로 구입한 버스가 몇 대 있습니다. 매월 그 대금을 얼마씩 지불하고 있지요.」
「어디다가 지불합니까?」
「우리 경우는 영업소 직원이 받으러 옵니다.」
버스 대금으로 수표를 받아 간 사람은 R자동차 서울 영업소에 근무하는 이명호(李明縞)라는 사람이었다.
구형사는 시간을 보았다. 5시가 막 지나고 있었다. 잘하면 만나볼 수 있을지도 모른다는 생각에 R자동차 서울영업소로 전화를 걸었다.
이명호는 자리에 없었다. 퇴근 시간인 6시쯤에 들어온다는 것이었다.
아직 한 시간 가까이 시간이 남아 있었다. 그래서 구문대는 한 군데 은행에 더 가 보기로 했다. 백만 원짜리 수표부터 알아보는 것이 좋을 것 같아 택시를 타고 K은행 S동 지점으로 달려갔다.
은행에는 이미 셔터가 내려져 있었다. 비상문을 통해 안으로 들어가 용건을 이야기해 주자 은행 대리가 응해 주었다.
〈수표 1(백만 원짜리—다24215643)〉이 발행된 날짜는 작년 12월14일이었다. 수표를 끊어 간 사람은 엄효식(儼孝植)이라는 사람이었다. 그에 대한 주소와 전화번호를 알아낸 다음 은행을 나와 R자동차 서울영업소에 전화를 걸었다. 6시5분 전이었다.
이명호는 자리에 있었다.

30분 후 구문대는 다방에서 이명호와 대좌했다.

이명호는 30안팎의 사람이었다. 첫인상이 민첩해 보이는 젊은이 었다.

구형사의 말을 듣고 난 그는 안경을 벗었다가 도로 끼면서 되물었다.

「그 수표가 무슨 말썽이 났나요?」

「묻는 말에만 대답하시오. 누구한테 줬나요?」

구형사는 약간 억압적으로 물었다.

「글쎄요. 하도 많은 수표를 취급하니까 일일이 기억한다는 것이 불가능합니다.」

「차 대금을 수금하면 그걸 가지고 있는 게 아니라 회사에 넘길 거 아닙니까?」

「네, 그렇죠. 제 경우에는 경리한테 넘깁니다. 그날도 경리한테 넘겼습니다.」

갑자기 구형사는 어지러움을 느꼈다. 수표의 행방이 점점 미궁 속에 빠져들고 있었다.

그것이 어떻게 해서 황근호의 수중에 들어갔을까. 거기까지의 과정은 완전히 안개 속이었다.

어지럽다고 해서 여기서 주저앉아 버리면 아무것도 알아낼 수 없을 것이다.

「황근호 씨를 아십니까?」

이명호는 느닷없는 질문에 고개를 갸우뚱했다.

「모르겠는데요. 뭐하시는 분인가요?」

「세림실업 조사실장입니다. 모를 리가 없을텐데?」

「정말 모릅니다. 처음 들어보는 이름입니다.」

안되겠다 싶어 구형사는 영업소로 들어가 경리 아가씨를 만나 보았다.

「그날 입금된 건 다음날 아침에 본사로 모두 넘겼는데요.」
 뚱뚱한 아가씨는 수표 넘버를 확인해 보이며 말했다.
 구문대는 맥이 풀렸다. 지금까지 헛수고한 것 같은 기분이었다. 그러나 다음 표적이 정해져 있는데 그만둘 수는 없었다.
 해가 떨어지자 한파가 몰려오고 있었다. 삭풍이 목덜미를 핥고 지나갔다.
 그는 어깨를 웅크린 채 공중전화를 찾아 걸어갔다. 휴지 조각들이 다리를 스치며 굴러갔다.
 주위에 공중전화가 보이지 않았다. 그래서 다방으로 들어갔다.
 〈수표 1〉을 끊어 간 사람은 집에 없었다. 아직 집에 돌아오지 않았다는 여인의 대답으로 그 전화번호가 집 전화번호란 것을 알 수 있었다.
 엄효식이란 사람은 무엇하는 사람일까. 그는 따뜻한 우유 한 잔을 마시고 나서 다시 전화를 걸었다.
「조금 전에 전화 걸었던 사람입니다. 미안합니다만 엄선생님 회사 전화번호를 좀 알 수 없을까요?」
 상대방 여인은 갑자기 의심이 들었는지 좀처럼 회사번호를 알려주려고 하지 않았다. 이쪽에서 경찰이라고 하자 그제서야 잔뜩 겁을 집어먹은 채 전화번호를 알려주었다. 그러면서 무슨 일로 그러느냐고 거듭 물어왔다. 별일 아니라고 말하고 전화를 끊었다.
 5분쯤 기다렸다가 그는 다시 다이얼을 돌렸다. 엄효식은 퇴근하고 없었다.
 구문대는 다방을 나와 식당으로 들어갔다. 설렁탕을 한 그릇 먹고 나서야 추위가 좀 풀리는 것 같았다.
 그가 수사본부로 돌아온 것은 7시가 지나서였다.
 수사본부는 역청사 2층의 한 방에 차려져 있었다.
 실내는 장터처럼 붐비고 있었다.

그러나 분위기가 어두운 것으로 보아 새로운 사실에 접근한 것 같지는 않아 보였다. 문대는 박 명을 발견하고 그 쪽으로 다가갔다.
「하루 종일 어디 있었어? 코빼기도 보기 힘드니.」
박 명이 눈을 가늘게 뜬 채 올려다보며 물었다.
문대는 철제의자를 끌어다가 앉았다.
「똥개처럼 돌아다녔지 뭐.」
「그럼 뼈다귀라도 물어 와야지.」
「없어. 완전히 공쳤어. 거긴 어때?」
박 명은 두 팔을 벌려 보였다.
「다리가 퉁퉁 부었어.」
「새로운 사실 뭐 없나?」
박 명은 책상 위를 가리켰다.
문대는 책상 위에 아무렇게나 쌓여 있는 프린트물을 하나 집어 들었다.
그것은 서울역 광장 살인사건 발생 보고서였다. 그것을 훑어보다가 그는 집어 던졌다. 그때 수사반장이 굳은 표정으로 들어왔다. 그는 큰 키에 좀 마른 인상의 40대 후반의 사나이였다.
「자, 모두 조용히 하고 자리에 앉아 봐요. 피살자 신원이 밝혀졌으니까.」
시끄럽던 실내는 갑자기 물을 끼얹은 듯 조용해졌다.
실내에는 기자들도 많이 있었지만 반장은 그들을 내보내지 않고 오히려 들으라는 듯이 큰소리로 메모 내용을 읽어나가기 시작했다.
「피살자의 본명은 최필주(崔弼周), 본명 외에 강세원(康世源), 손만성(孫萬成) 등의 가명을 사용했다. 주소는 서울 강동구 ×동 ×번지이고 부인 김아영과의 사이에 2녀가 있다. 나이는…… 피살자의 나이는 34세이고 폭력전과 2범에 상해치사혐의로 수배중이던 자이다. 국화와 칼이라는 폭력단체의 행동대원으로 알려져 있다. 따라서 도망친 자도 같은 단체의 회원일 가능성이 많다.」

문대는 포개고 있던 다리를 내렸다. 박 명의 표정을 살피니 그 역시 심각한 얼굴이었다.

「내일부터는 수사인원이 배가 되니까 한 군데도 소홀히 넘기지 말고 철저히 조사해요. 국화와 칼이 등장했다는 것은 심상치가 않아.」

그 점은 모두가 우려하는 점이었다. 국화와 칼을 상대해서 싸운 그 칼을 잘 쓰는 자는 누구일까. 혹시 폭력단끼리의 싸움이 아닐까.

그렇다면 사람이 하나 죽었으니 얼마 동안 복수전이 계속될지 모른다.

「나이프는 어떻게 됐어?」

반장의 질문에 아무도 대답하는 사람이 없었다.

「병원은 모두 뒤져 봤나?」

반장은 날카롭게 또 물었다.

「네, 모두 뒤지긴 했는데 걸린 게 없습니다.」

한 수사관이 구석자리에 앉아 대답했다.

「제기랄…… 야단났군. 내일은 바짝 조이라구. 국화와 칼에 대해서 아는 사람 있나?」

모두가 입을 다물고만 있었다.

반장은 답답한지 미간을 찌푸려 보였다.

「이래 가지고서야 어디……」

그때 젊은 수사관 한 명이 일어서서 말했다.

「한일 합작 폭력 단체 아닙니까?」

그 말에 가벼운 웃음이 일었다.

반장이 설명하기 시작했다.

「알긴 아는군. 국화와 칼은 한마디로 국제성을 띤 폭력 단체야. 한국의 깡패들이 일본 깡패들하고 손을 잡아 만든 것이 국화와 칼인데 역사는 20년 남짓 되었어. 수년 전까지만 해도 이름이 없었는데 요즘 들어 명성을 날리기 시작하고 있어. 주축은 일본놈들이고 한국인은 들러리 서는 정도에 불과하다고 하는데 자세한 거야 알 수 없지. 잔인무도하기로 정평이 나 있어.」
「이번 사건에 그들이 얽혀 있다면 문제가 아주 심각하겠지요?」
박 명의 질문이었다. 그는 눈을 꿈벅거리며 사람들을 둘러보고 있었다.
「심각하기 때문에 수사인원을 배로 늘린 거야.」
「죽은 최필주가 국화와 칼의 일원이라는 사실은 어떻게 알았습니까?」
반장은 왼쪽 어깻죽지를 오른손으로 툭 쳤다.
「여기에 문신이 있었어. 5센티 크기의 반점이야. 여자 대원은 국화를 그려넣는다고 들었어. 도쿄 경시청 사람한테 들은 이야기야. 그리고 결정적인 증거가 또 하나 있었어. 그의 집에서 국화와 칼의 단원증이 발견된 거야. 바로 이거야.」
그는 손바닥 절반 정도 크기의 빨간 것을 쳐들어 모두에게 보였다.
「돌려 보라구.」
그는 그것을 가까이 앉아 있는 수사관에게 넘겼다.
그것이 사람들 손을 거쳐 자기 손에 들어올 때까지 구문대는 가만히 앉아 있었다. 성미 급한 박 명은 일어나서 그것을 빼앗다시피해서 들여다보았다. 그리고 코웃음을 쳤다.
「별 요상한 놈들도 다 있군.」
문대는 자기 차례가 되어 그것을 받아 보았다.
그것은 겉이 빨간 인조가죽으로 덮여 있었다. 그것을 양쪽으로 펼치게 되어 있었다.
한 면에 단원증이 들어 있었다. 비닐 커버가 그것을 감싸고 있었다.

단원증은 검은 바탕에 흰 글씨로 되어 있었다. 사진도 붙어 있지 않고 이름도 주소 같은 것도 적혀 있지 않았다. 'No 357'이라는 번호와 함께 다음과 같은 내용의 글이 찍혀 있었다.
《국화를 꺾는 자는 단검이 용서치 않으리라.》
문장의 끝에는 'C·S'라는 약자가 표기되어 있었고, 오른쪽 밑에는 국화송이와 칼이 엇갈려 그려져 있었다.
「C·S가 뭡니까?」
박 명이 반장을 향해 물었다.
「국화와 칼의 영어 머리글자야. 국화는 영어로 크리샌더멈 (Chrysanthemum), 그리고 칼은 스워드(Sword)야.」

한 시간 후 구문대와 박 명은 명동거리를 천천히 걸어가고 있었다.
「국화를 꺾는 자는 단검이 용서치 않으리라.」
박 명이 중얼거렸다. 구문대는 말없이 발뿌리만 바라보며 걷고 있었다.
「무슨 뜻이지?」
그는 묵묵히 걷고 있는 문대를 툭 치면서 물었다.
문대는 담배 꽁초를 휴지통에 던져 넣었다.
「글쎄 이런 뜻이 아닐까. 국화는 그들의 명예야. 즉 그들을 배반하는 자는 죽이겠다는 뜻이겠지. 죽이겠다는 표현보다는 한결 무게가 있고 권위가 있잖아.」
「빌어먹을 자식들.」
그들은 골목으로 꺾어져 들어갔다.
「국화와 칼은 미국의 인류학자인 베네딕트라는 여류학자가 일본에 대해서 분석한 사회과학서야.」
「뭐라고?」
박 명은 걸음을 멈추고 문대를 쳐다보았다.

「베네딕트 여사가 쓴 책 이름이란 말이야.」
「그게 정말이야?」
「정말이야. 그 책을 읽은 적이 있어. 잘 기억이 나지 않는데 일본인의 사고와 행동을 날카롭게 분석하고 있어. 세계적인 명저야. 한마디로 국화와 칼은 일본의 양면성을 드러낸 말이라고 볼 수 있어. 그렇게 지적해 낼 수 있다는 것이야말로 대단히 놀라운 통찰력이라고 볼 수 있지. 그 여자는 이미 죽었어. 시간 나면 한번 읽어 보도록 해.」
「책 읽을 시간이 어딨어. 그리고 그런 책은 골치가 아파. 그런데 그 깡패들은 왜 책이름을 땄지?」
「그것이 가장 마음에 들었기 때문이겠지. 그런 것을 단체 이름으로 정한 걸 보면 보스가 꽤 지적 수준이 높은 것 같아.」
「알다가도 모르겠군.」
「일반적으로 범죄 집단의 이름을 보면 단순 명쾌한 게 특징이지. 한데 이건 그렇지가 않아. 어떤 정치적 목적이 있는지도 모르지.」
「정치적 목적이라니 그게 무슨 소리야?」
「한번 해본 소리야.」
그들은 어느 스탠드바로 들어갔다. 박 명이 눈독을 들이고 있는 여자가 일하고 있는 술집이었다.
「날씨가 추워지면 난 여자 생각이 간절해.」
박 명이 스탠드로 다가앉으며 말했다. 그는 아직 독신이었다. 서른아홉인데 아직 미혼이라면 문제가 없지 않아 있었다.
그러나 그는 애써 결혼하려고 하지 않았다. 그의 말에 따르면 사랑하는 여자가 나타날 때까지는 결혼하지 않겠다는 거였다.
문대가 생각할 때 그의 그런 말은 아주 타당한 말이었다. 대부분의 남녀는 상대를 사랑하기 때문에 결혼하는 것이 아니라 나이가 찼기 때문에 결혼한다. 그러니까 일단 결혼해 놓고 나서 사랑해 보자는 식이다.
 문대 역시 그런 식으로 결혼했다. 그런데 그는 아직도 아내를 사랑하지 않고 있었다. 그렇다고 싫어하는 것도 아니었다.
 법적으로 그의 아내이고 자식들을 낳았기 때문에 그럭저럭 살아가고 있는 터였다.
 그의 아내는 외박이 잦고 입에 풀칠할 정도의 봉급을 받는 그에 대해 불만이 많았다. 그녀는 웃는 모습보다 얼굴을 찡그리고 있을 때가 더 많았다.
 가난하면 가난한 대로나마 생활을 꾸려가면서 행복을 찾아야 한다는 것이 그의 생활 신조였다.
 돈이 곧 행복과 직결되는 것은 결코 아니었다. 그러나 아내는 그렇지가 않았다.
 언젠가 역시 돈 문제로 아내와 다툰 적이 있었다. 다음날 아침 화장실에 들어간 그는 흰 벽에 볼펜으로 예쁘게 적혀 있는 글귀를 보고는 아침식사도 하지 않고 출근했다.
 거기에는 《가난이 문을 열고 들어오면 사랑이 창문을 열고 도망친다.》라고 적혀 있었던 것이다. 그는 아내의 찌푸린 표정을 고쳐보려고 그동안 괴로운 노력을 경주해 보았지만 마음대로 되지가 않았다.
 그녀는 갈수록 신경질이 늘고 우울한 표정이 되어갔다. 하는 수 없이 그는 그런 아내의 얼굴을 보지 않으려고 될수록 집에 늦게 들어가거나 사건이 터지면 아예 집에 들어가는 것을 포기하곤 했다.
 아내와 그는 중매 결혼한 사이였다. 그리고 그들 사이에는 아들만 둘이 있었다. 그는 아이들을 끔찍이도 사랑했다. 그러나 아이들과 함께 시간을 보내지 못하는 것을 항상 괴로워했다.
 실내는 사람들이 가득했다.
 박 명이 눈독을 들이고 있는 미스 홍이라는 호스티스는 미인이었다. 그래서 그녀의 주위에는 언제나 손님이 들끓고 있었다. 박 명은 그것을 못마땅하게 생각했다.
「오늘도 벌떼가 많군. 내 차례는 올 것 같지 않은데 어쩌지?」
박 명이 미스 홍의 파진 가슴을 들여다보며 말하자 그녀는 입을 가리고 킬킬 웃었다.
「선착순으로 데이트하자구. 선착순으로 하면 난 벌써 차례가 지났어.」
「아직 차례가 안됐어요. 안 그래요?」
그녀는 문대에게 동의를 구했다.
「난 모르겠는걸.」
문대는 맥주를 들이킨 다음 천천히 카운터로 가서 전화를 걸었다.
「네.」
굵은 남자 목소리가 들려왔다.
「실례지만 엄효식 씨인가요?」
「네, 그렇습니다만……」
「아까 사모님한테 전화 걸었던 사람입니다.」
「그럼 경찰이십니까?」
긴장한 목소리로 물어왔다.
「네, 그렇습니다. 밤에 전화를 걸어 죄송합니다.」
「아니, 괜찮습니다. 헌데 무슨 일로……?」
「아, 뭣 좀 여쭤 볼 것이 있어서 그럽니다.」
「네, 뭔데요?」
「여긴 길게 쓸 수 있는 전화가 아니라서 좀 곤란하군요. 지금 댁으로 좀 찾아가 뵐까 하는데 어떨는지 모르겠습니다.」
「지금 말입니까?」
상대방은 적이 놀란 것 같았다.
「네, 지금 말입니다. 급해서 그럽니다.」

「그렇다면 집으로 올 게 아니라 집 앞에 있는 제과점에서 만나지요.」
「아, 그럴까요. 그게 좋겠군요.」
상대방은 위치를 상세히 알려주었다. 아파트단지 안이라 찾기가 쉬울 거라고 했다. 9시에 만나기로 하고 전화를 끊었다.
돌아보니 박 명은 미스 홍과 열심히 귀엣말을 주고받고 있었다.
문대는 가만히 밖으로 빠져 나왔다.
약속 장소에 닿은 것은 9시5분 전이었다.
제과점 안에는 고등학생으로 보이는 남녀 한쌍이 앉아 있을 뿐 다른 손님은 없었다.
10분쯤 지나자 40대의 중년 부부가 들어왔다. 그들은 긴장된 눈으로 문대를 잠시 바라보았다. 밤색 파카를 입은 사내가 조심스럽게 다가왔다.
문대는 일어서서 그를 맞았다. 상대방은 살찐 얼굴에 번쩍거리는 안경을 끼고 있었다.
「아까 전화하신 분이신가요?」
「네, 그렇습니다. 엄선생님이신가요?」
엄효식이 워낙 불안한 표정을 지었기 때문에 문대는 미안했다.
그의 부인으로 보이는 여인은 조금 떨어진 곳에 앉아 그들 쪽으로 눈과 귀를 집중했다.
그들은 우유를 한 잔씩 시켰다.
「실례지만 무슨 일을 하고 계십니까?」
「건설회사에 나가고 있습니다.」
그는 이름 있는 S건설 주식회사 강남지구 사업본부 부장이라는 직함을 가지고 있었다. 아파트 건설 현장의 모델하우스에서 주로 근무하고 있다고 했다.
「이걸 좀 알아볼까 해서 그럽니다.」

구형사는 〈수표 1〉의 내용을 적은 메모지를 꺼내 보였다.
상대방은 그것을 얼른 알아보지 못했다.
「이게 뭡니까?」
「수표 내용을 적은 메모입니다. 작년 12월14일에 K은행 S동 지점에서 백만 원짜리 자기앞수표를 끊어 가시지 않았습니까?」
「아, 그거군요.」
비로소 그는 알아본 것 같았다.
「이거 엄선생님께서 끊어 가신 게 분명하죠?」
문대는 다짐하듯 물었다.
「네, 분명합니다.」
그는 아내 쪽을 힐끗 쳐다보았다.
「수표에 뭐 이상이 있습니까?」
구형사는 고개를 흔들었다.
「그렇지는 않습니다. 그게 아니고 그 수표를 누구한테 주셨는지 알고 싶습니다.」
그는 자기 부인 쪽을 돌아보았다.
「제 집사람한테 줬는데요.」
그는 다시 아내를 힐끗 바라보았다.
「이쪽으로 좀 오시라고 할까요?」
엄효식은 아내에게 눈짓을 한 다음 한쪽으로 비켜 앉았다.
그의 아내는 비쩍 마른 얼굴에 신경질적인 인상이었다. 남편의 설명을 듣고 난 그녀는
「곗돈으로 나갔는데요.」
하고 말했다.
「계주한테 주셨단 말씀인가요?」
구형사는 약간 맥이 풀리는 것 같았다.
「네.」

문대는 틀림없느냐고 다짐을 받았다. 그녀는 계주의 이름과 주소 및 전화번호를 상세히 가르쳐 주었다.
　계주의 이름은 오현지(吳賢知)였다. 엄가의 부인을 통해 알아본 바에 의하면 오현지는 대단한 계꾼 같았다. 그녀의 남편은 목사라고 말했다.
　남편은 목사, 아내는 계꾼이라는 그 관계가 어쩐지 걸맞지 않은 것 같아 그는 쓴웃음이 나왔다.

국화와 칼

 범행에 사용된 잭나이프의 출처를 찾는 일이 어려워지자 경찰은 공개수사를 벌였다.
 나이프를 찍은 사진이 신문에 공개된 지 몇 시간이 흐른 오후 1시께에 수사본부로 전화가 걸려왔다.
 「신문에 난 사실을 보고 전화를 걸었는데요. 그 칼…… 확실히 말할 수는 없지만 우리 가게에서 판 것하고 비슷한 것 같아요.」
 신고인은 앳된 목소리의 여자였다.
 두 명의 형사가 즉시 신고인을 만나기 위해 달려갔다.
 가게는 종로에 있었다. 차도를 벗어난 골목을 한참 더듬다가 형사들은 겨우 그 가게를 찾을 수가 있었다. 그 일대는 최근 들어 갑자기 서양풍의 세련된 스타일의 술집들이 우후죽순처럼 생겨나고 있었다.
 그 가게는 그런 술집들 사이에 틀어박혀 있는 조그만 양품점이었다.
 「이런 데 처박혀 있으니 알 수가 있나.」
 문대는 문을 밀어젖히며 안으로 들어섰다.
 뜨개질을 하고 있던 여자 점원이 놀란 토끼눈을 하고 발딱 일어섰다.
「경찰에서 왔습니다. 조금 전에 수사본부로 전화하신 아가씨인가요?」
앳되게 생긴 점원은 겁먹은 얼굴로 고개를 끄덕였다.
「이 칼을 좀 잘 봐요.」
문대는 잭나이프를 꺼내 진열대 위에 올려놓았다.
「바로 이 칼이에요! 틀림없어요!」
처녀는 큰소리로 외치다시피 말했다. 그리고 나서 자기 목소리가 너무 컸다고 생각했는지 얼굴을 붉히면서 손으로 입을 가렸다.
이윽고 그녀는 진열대 안에서 그들이 가져간 것과 똑같이 생긴 잭나이프를 꺼내 진열대 위에 놓여 있는 나이프 옆에 나란히 놓았다.
「두 개 있었는데 하나가 팔렸어요.」
문대는 그녀의 까만 눈동자를 지그시 바라보다가 부드러운 어조로
「언제 누구한테 팔았지요?」
하고 물었다.
「지난 연말에 어떤 남자가 사갔어요.」
「어떤 남자가? 아는 남자였나요?」
「아네요. 처음 보는 사람이었어요.」
그녀는 야무지게 대답했다.
「칼을 판 게 정확히 언제였지요?」
「장부를 보면 알 수 있어요.」
그녀는 장부를 꺼내 놓고 뒤적이더니 손가락으로 한 곳을 짚어 보였다.
「작년 12월25일에 팔았어요. 그날 저녁에 어떤 남자가 들어와서는 사 갔어요. 비싼 칼인데 그분은 한푼도 깎지 않고……」
말하다 말고 그녀는 얼른 입을 다물어 버렸다.
「얼마에 팔았죠?」

「시…… 십만 원에 팔았어요.」

그녀는 당황해서 말했다. 하마터면 12만 원에 팔았다고 말할 뻔했다. 12만 원에 팔아서 2만 원을 챙겨 두고 장부에는 10만 원에 팔았다고 적어 넣었는데, 하마터면 그 사실을 잊어먹을 뻔했다.

「십만 원짜리 칼을 한 푼도 안 깎고 군소리 없이 사 갔단 말이지?」

「네, 그랬어요.」

그녀는 형사들의 시선을 피해 대답했다.

「어떻게 생긴 남자였어요?」

어떻게 생겼더라? 그녀는 허공에다 시선을 던졌다. 생각이 잘 안 났다. 이윽고 그녀는 생각을 정리한 다음 더듬더듬 입을 열었다.

「저기…… 선생님이 입고 있는 것같이 그렇게 누런 바바리 코트를 입고 있었어요.」

그녀는 손가락으로 문대가 입고 있는 베이지색 바바리 코트를 가리켰다.

「그렇게 크지는 않았지만 키가 좀 큰 편이었어요. 그리고 깡마른 인상이었어요.」

그녀는 잘 생각이 나지 않는지 눈을 깜박거렸다.

「좀더 구체적으로 말해 봐요. 특징 같은 거라도 있으면……」

그녀는 깊이 생각에 잠긴 표정이다가 다시 조심스럽게 입을 열었다.

「광대뼈가 튀어나왔어요. 눈은 가늘게 찢어졌구요. 난생 처음 보는 무서운 눈이었어요. 웃지도 않고 별로 말도 없었어요.」

그녀의 말은 거기서 또 끊어졌다.

「더 자세히 말해 봐요.」

그녀는 고개를 갸우뚱했다. 어떻게든 생각해 내려고 기를 쓰는 것이 역력했다. 형사들은 그녀가 입을 열 때까지 재촉하지 않고 기다렸다.
 마침내 그녀의 눈이 반짝하고 빛났다.
 「이제 생각났어요. 머리가 곱슬곱슬 했어요. 그리고…… 콧잔등이 이렇게 휘어졌어요.」
 「용케 생각해 냈군요. 그 밖에 생각나는 점은?」
 「이젠 없어요. 정말이에요. 그 사람은 칼을 사 가지고 바로 나갔으니까요.」
 「그 뒤에 오지 않았나요?」
 「안 왔어요. 한번도……」
 그녀는 도리질을 했다.
 「그 사람 보면 기억할 수 있겠어요?」
 「네, 기억할 수 있을 거예요.」
 「몇 살쯤 되어 보였어요?」
 「글쎄요. 마흔은 넘어 보였어요.」
 「아가씨 이름은 뭐지요?」
 「김소라(金素羅)예요.」
 「소라 양, 우리한테 협조를 좀 해 줘야겠어요. 칼을 사 간 사람 몽타주를 만들어야겠는데, 아가씨 아니고는 목격자가 없으니 아가씨가 도와 줘야겠어요.」
 그녀는 가게를 비우고는 절대로 나갈 수 없다고 난색을 표했다.
 수사관들은 하는 수 없이 주인이 나올 때까지 한 시간 이상이나 가게에서 기다렸다가 김소라를 데리고 수사본부로 돌아왔다.
 잠시 후 그녀는 다른 곳으로 옮겨갔다. 그리고 거기서 몽타주 전문가와 마주앉아 컴퓨터에 의한 몽타주 작성에 들어갔다.

 「내 생각에는 아무래도 박종미를 잘못 잡아 들인 것 같아.」
 문대가 박 명에게 처음으로 이런 말을 한 것은 그날 점심식사 때였다.
 그들은 식당에 앉아 떡국을 먹고 있었다.
「뭐라고?」
 박 명이 눈을 부릅뜨고 물었다.
「박종미 말이야. 아무래도 우리가 잘못해서 생사람을 잡은 것 같아.」
 그 말에 박 명은 펄쩍 뛰었다.
「도대체 무슨 소릴 하는 거야?」
 문대는 숟가락을 놓으면서 머리를 천천히 저었다.
「농담으로 말하는 게 아니야.」
「다 끝난 사건인데 무슨 근거로 그렇게 말하는 거야? 근거를 대 봐!」
 박 명은 손가락으로 탁자를 두드려댔다. 그의 얼굴은 어느새 벌겋게 달아올라 있었다.
「아직 확실한 증거는 없어. 하지만 언젠가는 틀림없이 드러날 거야.」
「사람 미치게 만들지 마! 잘 나가다가 왜 그래? 누굴 골탕먹이려는 거야?」
「누가 그러고 싶어서 그러는 줄 알아? 할 수 없으니까 그러는 거지.」
「황을 죽인 건 박종미야! 더 이상 추호도 의심의 여지가 없어!」
「생사람 잡으면 그 결과가 어떻게 된다는 거 잘 알고 있지?」
「생사람은 왜 생사람이야!」
「두고 봐. 황씨를 죽인 범인이나 최필수를 죽인 범인이나 칼솜씨가 비슷할 정도로 기막혔어. 놈들은 약속이나 한 듯 횡경막 위 늑골을 찔렀어.」
「그럴 수도 있지 뭐.」

박 명은 처음으로 목소리를 낮춰 말했다.
「우연의 일치라고 본단 말이지? 아니야. 그렇게 보기에는 너무도 수법이 비슷해.」
「그렇다면 동일 인물의 소행으로 본다 이건가?」
두 사람은 숨을 죽인 채 긴장한 눈으로 서로를 한동안 쳐다보았다.
「아직 단정을 내릴 수는 없지만…… 나는 그런 각도에서 조사를 시작하고 있어.」
「사람 환장하게 만드는군. 그래, 거기에 대해 얼마나 조사했어?」
「이제 시작이라 얻은 건 없어. 혼자 힘으로는 벅차다는 것을 느꼈을 뿐이야. 굉장히 일이 많아.」
「나보고 어쩌란 말이야?」
박 명은 곁눈질로 문대를 쩨려보면서 물었다.
「좀 도와 줘.」
「내가 놀고 있는 줄 알아?」
「바쁜 건 피차 마찬가지야. 이건 비밀로 해야 해. 우리 두 사람만 알고 있어야 해. 우리가 딴짓을 하고 있다는 걸 알면 위에서 가만 있지 않을 거야.」
박 명은 갑자기 식어빠진 떡국을 마저 먹기 시작했다. 순식간에 그것을 먹어치우고 나더니 문대에게 담배를 한 대 청해 피웠다.
「만일 두 사건의 범인이 동일 인물이라면……?」
박형사는 담배 연기를 한 번 내뿜고 나서 구형사를 바라보며 물었다.
「박종미는 범인이 아니야.」
문대는 분명한 어조로 말했다.
「박종미가 구속되어 있는 동안에 제2의 살인사건이 일어났으니까 그렇다는 말인가?」
「그래.」

문대는 고개를 끄덕거렸다.
「빌어먹을. 엎친 데 덮친 격이군. 무슨 일을 할까요? 지시만 내리십시오.」
「커피나 한 잔 하면서 이야기하지.」
식당을 나온 그들은 그 옆의 다방으로 들어갔다.
문대는 박 명에게 수첩을 펴 보였다.
「이게 뭐지?」
박 명은 수첩을 들여다보며 물었다.
「수표 액면가, 넘버, 발행지를 적은 거야.」
「황근호의 수표군.」
박 명은 얼른 알아보았다.
「그래 죽은 황씨가 남긴 거야. 자넨 이걸 절취하기 위해 박종미가 황씨를 죽인 거라고 생각하는데…… 그건 그렇다치고, 황씨는 죽을 때 이 수표까지 합해서 약 5백만 원 가까운 돈을 가지고 있었어.」
「알고 있어. 그래서?」
박 명은 재촉했다.
「도대체 황씨는 그 돈이 어디서 났을까?」
「……」
박 명은 아무 대꾸도 하지 않았다.
「조사를 해본 결과 출처가 분명하지 않은 돈이야.」
박 명은 문대의 말에 아무 반응도 보이지 않았다. 잠자코 듣고만 있었다.
「회사 사람한테도 알아보았고 황씨 부인도 만나 보았어. 하지만 그 돈이 어디서 난 건지는 전혀 밝혀낼 수가 없었어. 연말 보너스도 아니었고 부동산을 팔아 생긴 것도 아니었어.」
「빌린 돈이 아닐까?」

「아니야. 만약 부인 몰래 빌린 돈이었다면 빚쟁이가 벌써 집 안에 나타났을 거란 말이야.」
「거 이상하군.」
처음으로 박 명은 수긍하는 표정을 지었다.
「그뿐이 아니야. 황씨는 거의 매일이다시피 살롱 로망스에 가서 술을 마셨어. 잘 알겠지만 로망스는 술값이 비싼 술집이야. 월급쟁이가 매일 출입할 수 있는 곳이 못돼. 그런데 황씨는 거의 매일이다시피 거기에 가서 비싼 양주를 마시며 박종미한테 팁을 뿌렸단 말이야. 도대체 어디서 돈이 나서 그랬을까? 황씨 월급은 75만원이었어. 자식 셋은 모두 대학생이고 노모를 모시고 있어. 75만원 가지고 결코 여유 있는 생활은 못했을 거란 말이야. 월급 타 가지고 술 마셨을 리는 없어.」
박 명은 고개를 끄덕였다.
「수수께끼군.」
「수수께끼야. 여기에 열쇠가 있는 것 같아.」
박 명이 수긍하는 태도를 보이자 구문대는 신이 났다.
「부수입이 생긴 거겠지.」
「천만에. 그의 자리는 부수입이 생길 수 있는 자리가 아니야. 그가 로망스에 출입하면서 박종미와 관계를 갖기 시작한 것은 한 6개월쯤 됐어. 그러니까 최소한 6개월 동안 비정상적인 수입이 들어왔고, 그래서 그 돈으로 술집에 출입했다고 볼 수 있어. 조사실장이라는 자리는 별볼일 없는 자리야. 그 자리는 한직이기 때문에 누구나 가는 것을 꺼리는 자리란 말이야. 그런 자리에서 어떻게 부수입이 생기겠어.」
「자네가 살이 찌지 않는 이유를 이제야 알겠어. 그런 데까지 생각하니 정말 자네 아니고는 아무도 흉내낼 수 없는 일이야.」
「그래서 나는 수표를 추적하기 시작했어. 보다시피 수표는 11장이야. 이 수표들이 어떻게 해서 황씨의 수중에 들어가게 되었는가, 그에게 이 수표들을 준 사람이 누구인가 등…… 이런 것들을 알아내기 위해서 조사를 시작했어. 한데 쉬운 일이 아니야. 지방에서 발행된 것도 있고, 도대체 몇 사람을 거쳤는지 아직 감도 못 잡은 판이야. 한 가지 막연하게 짐작되는 것은 그렇게 많은 사람 손을 거치지 않았을 거라는 점이야.」
「그건 왜 그러지?」
「수표가 모두 새것이었거든. 손때가 묻지 않은 새것이었어. 그러니까 유통기간이 짧은 수표들이라고 보아진단 말이야. 실제로 지금까지 두 장을 알아보았는데 지난 12월중에 발행된 것들이었어.」
「나보고 그 수표를 유통시킨 사람들을 만나 보라는 건 아니겠지?」
「바로 그거야. 그 사람들을 만나 줘야겠어.」
「맙소사!」
박 명은 손바닥으로 이마를 탁 쳤다. 그것을 보고 문대는 빙그레 웃었다.
「나하고 나누어서 만나 보도록 해. 자, 먼저 이 여자를 만나 봐. 오현지라는 여자인데 계꾼이야. 남편은 목사고. 여기에 주소하고 전화번호가 있어.」
박 명은 기가 막힌다는 표정으로 문대의 다음 설명을 듣고 있었다.

너무 추워 코끝이 시렸다. 그의 주먹코는 벌겋게 얼어 있었다.
그는 호텔문을 거칠게 밀치고 안으로 들어갔다.
호텔 로비에는 사람들이 들끓고 있었다. 이런 데서 만나겠다고 한 그 여자가 그는 밉살스러웠다.
커피숍 안으로 들어갔다. 손님들로 자리가 거의 다 메워져 있었다. 이쪽은 돼지처럼 뚱뚱합니다. 그리고 밤색 세무 잠바를 입고 있습니다. 그는 오현지라는 여인에게 자신의 인상착의를 이렇게 말했었다. 그녀의 목소리는 교태가 느껴질 정도로 매끄러웠다. 저는 코발트빛 머플러에 검정 코트 차림이에요.

그는 손님들 눈치를 보면서 실내를 한 바퀴 돌았다. 코발트빛 머플러에 검정 코트 차림은 보이지 않았다.

「빌어먹을……」

그는 투덜거리면서 빈자리에 엉덩이를 붙이고 앉았다.

그때 출입구 쪽에 화사한 모습의 여인이 나타났다. 코발트빛 머플러에 검정 코트 차림이었지만 그녀의 몸에는 화사한 빛이 감돌고 있었다.

박 명은 일어서서 손을 조금 쳐들어 보였다. 그를 발견한 그녀는 갑자기 환하게 웃으며 또박또박 다가왔다. 마치 오래 전부터 알고 있기라도 한 듯이. 화사한 모습에 어울리게 웃는 모습 또한 매혹적이었다.

사람들의 시선이 일제히 그녀에게 쏠렸다. 그것을 의식하면서 그녀는 또박또박 걸어왔다.

박 명은 좀 당황했다. 그녀가 그렇게 웃어야 할 필요가 없는데 반색을 하며 웃었기 때문에 그것을 어떻게 받아들여야 할지 당황하지 않을 수 없었다.

「저기…… 박선생님이시죠?」

「네, 그렇습니다.」

「저 오현지예요.」

자리에 앉자 그녀의 얼굴에서 웃음이 사라졌다. 가까이에서 보니 대단한 미인은 아니었다. 흔히 볼 수 있는 얼굴인데 화장을 곱게 하고 있어 멋있게 보였다. 자신이 미녀라는 착각 속에 빠져 있는 듯했다.

머리를 뒤로 묶어 틀어 올렸는데 얼굴이 동그랗고 눈동자도 동그

랗다. 눈두덩이 움푹 들어간 것이 성형수술을 한 것 같았다.
그는 금방 뱃속이 뒤틀렸다.
「무슨 일로 그러시는 거예요?」
「황근호라는 사람을 아시죠?」
박형사는 눈을 가늘게 뜨면서 말했다.
「황근호라고요? 모르겠는데요.」
그녀는 눈을 크게 뜨고 대답했다.
「뭐하는 사람인가요?」
「세림실업 조사실장입니다. 그래도 모르시겠습니까?」
「모르겠어요.」
그녀는 단호하게 말하면서 머리를 세게 내저었다.
「계를 크게 하고 계신다고요?」
「네, 좀 하고 있어요.」
그녀의 얼굴에 불안한 빛이 조금씩 나타나기 시작했다. 그러나 당당한 태도였다.
「엄효식 씨 부인을 알고 계시죠?」
박형사는 그녀를 뚫어져라 바라보았다.
「남편 이름은 잘 몰라요. 직업을 말씀하시면 알 수 있어도……」
그녀는 말꼬리를 흐렸다.
「S건설 강남지구 사업본부 부장의 부인 말입니다.」
「아, 영남이 엄마 말이군요.」
그녀의 목소리가 맑게 주위를 울렸다.
「그 부인으로부터 최근에 곗돈을 받으신 게 언제쯤이었나요?」
「작년 12월 하순이었는데요.」
그녀는 거리낌없이 대답했다.
「얼마를 받았습니까?」
「잠깐……」

그녀는 백 속에서 수첩을 꺼내 뒤적거렸다.
「12월27일에 1백15만 원 받았는데요.」
「현찰이었나요, 수표였나요?」
그녀는 기억력이 비상한 것 같았다.
「백만 원은 수표로 받고 그리고 나머지는 모두 현찰로 받았어요.」
그는 계속해서 물었다.
「그 수표는 지금 가지고 계십니까?」
「아뇨.」
그녀는 머리를 저었다. 의혹과 불안의 빛이 두 눈에 잔뜩 서려 있었다.
박 명은 그녀의 얼굴에 시선을 고정한 채 담배에 불을 당겼다.
「그 수표를 어떻게 했나요?」
그녀는 잠시 머뭇거렸다.
「저기…… 그 수표가 뭐 잘못됐나요?」
박형사는 아무 소리 못하도록 잘라 말했다.
「묻는 말에만 대답하십시오. 그 수표를 누구한테 주셨나요?」
「글쎄, 잘 기억이 나지 않아요.」
그녀는 고개를 갸우뚱했다.
여기서 박 명은 질문을 잠시 중단했다. 그리고는 실눈을 한 채 그녀를 쏘아보았다.
이 여자가 거짓말을 하고 있다. 그의 직감은 이렇게 말하고 있었다.
그는 담배 연기를 후우 하고 허공에 내뿜은 다음 다리를 바꾸어 포겠다. 그러자 그녀도 그와 똑같이 행동했다. 다리가 미끈했다.
「잘 기억이 나지 않는다구요?」
그는 야릇한 미소를 지어 보였다.
그녀의 표정이 흔들렸다.

「워낙 많은 금액을 취급하다 보니까 일일이 기억할 수가 있어야지요. 죄송해요.」
그녀는 오른손으로 자신의 턱을 쓰다듬었다.
「죄송할 것은 없습니다.」
그는 담배 꽁초를 비벼 껐다. 그리고 조금 언성을 높여 물었다.
「정말 기억할 수 없습니까?」
「네, 정말……」
「작지도 않은, 백만 원짜리 수표인데 그걸 누구한테 주었는지 기억나지 않는다 이 말씀인가요? 그거 참으로 이상하군요.」
그는 쩍 하고 입맛을 다셨다. 그녀가 고개를 숙이며 다시 죄송하다고 말했다.
「좋습니다. 그렇다면 그날 지출 내역을 기억할 수는 있겠지요?」
「글쎄, 생각해 보면 어느 정도까지는……」
세련된 말씨가 사라지고 그녀는 마침내 더듬거리기 시작했다.
「계주 되시는 분이 지출 내역도 적어 놓지 않습니까? 자질구레한 잡비를 말하는 게 아닙니다. 누구 누구한테 얼마 얼마를 주었다 이걸 말하는 겁니다.」
그녀는 무릎 위에 올려놓고 있는 핸드백을 손가락으로 감았다 풀었다 하고 있었다.
「글쎄요. 저는 일일이 적어 놓는 습관이 없어서……」
「아, 그래요.」
박 명은 빈정거리는 웃음을 흘리면서 아직 핸드백 위에 놓여 있는 수첩에 눈을 돌렸다. 그녀가 눈치를 채고 집어 넣으려는 것을 보고 그는 잽싸게 손을 뻗어 그것을 낚아챘다.
「어머나!」
소스라치게 놀란 그녀는 반사적으로 상체를 앞으로 기울이며 그것을 빼앗으려고 했다.

「안돼요! 이리 주세요!」
 주위에 앉아 있는 사람들이 그들 쪽을 힐끗힐끗 바라보기 시작했다. 그러나 박형사는 눈 하나 까딱하지 않은 채 오현지를 향해 이죽거렸다.
「이 수첩에 보면 안될 거라도 있습니까?」
「안돼요! 이리 주세요!」
 그녀는 안색이 하얗게 된 채 그를 노려보았다. 그의 무례함에 심히 분노하고 있음이 틀림없었다.
「제가 좀 보겠습니다.」
「안돼요! 아무리 그런 곳에 계신다지만 양해도 구하지 않고 그러는 법이 어딨어요.」
「미안하게 됐습니다. 부인께서 저에게 협조를 해 주셨다면 이러지는 않았을 겁니다. 어쩔 수 없습니다. 잠깐 실례하겠습니다.」
 그는 수첩을 한 장 한 장 넘기면서 세심히 살펴보기 시작했다. 그녀는 엉거주춤 앉아서 어쩔 줄 몰라하고 있었.
 수첩에는 깨알 같은 볼펜 글씨로 수입과 지출 내역이 소상하게 적혀 있었다.
「적어 놓는 습관이 없는 게 아니라 너무나도 잘되어 있군요.」
 그의 빈정거리는 말에 그녀는 입술을 깨물었다.
 그녀의 눈에는 맞은편에 앉아 있는 거한이 흡사 바윗덩이처럼 보였을 것이다. 그녀는 아무 말도 하지 않았다. 가쁜 숨만 색색거리며 몰아쉬고 있었다.
 박 명은 마침내 12월27일자 수입지출란에 눈을 박았다. 거기에는 틀림없이 〈영남이 엄마〉라는 사람으로부터 115만 원을 받은 것이 기재되어 있었다.
 그 외에도 다른 사람들로부터 거둬 들인 돈이 거의 천만 원이 넘었다. 그중 5백만 원이 〈K부장〉이라는 사람 앞으로 지출되어 있었다.
 지출 내역은 월 3푼 이자로 빌려 준 것이었다.
「K부장이 누굽니까?」
「전 잘 몰라요. 누군가 믿을 만하다고 해서 돈을 빌려 준 것뿐이에요.」
「남의 말만 믿고 잘 모르는 사람한테 5백만 원이나 빌려 줬단 말이죠? 아무튼 좋습니다. 5백만 원 중에 그 수표도 포함되어 있죠?」
 그는 빈정거리는 투로 물었다.
「잘 모르겠어요. 기억이 나지 않아요.」
 그녀는 완강하게 고개를 흔들었다.
「숨기는 거 아닙니까?」
「아니에요. 물처럼 흐르는 게 돈인데 그것을 어떻게 일일이 기억하겠어요.」
「하긴 그렇군요. K부장이 누굽니까?」
「잘 모른다니까요.」
 그는 계속 추궁했다.
「이름만이라도 말씀해 주십시오.」
 그러나 그녀는 고개를 계속 저었다.
「이름도 몰라요. 친구를 통해 빌려 줬으니까요.」
 박 명의 얼굴에서 서서히 미소가 사라졌다. 마침내 뭔가가 나타나기 시작했다.
「그 친구 이름은?」
 그때 한 남자가 그들이 앉아 있는 쪽으로 급히 걸어와 섰다. 땅딸막한 키에 얼굴이 둥글둥글하게 생긴 40대 초반의 사나이였다.
 검은 코트에 검은 가죽 가방을 들고 있었고 다른 손에는 두툼한 성경이 들려 있었다.
 구원자가 나타났다는 듯 오현지의 얼굴에 안도의 빛이 감돌았다.

그녀는 안쪽 의자로 옮겨갔고, 사나이는 박 명을 향해 고개를 숙여 보였다.
「실례합니다.」
그렇게 인사하면서 그는 오부인 옆에 나란히 앉았다.
오부인이 남자를 박형사에게 소개했다. 그는 바로 그녀의 남편이었다.
그가 내주는 명함을 잠시 들여다보았다. 거기에는 〈목사 최영준〉이라고 적혀 있었다.
최목사는 목이 잔뜩 쉬어 있었다. 너무 쉬어 있어서 듣기에 거북할 정도였다. 그러나 그는 말을 삼가하려 하지 않고 처음부터 입을 놀려 댔다.
경찰 계통에 친구가 많다는 둥, 경찰에 투신한 지 몇 년이나 됐느냐는 둥, 교회에 다니라는 둥. 그런데 지금의 교회는 모두 썩었고 요즘 새로 생긴 신흥교회에 나가야 된다는 둥 말이 꽤나 많았다.
그 바람에 박 명은 오현지를 더 추궁할 수 없었다. 그는 한동안 멍청히 그를 바라보며 그의 말을 듣고 있어야 했다.
「헌데 무슨 일로 우리 집사람을 면담하시는 겁니까? 제가 도와드릴 일이 없을까요?」
그는 수건을 꺼내 땀을 닦았다. 실내가 별로 덥지도 않은데 그는 땀을 흘리고 있었다.
「최목사님께서 꼭 도와 주고 싶으시다면 사모님과 이야기를 좀 하게 해주십시오.」
박 명은 굳은 표정이었다.
목사의 얼굴에서 웃음이 사라졌다. 이마가 넓고 머리에 기름을 잔뜩 발라 붙인 모습하며 눈과 눈 사이가 유난히도 넓은 것, 그리고 점을 찍은 듯 작은 눈이 흡사 누에를 연상케 했다.
「아직도 끝나지 않았나?」

목사가 부인을 돌아보며 물었다.
「글쎄, 저는 뭐 드릴 말씀도 없는데 자꾸만 물어보시는 바람에 난처하네요.」
그녀는 박 명의 표정을 살피면서 입가에 야릇한 미소를 흘렸다.
「죄송합니다. 우리 부부가 함께 참석할 일이 있어서요. 죄송합니다. 다음 기회에……」
목사가 몸을 일으켰다. 부인도 따라 일어서면서 박 명의 손에서 수첩을 채갔다.
박 명도 하는 수 없이 그 뒤를 따랐다. 목사가 그들의 차 값을 지불했다.
박 명은 기분이 언짢았다. 그는 앞서 걸어나가는 그들 부부 사이로 급히 끼어들었다.
「하나만 물읍시다. 그 친구 이름이 뭐죠? 이름하고 전화번호를 좀……」
그들은 로비에서 주춤거렸다.
세 사람은 차가운 시선을 주고받았다.
「남정애라고 해요. 얼마 전에 미국에 가고 지금은 우리나라에 없어요.」
박형사의 눈꼬리가 치켜 올라갔다.
「언제 귀국합니까?」
「몇 달 걸릴 거예요. 하지만 그것도 불확실해요. 와 봐야 아니까요.」
「자, 실례합니다.」
목사가 부인의 팔을 잡아 끌었다.
오현지는 직접 운전대를 잡았다.
그녀는 굳은 얼굴로 말없이 앞을 바라보면서 차를 몰아갔다.
목사는 한동안 아내의 눈치를 살피다가 조심스럽게 물었다.

「무슨 일로 만나는 거야?」
그러나 그녀는 앞만 주시하고 있었다.
「형사가 왜 만나자는 거야?」
목사가 다시 한번 묻자 그제서야 오현지는 고개를 흔들며 퉁명스럽게 말했다.
「아무것도 아니에요.」
아내에게 항상 잡혀 지내는 목사는 아내의 눈치를 살피는 버릇이 있었다. 그는 다시 한번 아내의 눈치를 조심스럽게 살피다가 말했다.
「아니긴 뭐가 아니야. 내가 보기에는 심각하던데. 아주 고약한 형사 같아.」
그러자 오현지는 날카롭게 쏘아붙였다.
「당신은 그런 거 알지 않아도 돼요. 당신 일이나 열심히 하세요.」
「형사 사건이야 민사 사건이야?」
목사는 거듭 물었다.
「그런 사건이 아니에요.」
그녀는 쌀쌀맞게 대답했다.
「그럼 뭐란 말이야?」
「친구에 대해서 뭣 좀 알아보려고 그랬어요. 걱정하지 마세요.」
그때부터 헤어질 때까지 그들은 한마디도 말을 나누지 않았다. 아내의 기분이 몹시 좋지 않은 것을 알고 목사 쪽에서 일부러 입을 다물었기 때문이다.
오현지는 어느 빌딩 앞에서 차를 세웠다.
「저 오늘 바빠서 안되겠어요. 혼자 들어가 보세요.」
목사는 몹시 아쉬운 듯 머뭇거리다가 단념하고는 차 문을 열었다.
「일찍 들어오도록 해요.」
목사는 차에서 내려 건물 안으로 들어갔다.

오현지는 차를 돌려 시청 쪽으로 달려갔다.
 20분쯤 후 차를 길가에 주차시킨 다음 차에서 내려 공중전화 박스 쪽으로 걸어갔다.
 그녀는 몹시 허둥대고 있었다. 박스 안으로 들어가 다이얼을 돌리는 손가락 끝이 떨리고 있었다.
 여자가 전화를 받자 그녀는 빠른 어조로
「권부장님 좀 바꿔 주세요.」
하고 말했다.
 상대는 권부장이 자리에 없다고 말했다.
「언제쯤 돌아오시나요?」
「한 시간쯤 후에 다시 걸어 보세요.」
 박스에서 나온 그녀는 백화점 쪽으로 걸어갔다.
 시간을 보내기는 백화점이 제일이다. 이곳 저곳을 기웃거리다 보면 시간이 금방 흘러가 버린다.
 그녀는 여성 의류점 코너를 주로 돌아다니며 시간을 보내다가 한 시간 후에 백화점을 나와 아까의 그 공중전화 박스로 다시 돌아왔다.
 세 개의 공중전화 박스에는 사람이 한 명도 없어서 비밀스런 전화를 걸기에는 안성맞춤이었다.
 그녀가 찾고 있는 권부장이란 사람은 자기 자리에 돌아와 있었다.
「저예요.」
 그녀는 볼멘소리로 말했다.
 상대방은 그녀의 목소리를 얼른 알아채지 못했다.
「누, 누구신가요?」
 여자는 화가 나서 큰소리를 질렀다.
「아이, 저라구요, 현지예요.」
「아아, 난 또 누구시라고. 웬일이에요?」
 남자는 아직 여유가 있었다.

「큰일났어요!」
「큰일이라니?」
「하여간 지금 좀 만나요.」
「지금은 시간이 없는데. 무슨 일인데 그래요?」
긴장한 목소리가 흘러나왔다.
여자는 애가 탔다.
「만나서 말씀드릴게요.」
「지금은 시간이 없다니까. 어서 말해 봐요. 말해도 괜찮으니까.」
그녀는 침묵을 지켰다. 남자가 거듭 말하라고 재촉했다. 그녀는 한숨을 내쉬고 나서 입을 열었다.
「형사를 만났어요.」
「왜? 무슨 일로?」
그제야 남자가 정신이 드는 것 같았다.
「제가 준 5백만 원 중에 수표가 있잖아요? 백만 원짜리 말이에요.」
「음, 그래서?」
「그 수표를 찾고 있어요. 그 수표를 누구한테 줬느냐는 거예요.」
「그래서 뭐라고 그랬어요?」
「모른다고 잡아뗐어요.」
「잘했어요. 끝까지 모른다고 잡아떼세요. 절대로 나에게 줬다고 말하지 말아요.」
「왜요? 잡아뗄 것까지는 없잖아요?」
「시키는 대로 해요. 그런 사람이 괜히 찾아오고 하면 귀찮다구요.」
「협조해서 나쁠 건 없잖아요.」
「협조할 필요 없어요. 앞으로 묻거든 딱 잡아떼요. 알았어요?」
「네, 알았어요. 그런데 왜 형사가 그 수표를 찾고 있죠?」

「글쎄, 난들 알 수 있나.」
「그런데 말이에요.」
그녀는 잠시 머뭇거렸다.
「그런데 뭐예요?」
그가 다구쳐 물었다.
「제 수첩을 형사가 봤어요. K부장님에게 5백만 원 빌려 줬다고 적어 놨거든요.」
「그래서요?」
「그 5백만 원 중에 그 수표가 있지 않았느냐고 하면서 K부장이 누구냐고 자꾸만 물어서 혼났어요. 난 모르는 사람이라고 잡아뗐어요. 아무래도 부장님 말씀을 듣는 게 좋을 것 같아서 먼저 잡아떼고 봤어요.」
「그게 말이 되나요, 자그마치 5백만 원이나 빌려 준 사람 이름도 모르다니…… 형사가 그 말을 믿어요?」
「믿을 리가 있겠어요?」
그녀는 전화에다 대고 눈을 흘겼다.
「그래서?」
남자는 계속 긴장한 목소리로 묻는다.
「제 친구를 통해서 돈을 빌려 줬기 때문에 모른다고 그랬어요.」
「그 친구가 누구냐고 묻지 않았어요?」
「안 물을 리가 있어요? 남정애라는 친구인데 얼마 전에 미국 갔다고 그랬어요. 사실 그 친구는 얼마 전에 미국에 갔어요. 마침 생각났기에 둘러붙인 거예요. 형사가 묻는 대로 솔직히 대답하면 될텐데 내가 왜 거짓말을 했는지 모르겠어요. 나하고는 상관없는 일을 가지고 말이에요. 아마 부장님을 제가 너무 아껴서 그러나 보죠.」
「정말 고마워요. 그런 다음 어떻게 됐어요?」

오현지는 남편이 나타나서 형사를 쫓은 일을 이야기했다.
「하지만 제 예감에 다시 찾아올 것 같아요. 찾아오면 어떻게 하죠?」
「계속 잡아떼요. 잡아떼려면 끝까지 잡아떼야지 그렇지 않으면……」
「알았어요. 전 모르겠어요. 무조건 잡아떼기만 하겠어요. 돼지 같은 형산데 무척 집요해요.」
「그 사람 이름이 뭐예요?」
「박 명이라는 형사예요.」
「자꾸 괴롭히면 신상에 좋지 않을 거라고 해줘요. 그런데 남정애가 돌아오면 어떡하지요?」
「쉽게 돌아오지는 않을 거예요. 남편 만나러 갔으니까 몇 달 있다가 돌아올 거예요.」
「그 사람이 남정애한테 국제전화라도 하면?」
「뭐 그렇게까지 하겠어요.」
「아니야. 집요한 형사라면 국제전화라도 걸어 볼 거요.」
「남정애의 전화번호도 모르고 있는데요. 주소도 모르고 있어요.」
「어떻게 하든지 알아내겠지. 남정애의 친정에 가서 알아보면 그쪽 전화번호를 알 수 있을 거요. 형사라면 그 정도의 일쯤은 누워서 떡먹기니까.」
「그럼 어떡하죠? 전화로 이러지 말고 우리 만나서 이야기해요.」
「지금은 안돼요.」
「그럼 저녁에 만나요.」
「저녁에도 약속이 있어서 안돼요.」
　남자는 여자를 만나지 않으려고 그러는 것 같았다. 그럴수록 여자는 더 악착같이 남자를 만나려고 기를 쓴다.
「이렇게 중요한 일인데 전화로만 이야기할 거예요? 그럼 좋아요.

저도 협조하지 않을 거예요. 형사가 다시 찾아오면 이야기하겠어요.」
오현지는 주위를 휘둘러 보았다.
「미행하는 사람은 없어요?」
「미행하는 사람이 눈에 띄게 미행하나요?」
「내가 연락할 때까지 기다려요. 또 급한 일이 있으면 이쪽으로 전화해 줘요.」
「알았어요.」
그녀는 퉁명스럽게 말한 다음 전화를 끊었다. 그리고 박스를 나서려다가 다시 생각난 듯 다이얼을 돌렸다.
「다시 걸었어요. 그 수표 지금 가지고 계세요?」
「아니, 없어요. 왜 그래요?」
「그냥 물어본 거예요.」

구문대는 맞은편에 앉아 있는 사내를 날카롭게 쏘아보고 있었다. 그가 지금 만나고 있는 사내는 〈수표 2〉를 발행한 사람이었다. 50대 중반의 사내로 둥글게 살이 찐 얼굴에 머리는 완전히 벗겨져 있었고 검은 테의 돋보기 안경을 코에 걸고 있었다. 안경 렌즈가 너무 두꺼웠기 때문에 이쪽에서 볼 때 눈이 흐릿해 보였고 그것은 상대방의 표정을 읽는 데 적지 않은 장애를 주고 있었다.
그의 이름은 문영탁(文永卓)이라고 했다. 그는 충무로에서 해원(海園)이라고 하는 고급 일식집을 경영하고 있었다. 실내가 별로 덥지 않은데도 그는 줄곧 땀을 흘리고 있었다.
그들은 해원의 이층방에 단둘이 마주 앉아 있었다. 상위에는 술과 안주가 놓여 있었지만 문대는 거기에는 손도 대지 않았다. 그의 눈과 가슴은 그 어느 때보다도 차갑게 가라앉아 있었다. 그의 그러한 태도가 상대방을 몹시 당황하게 만들어 주고 있었다. 그는 수표에 대해서 먼저 묻지는 않았다. 그보다 먼저 죽은 황근호에 대해서 질문을 던졌다.
「황근호 씨를 아십니까?」
「네? 뭐라구요?」
문영탁은 허둥대며 되물어왔다.
이 사람은 왜 이렇게 허둥대고 있는 것일까. 속이 불편한가 보지.
「황근호 씨 말입니다.」
「황근호 씨라구요?」
「네, 황근호 씨 말입니다. 그 사람 모르실 리가 없을텐데……」
문영탁은 아주 완강하게 고개를 흔들었다.
「그런 사람 모릅니다.」
「그래요. 거 이상하군요.」
구형사는 뜸을 들였다가 드디어 〈수표 2〉의 내용을 적은 메모지를 꺼내 놓았다.
문영탁은 안경을 벗었다가 도로 끼면서 눈 가까이 그 메모지를 집어 들었다.
「이게 뭡니까?」
「수표입니다. 백만 원짜리 자기앞수표……」
그러나 거기까지 말해도 상대방은 도무지 영문을 모르겠다는 표정이었다.
「모르시겠습니까?」
「글쎄, 뭘 말씀하시는 건지……」
「S은행 S동 지점과 거래하시지요?」
「네, 그렇습니다.」
「이건 작년 12월26일에 문선생님께서 끊으신 수표입니다. S은행 S동 지점에서 말입니다. 안 그렇습니까?」
문영탁은 눈을 껌벅이며 한참 머뭇거리다가

「글쎄요. 수표 넘버를 일일이 기억하고 있지 않아서……」
하고 얼버무렸다.
「그날 수표 끊지 않았습니까?」
「끄, 끊었을 겁니다. 은행에서 알아보셨다면 틀림없겠지요.」
「네, 틀림없습니다. 문선생님은 그날 백만 원짜리 수표 다섯 장을 끊어가셨더군요.」
문영탁은 물수건으로 이마의 땀을 닦았다.
「네, 기억이 납니다. 5백만 원 찾은 적이 있습니다.」
「이 수표를 누구한테 주셨지요?」
「글쎄…… 번호를 기억하고 있지 않아서……」
「그날 다섯 장의 수표를 끊으신 건 누구한테 주기 위해서가 아닌가요?」
「네, 맞습니다. 누구한테 주려고 끊은 겁니다.」
「누구한테 주셨나요?」
문씨는 잠깐 생각해 보고 나서 대답했다.
「세 사람한테 나누어 주었습니다.」
「누구 누굽니까?」
「김영달이라는 사람한테 백만 원, 이진갑이라는 사람한테 백만 원. 그리고 권인식이라는 사람한테 삼백을 주었습니다.」
구문대는 세 사람의 이름을 수첩에 적었다.
「김영달 씨는 무슨 일을 하는 사람입니까? 그리고 그 사람한테 왜 백만 원을 주셨나요?」
「김영달이라는 사람은 무직입니다. 일정한 직업이 없이 살고 있기 때문에 좀 궁색한 편이지요. 백만 원을 빌려 준 겁니다.」
「그런 사람한테 돈을 빌려 주신 걸 보면 상당히 가까우신가 보죠?」
「네, 좀 가까이 지내는 편입니다. 과거에 신세진 일도 있고 해서…

…」
「김영달 씨를 쉽게 만나려면 어디로 가야 합니까?」
「글쎄, 일정하게 나가는 곳은 없고, 집으로 찾아가는 수밖에 없을 겁니다.」
「그 집 전화번호를 말씀해 주시겠습니까?」
「전화가 없습니다.」
「그럼 주소를……」
문씨는 더듬거리며 김영달의 주소를 말해 주었고, 구형사는 그것을 수첩에다 받아 적었다.
「이진갑이라는 사람은 무슨 일을 하고 있나요?」
「빌딩을 두어 채 가지고 있습니다.」
그에게 백만 원을 준 것은 빌린 것을 갚은 것이라고 했다. 그의 전화번호를 묻자 문씨는 몹시 망설이다가 말해 주었다.
「권인식이라는 사람에 대해서 말씀해 주십시오.」
「그 사람에 대해서는 잘 모릅니다.」
구형사는 순간 눈이 번쩍하고 빛났다.
「모르는 사람한테 3백만 원을 줬다는 겁니까?」
문씨는 당황해서 어쩔 줄을 몰라했다. 대답할 말이 얼른 생각이 안 나는지 수건으로 이마를 문질렀다.
「어떻게 된 겁니까? 잘 모르는 사람한테도 3백만 원이라는 돈을 줄 수가 있습니까?」
「사실은 저기……」
구형사의 눈꼬리가 치켜 올라갔다. 그는 상대방을 날카롭게 쏘아보면서 위압적인 목소리로 말했다.
「숨기지 말고 솔직히 말씀해 주십시오. 나중에 조사하면 다 드러날 테니까.」
문씨는 머리를 천천히 밑으로 떨어뜨렸다. 그는 안경을 벗고 이마를 손으로 짚었다. 몹시 괴롭다는 표정이었다. 그는 안경을 도로 끼고 얼굴을 쳐들었다. 그리고 호소하는 눈길로 구형사를 바라보았다.
「사실은 저기…… 이런 말씀을 해도 좋을지……」
「상관마시고 말씀하십시오. 비밀은 지켜드리겠습니다.」
「이거 정말 제 얼굴에 똥칠하는 것 같아서.」
「듣는 사람은 저 혼자뿐입니다. 괜찮으니까 말씀하십시오.」
그는 한숨을 크게 쉬고 나서 천천히 입을 열었다.
「사실은…… 노름에서 잃은 돈입니다.」
구형사는 처음으로 술잔을 집어 들었다. 그는 맥주를 반쯤 입 안에 흘려 넣었다.
무거운 침묵이 한동안 흘렀다.
「죄송합니다. 앞으로는 죽으면 죽었지 노름은 하지 않겠습니다. 이 나이에 뭐가 아쉬워서 그런 짓을 했는지 지금 생각해도……」
그는 견딜 수 없다는 듯 머리를 흔들어 댔다. 그러면서 죄송하다는 말을 연거푸 했다.
「그런 거 저는 상관하지 않습니다. 제가 듣고 싶은 건 솔직한 말씀입니다.」
「저는 지금 솔직히 말씀 드린 겁니다.」
대머리 사내는 머리를 조아렸다.
「노름을 하면 처벌감이라는 거 알고 있습니다.」
「저하고는 상관없는 일입니다. 그보다는 솔직히 말씀해 주셔서 감사합니다.」
문씨의 얼굴빛이 갑자기 밝아졌다.
구형사는 가만히 미소를 지었다.
「김영달과 이진갑이라는 사람도 함께 노름한 사람들이지요?」
「어떻게 그렇게?」
문씨는 감동하는 표정으로 그를 바라보았다.

구문대는 미소했다.
「뻔한 거 아닙니까. 그 정도를 몰라서야 어떻게 형사질을 하겠습니까.」
「죄송합니다. 거짓말을 해서 죄송합니다. 노름했다고 처벌받을까봐서 그런 겁니다. 잠깐만 기다려 주십시오.」
문씨는 갑자기 일어나 밖으로 나가더니 조금 후에 다시 들어와 구형사 앞에 봉투를 하나 내밀었다.
「죄송합니다. 얼마 안됩니다. 성의로 알고 받아 주십시오. 10만 원입니다.」
문대는 그것을 받아 들고 무표정하게 내려다보다가 소리없이 웃었다.
「집어 넣으십시오. 얼마 안됩니다.」
「이러시면 정말 잡아 갈 겁니다. 이런 거 받으려고 여기 온 거 아닙니다. 나는 지금 살인사건을 수사하고 있는 겁니다.」
미소가 사라지고 차가운 냉기가 얼굴에 감돌았다. 그것을 보고 문씨는 찔끔했다.
「제가 이 돈을 받아야 할 하등의 이유가 없습니다. 난 월급으로 충분히 살아가고 있습니다.」
문대는 봉투를 문씨 앞에 탁 놓았다. 문씨는 얼굴이 붉어진 채 어찌할 바를 몰라했다.
「죄송합니다. 몰라뵈었습니다.」
살인사건을 수사하고 있다는 말에 문씨는 완전히 질린 표정이 되었다. 그때부터 어찌할 바를 모르고 구형사의 눈치만 살피기 시작했다.
「네 사람이 자주 노름을 하나요?」
구형사가 날카롭게 물었다.
「아, 아닙니다. 그렇지 않습니다. 어쩌다가 한 번씩 합니다.」

「노름으로 5백만 원이나 날린 걸 보면 판이 큰가 보죠?」
「죄, 죄송합니다. 어쩌다가 그렇게 됐습니다.」
「노름을 함께 하면서 권인식이라는 사람에 대해서 모른단 말인가요?」
「그 사람에 대해서는 정말 아는 게 없습니다. 그 사람을 만난 건 딱 두 번입니다.」
「어떻게 알았나요?」
「김영달이 데리고 왔습니다. 무슨 회사에 다닌다는 말을 들었는데 귀담아듣지 않아 기억이 나지 않습니다. 그 사람은 정말 노름꾼 같았습니다. 진짜 노름꾼은 자기 신상에 대해서 잘 이야기하지 않는다고 들었습니다.」
「그렇다면 권인식이라는 이름도 진짜 이름이라 볼 수는 없겠군요.」
「네, 그럴지도 모릅니다.」
「김영달 씨하고 권인식 씨는 가까운 사이인가요?」
「자세히 모르지만 그런 것 같습니다.」
「그렇다면 김영달 씨를 만나 보면 권인식에 대해서 알 수 있겠군요?」
「네, 아마 그럴 겁니다.」
「그런데 어떻게 하다가 그렇게 많은 돈을 잃었나요?」
「이제 생각하니 그 세 명이 서로 짜고 저를 속인 겁니다. 그날 저는 딱 10만 원을 가지고 시작했었거든요. 그런데 10만 원을 잃고 나니까 돈을 빌려 주겠다면서 계속하자는 거였습니다. 그래서 계속한 게 그렇게 잃게 된 거죠. 그들은 빌려 준 돈을 악착같이 받아 갔습니다.」

문씨의 얼굴에는 후회하는 표정이 역력히 나타나 있었다. 그는 자기 돈을 우려먹은 세 사람을 사기꾼이라고 욕했다.

문대는 그가 그들에게 직접 접근하면 그들이 도망칠 우려가 있다고 생각했다. 그래서 문씨에게 협조를 요청했다.
「그들이 다시 노름하자고 않던가요?」
「그러잖아도 언젠가 연락이 왔었습니다. 저는 일언지하에 거절했지요.」
「그러지 말고 연락이 오거든 응하십시오. 김영달, 권인식, 이진갑 세 사람이 모두 참석하지 않으면 안하겠다고 하십시오. 현장을 덮치겠습니다. 할 수 있겠습니까?」
문씨는 얼른 대답하려고 들지를 않았다. 그는 불안한 표정으로 머뭇거렸다.
「그러다가 나중에 보복을 받으면 어떡합니까?」
「그런 일은 절대 없을 겁니다. 제가 보장하겠습니다. 협조해 주십시오.」
구형사가 간곡히 협조를 요청하는 바람에 문씨는 마지못해 그의 요구를 받아들였다.
구형사는 문씨에게 몇 가지 주의할 사항을 일러주고 다시 한번 단단히 다짐을 받은 후 그와 헤어져 그 곳을 나왔다.
구문대는 번화가를 걸어가면서 곰곰이 생각해 보았다. 소득이 있는 것도 같고 그렇지 않은 것 같기도 했다. 문득 그는 죽은 황근호가 노름을 즐겨하지 않았을까 하는 생각이 들었다. 그가 만일 노름꾼이었다면 문영탁의 수표가 그의 손에 들어간 경위가 아주 자연스럽게 풀린다. 그렇게 되면 지금까지의 수사는 헛수고가 되고, 박종미는 유죄판결을 받게 될 것이다.
그날 저녁 때 구문대는 박 명의 단골 술집인 스탠드바 흑장미로 나갔다. 박 명의 얼굴은 보이지 않았다. 미스 홍이 그를 보고 미소를 던져왔다.
그녀의 얼굴을 훔쳐보면서 마티니 한 잔을 마시고 있는데 박 명이 들어왔다. 그의 육중한 몸에서는 찬바람이 났다.
「일찍 왔어?」
「아니 조금 전에……」
박 명과 미스 홍의 시선이 불꽃을 튀기며 부딪쳤다.
「저걸 그냥……」
박 명이 눈을 흘기며 중얼거리자 미스 홍은 손으로 입을 가리며 킥하고 웃었다.
「어머, 왜 그러세요?」
「좀 따뜻하게 해 줄 수 없어?」
「몸이 너무 커서 어떻게 해요. 작은 몸으로 어떻게……」
아주 근사한 대답이었다. 문대는 빙그레 웃었다. 그녀에게 호감이 갔다. 박 명은 그녀의 조그만 손을 꽉 움켜잡았다. 그리고 낮은 소리로 재빨리 말했다.
「오늘 밤 작살내고 말 거야. 각오하고 있어.」
「아, 아파요.」
「이따가 전화할게.」
그녀가 고혹적인 눈으로 그를 바라보자 그제서야 그의 험악한 표정이 풀렸다.
「코냑 한 잔.」
그는 술을 주문하고 나서 비로소 문대 쪽으로 얼굴을 돌렸다.
「잘됐어?」
구형사가 먼저 물었다.
「잘되긴 뭐…… 거긴……?」
「나 역시 헤매다가 왔어.」
그들은 외모에 있어서 정반대의 모습을 하고 있으면서도 이상하게 조화를 이루고 있었다. 언제나 함께 어울려 다니기 때문에 그러는 것 같았다.

먼저 박 명이 그날 있었던 일을 자세히 털어놓았고, 이어서 구문대가 문영탁을 만났던 이야기를 했다.
그들은 다른 손님들이 듣지 못하게 작은 소리로 이야기했다. 그들 특유의 은어를 사용해 가면서.
「오현지라는 여자가 무언가 숨기고 있다는 인상을 강하게 받았어. 오늘 얻은 건 그거야. 그 여자를 미행해 보았어. 그러나 별 이상한 건 발견할 수 없었어. 앞으로 알아내야 할 건 미국에 갔다는 그녀의 친구 남정애와 K부장이라는 사람이야.」
문대는 마티니 한 잔을 추가 주문했다. 그리고 나서
「K부장이라는 사람…… 혹시 권인식이라는 사람을 칭하는 게 아닐까?」
하고 물었다.
「권을 알파벳으로 표기하면 첫자가 K가 되긴 하지. 그렇다고 해서 단정을 내릴 수는 없지.」
박 명은 회의적이었다. 그러나 문대는 언제나 가능성을 안고 문제를 파악하려는 버릇이 있었다. 지금도 그는 속으로 이건 뜻밖의 소득일지도 모른다고 생각하고 있었다.
박 명은 코냑을 집어치우고 맥주를 시켰다.
「어, 시원하다. 이제 속이 좀 트이는 것 같군. 만일 말이야. 우리가 한 일이 허탕으로 끝나면 자넨 나한테 큰 빚을 지는 거야. 알았어?」
「알고 말고.」
「이거 보라구.」
박 명은 뒷주머니 속에서 구겨진 종이를 꺼내 문대에게 주었다.
그것은 서울역 광장에서 C·S대원인 최필주를 살해하고 도망친 범인의 몽타주였다.
「지금 그자를 찾느라고 야단법석이야. 전형적인 살인자의 얼굴이야.」
 그 얼굴을 보는 순간 문대는 가슴속으로 삭풍이 몰아치는 것을 느꼈다. 그는 별로 몽타주라는 것을 믿지 않는 편이었다. 사실 몽타주라는 것은 오히려 수사에 혼란을 가져오는 경우가 허다하다. 범인을 막상 잡아 놓고 보면 몽타주와는 거리가 먼 얼굴이곤 했다. 그래서 그는 몽타주라는 것을 거의 무시해 버리곤 했다.
 그런데 지금 그의 눈앞에 펼쳐져 있는 몽타주에는 가슴에 와 닿는 그 무엇이 있는 것 같았다. 그것이 어느 정도 정확한가 하는 것은 별문제로 치더라도 이건 확실히 좀 이상하다는 생각이 들었다.
 몽타주는 앞면과 옆면 두 가지로 그려져 있었다. 앞면이 왼쪽에, 옆면이 오른쪽에 있었다.
 그는 그 얼굴을 한참 동안 바라보았다. 그 얼굴은 전체적으로 석고상을 연상케하고 있었다. 감정이라곤 손톱만큼도 없는 석고상 바로 그것이었다. 가늘게 찢어진 두 눈은 어떤 상황에도 끄덕하지 않을 것 같았다. 그것은 깊이 가라앉은 호수 같았다. 생물이 살고 있지 않은 죽은 호수 같은 눈이라고 그는 생각했다. 몽타주는 앞모습보다도 옆모습이 더욱 인상적이었다. 매의 부리를 닮은 콧잔등, 그리고 온갖 난관을 뚫고 버티어 온 듯한 광대뼈가 강인한 인상을 얼굴에 심어 주고 있었다.
「매부리코에 곱슬머리라니…… 그 정도면 얼마나 지독한 놈인가를 알 수 있겠지.」
 박 명은 곁눈질로 몽타주를 바라보며 말했다.
「인상적이야.」
 구문대는 혼자 말처럼 중얼거렸다.
「자그마치 10만 장을 찍었어. 다시 또 10만 장을 찍는다는 거야.」
「좋은 소식이 들어오겠군.」
 문대는 몽타주 밑에 적힌 글귀를 읽어 보았다.

― 위 그림은 지난 1월4일 서울역에서 발생한 살인사건 용의자의 모습임. 키 1미터75정도. 베이지색 바바리 코트 차림이며 약간 혀 짧은 소리를 냄. 나이는 40대 중반. 위의 사람을 발견하는 즉시 가까운 경찰서나 파출소에 연락바람.

문대는 몽타주를 치웠다.
그는 다시 마티니를 주문했다.
「그 집에서 그 칼을 사 갔다고 해서 이 사람이 범인이라고 볼 수는 없지 않아? 다른 가게에서도 그런 칼을 다른 사람한테 얼마든지 팔 수 있다구.」
문대는 한 발 물러나 생각한 바를 이야기했다. 박 명은 손을 흔들었다.
「다른 가게에는 그런 칼이 없어. 그건 그 양품점 주인이 외국에 갔다오면서 딱 두 자루 사온 거야.」
그들이 자리를 일어선 것은 11시가 지나서였다.
박 명은 흑장미를 나서기 전에 미스 홍의 귀에다 대고 속삭였다.
「S호텔 커피숍으로 나와. 안 나오면 밤이 샐 때까지 기다리고 있을 테니까.」
그러나 그녀는 생글생글 웃으며 고개를 살살 흔들었다. 나갈 수 없다는 뜻이었다.
박 명은 눈을 부라렸다.
「안 나오기만 해봐. 가만 안 둘 테니까.」
문대와 헤어진 박 명은 정말로 S호텔로 갔다.
거기서 자정까지 기다렸지만 미스 홍은 나타나지 않았다. 커피숍은 12시까지 영업했다. 커피숍에서 나온 그는 호텔을 나와 걸어가다가 도로 돌아왔다. 그리고 30분을 더 기다렸다. 1시30분이 되었을 때 미스 홍의 모습이 어둠 저쪽에 어렴풋이 보였다. 속으로 분노를 삭이고 있던 박 명은 너무나 기뻐서 밖으로 뛰쳐나갔다.
 미스 홍은 바쁜 걸음걸이로 총총 걸어오다가 그를 발견하자 길 건너편에 우뚝 서 버렸다. 박 명도 길 이쪽 편에서 걸음을 멈추었다.
 그들은 한참 동안 어둠 속에서 서로를 쏘아보고 있었다.
 마침내 박 명이 그녀를 불렀다.
「이리 와.」
 그러나 그녀는 움직이려 들지 않았다.
「이리 오라니까!」
 거듭 말했지만 그녀는 거기에 얼어붙은 듯 서 있었다.
 박 명은 길을 건너 그녀 쪽으로 다가갔다.
 그녀는 추위에 몸을 옹송그린 채 떨고 있었다. 추위에 얼어붙은 얼굴에 공포의 빛이 서 있었다.
「오지 마세요!」
 그녀가 뒷걸음치며 외쳤다.
 박 명은 재빨리 그녀의 팔을 움켜잡았다. 그리고 그녀의 눈을 들여다보았다.
 그는 그녀의 까만 두 눈이 공포에 떨고 있다는 것을 보고 적이 놀랐다. 그는 그녀가 그렇게 떨고 있는 이유를 알 것도 같았다. 그러나 그녀가 공포에 떨고 있다는 것은 확실히 의외였다. 나는 장난 삼아 말했지만 이 여자는 장난이 아니었구나. 그럼 어떡하지. 그는 당황했다.
「자, 추운데 따뜻한 방으로 들어가자구.」
 그는 미스 홍의 어깨를 가만히 감싸 안고 무거운 음성으로 말했다.
 그녀는 머리를 완강히 내저었다.
「싫어요.」
 그는 그녀를 무섭게 노려보았다.
「여기까지 와서 돌아갈 거야?」

「얼굴만 보고 돌아갈려고 왔어요.」
그녀가 차갑게 말했다.
「그런 게 어딨어.」
그가 잡아 끌자 그녀는 거의 발작에 가까운 움직임으로 그의 손을 뿌리쳤다.
「싫어요! 저한테 손대지 말아요!」
그는 완전히 한 대 얻어맞은 기분이었다.
그는 멀거니 그녀를 바라보고 있다가 느닷없이 다음과 같이 말했다.
「나 총각이야.」
그녀가 어리둥절한 표정을 짓자 그는 다시 말했다.
「나 총각이란 말이야. 총각이니까 처녀한테 프로포즈할 자격이 있단 말이야.」
어둠 속에서 그녀의 눈이 빛났다. 그의 말은 그녀에게 확실히 놀라움을 안겨 준 것 같았다.
「난 장난으로 이러는 게 아니야. 말희가 좋아서 이러는 거야.」
그녀는 아무 대꾸도 하지 않고 가만히 있다가 문득 얼굴에 미소를 떠올렸다. 그것은 일종의 신뢰의 표시하고 할 수 있었다.
「자, 따뜻한 방으로 가자구. 잡아먹을까 봐 겁나나.」
그가 팔짱을 끼고 당기자 그녀는 아까와는 달리 그를 한번 곱게 흘린 다음 마지못하듯 따라나섰다.
박 명은 프런트 데스크에서 숙박비를 지불하고 열쇠를 받았다. 그 동안 그녀는 엘리베이터 앞에서 기다리고 있었다.
방은 8층에 있었다.
방으로 들어가자 박 명은 아무리 해도 침착할 수가 없었다. 안절부절못하다가 그는 화장실로 들어가 소변을 한 번 보고 나서 찬물에 얼굴을 씻었다. 어지간히 마셨지만 취기는 간곳없고 정신이 말똥말똥

했다.
 욕실에서 나온 그는 왜 그런지 그녀를 바로볼 수가 없었다. 여자에 대해서 이러기는 처음이다. 내가 왜 이렇게 쩔쩔매지. 술집에서는 그렇게도 호기 있게 그녀에게 굴더니 이게 무슨 꼴이람. 왜 이럴까. 이게 도대체 어떻게 된 일일까.
 홍말희는 창가에 서서 그의 움직임을 가만히 바라보고 있었다.
 방안에는 숨막힐 듯한 긴장이 감돌고 있었다.
 그는 냉장고 쪽으로 다가가서 문을 열고 맥주를 꺼냈다.
 맥주를 탁자 위에 올려놓으며
「자, 술이나 마시지.」
하고 말했다.
「술 그만 드세요.」
 그녀가 갑자기 말했다. 그는 멈칫하다가 병마개를 땄다.
「한잔 하자구. 거기 그렇게 가만히 서 있지 말고 이리로 와.」
 그러나 그녀는 그 자리에 선 채 다시 또 말했다.
「술 그만 드세요.」
 박 명은 그녀의 말을 묵살한 채 병을 거꾸로 들어 입에 물고 나발을 불었다.
 취하지 않고는 아무 짓도 할 수 없을 것 같았기 때문이다.
 입에서 병을 뗐을 때 뒤에서 옷자락 스치는 소리가 들려왔다. 돌아보니 놀랍게도 말희가 옷을 벗고 있지 않은가.
 그는 놀란 눈으로 그녀를 쏘아보았다. 그녀가 그렇게 나올 것이라고는 상상도 못했기 때문에 그는 그야말로 놀라 자빠질 지경이 되었다.
 그녀는 밑에서부터 옷을 벗어나갔다.
 그녀의 하체는 놀라울 정도로 잘 발달되어 있었다. 불빛에 드러난 하체는 눈부시게 희었다. 그는 목이 타는 것을 느꼈다. 녹색의 삼각 팬티가 그의 시야에서 아물거렸다.
 위의 옷들이 하나씩 떨어져 방바닥에 흩어졌다.
 그녀의 옷 벗는 모습은 섬세하면서도 아름다웠다. 옷이 하나씩 벗겨져 나가고 우윳빛 살결이 드러날 때마다 그는 찬탄의 소리가 절로 입에서 흘러나오는 것을 가까스로 참아야 했다.
 모든 꺼풀이 벗겨져 나가고 브래지어와 팬티만이 남았을 때 그녀는 움직임을 멈추고 그를 향해 똑바로 섰다. 두 사람은 불꽃 튀는 시선을 교환했다. 그도 그녀도 서로 아무 말하지 않았다. 그들은 어떠한 말도 필요로 하지 않았다. 다만 서로의 육체를 확인하는 것이었다.
 그는 맛있는 음식을 앞에 둔 아이처럼 침을 꿀꺽 삼켰다. 그는 꿈을 꾸고 있는 기분이었다. 그가 황홀한 기분에 싸여 있을 때 그녀가 속삭이는 소리로 말했다.
「벗겨 줘요.」
「울려고?」
 그녀는 살래살래 머리를 저었다.
「울지 않아요.」
 그녀가 등을 돌렸다. 그는 다가가서 브래지어의 스냅을 빼 주었다. 그녀는 브래지어를 벗겨내더니 손가는 대로 집어 던졌다. 마치 거추장스럽다는 듯이.
 그는 그녀의 녹색 팬티를 벗어내렸다. 크고 둥근 엉덩이의 중간쯤에 팬티가 걸렸을 때 그녀가 말했다.
「제가 벗겠어요.」
 그녀는 허리를 옆으로 틀면서 팬티를 벗어 내렸다. 그리고 팬티에서 다리를 뽑았다.
 이윽고 그녀는 벌거벗은 몸으로 그 앞에 똑바로 섰다.
 그리고 얼굴을 조금 숙인 채 화가 난 표정으로 그를 바라보았다.

아름다운 몸이었다. 흰 젖가슴이 탐스러운 모습으로 앞으로 솟아 있었다. 어깨는 가냘퍼 보였다. 그래서인지 어깨가 떨리는 것 같았다.

언제나 촉촉이 젖어 있는 입술은 조금 벌어져 있고 까만 두 눈은 머리카락에 가려 그늘져 있었다.

박 명은 재빨리 옷을 벗기 시작했다.

그는 옷을 벗다 말고 그녀를 쳐다보았다. 그녀는 눈 하나 까딱하지 않은 채 그의 옷 벗는 모습을 쏘아보고 있었다. 그는 멋쩍은 듯 웃고 나서 남아 있는 옷들을 마저 벗어 버렸다.

「난 말이야. 보다시피 배가 나왔어.」

그녀의 입가에 미소가 감돌았다.

「남자는 그게 좋아요. 남자가 너무 늘씬하면 여자 같아요.」

「야, 이거 어쩌지.」

그는 그녀의 잘 발달된 허벅지와 하복부를 바라보았다.

「너무 근사해. 너무 멋져.」

그는 그녀의 허리에 팔을 둘렀다. 그리고 그녀를 데리고 창가로 갔다.

「이대로가 좋지?」

그녀는 대답하지 않았다.

「말해 봐. 이대로가 좋지 않아?」

「작살내겠다고 그러시지 않았어요?」

「그러기를 바란다면……」

그녀는 한숨을 내쉬었다. 박 명은 그녀의 허리를 더 힘주어 감았다.

살의 감촉이 따뜻하고 감미로웠다. 꽃보다 더 진한 향기가 코를 찔렀다. 달콤한 살냄새에 그는 벌써부터 취하는 것 같았다.

「밖을 좀 보라구. 죽음의 도시 같아.」

그녀는 그가 가리키는 곳으로 시선을 던졌다.
「말희는 이 도시가 좋아?」
그녀는 머리를 저었다.
「모르겠어요. 싫을 때도 있고 좋을 때도 있고 뭐가 뭔지 모를 때도 있어요. 오늘 밤은 뭐가 뭔지 모르겠어요.」
「나는 이 도시가 싫어. 나에게 있어서 이 도시는 하나의 거대한 미로야. 나는 일년 365일 꼬박 이 미로를 헤매고 있어. 끊임없이 범죄는 일어나고 있고, 나는 범인을 쫓아 똥개처럼 미로를 헤매는 거야. 나는 내가 이길 수 있으리라고 믿지는 않아. 이것은 승자도 패자도 없는 싸움이기 때문이야. 도대체 왜 범죄는 끊임없이 일어나는 것일까. 지금도 어둠 속, 저 죽음 같은 속에서 범죄는 일어나고 있어. 아침에 출근하면 책상 위에는 지난밤에 일어난 사건 서류들이 쌓여 있겠지. 나는 이 도시가 싫고, 사람들이 싫고, 그리고 내 자신이 싫어질 때가 많아.」
「왜 지금까지 결혼을 안하셨어요?」
그의 말을 묵살해 버리는 것 같은 질문을 그녀가 느닷없이 던져 왔다.
「나도 모르겠어. 결혼을 꼭 해야 하는 건지 어떤 건지 그것조차 아직 모르고 있어. 단지 이런 생각은 들어. 내 자신도 주체못하는 주제에 어떻게 한 여자의 인생을 책임지며, 그리고 그 여자와의 사이에 낳은 자식들을 과연 훌륭히 키워낼 수 있을까. 나는 자신할 수가 없어.」
「보기보다는 다르시네요.」
「글쎄, 실망을 줘서 미안해.」
「아니에요. 그런 뜻이 아니에요.」
「말희는 어떻게 생각해?」
「전 결혼하고 싶지 않아요. 혼자 살고 싶어요.」

그녀는 조금 뜸을 들였다가 다시 말했다.
「그렇다고 누구를 사랑하고 싶지 않다는 건 아니에요. 사랑하고 싶어요. 하지만 결혼하고 싶지는 않아요. 그러니까 저한테 부담을 가지실 필요는 없어요.」
박 명은 몸을 돌려 그녀를 똑바로 바라보았다. 그가 팔을 벌려 그녀를 감싸 안으려 하자 그녀는 그보다 먼저 그의 품에 들어와 안겼다.
길고 감미로운 입맞춤 끝에 그들은 침대로 자리를 옮겼다.
그녀는 놀랍게도 숫처녀였다.
사랑의 유희가 끝났을 때 그녀는 이렇게 말했다.
「처녀를 지키느라고 얼마나 고통스러웠는지 몰라요. 다른 데라면 몰라도 술집 같은 데서는 그건 정말 견디기 어려운 일이었어요. 나중에는 처녀를 지키고 있다는 것이 귀찮기까지 했어요. 이젠 후련해요. 조금 섭섭하기는 하지만 후련해요. 박선생님께 감사드리고 싶어요.」
꼬박 뜬눈으로 밤을 지낸 박 명은 새벽에 호텔을 빠져 나왔다.
어제처럼 몹시 추운 날씨였지만 왠지 새로운 힘이 용솟음치는 것을 그는 느꼈다.
호텔을 나온 그는 곧바로 구문대의 집으로 향했다.
문대는 벌써 나설 채비를 차리고 있었다.
그들은 커피 한 잔씩을 마시고 나서 집을 나섰다. 그리고 청진동으로 가서 해장국을 한 그릇씩 시켜 먹었다.
「눈이 왜 그렇게 퀭해?」
식사도중에 문대가 의미 있는 시선을 던지며 물었다.
박 명은 해장국 그릇에 얼굴을 박은 채 말했다.
「어젯밤 밤잠을 못 자서 그래. 오늘 좀 피로하겠는데.」
「왜 잠을 못 잤지?」

문대는 짓궂게 물었다.
박 명은 시침을 떼고 먹는 데만 열중했다.
「커피를 너무 많이 마셔서 그랬나 봐.」
「거짓말하지 마. 미스 홍 작살낸다고 하더니 밤새 그 짓한 거 아니야?」
「아아니, 멋대로 생각하지 마.」
「거짓말해도 소용없어.」
「아니라니까.」
박 명은 얼굴을 쳐들고 문대를 흘겼다.
문대는 그러나 물러가지 않고 말했다.
「몸에서 여자 냄새가 나는데 그래. 내 코는 속이지 못해. 여자하고 살을 섞은 남자는 그 몸에서 여자 냄새가 난단 말이야. 그 냄새는 역겨울 때도 있고 달콤할 때도 있어. 지금 자네한테서 풍겨오는 그 냄새는 꽤 감미로운데.」
「쓸데없는 소리 하지 말고 밥이나 먹어.」
해장국을 먹고 나오자 그때서야 어둠이 걷히기 시작하고 있었다. 그들은 그 길로 곧장 오현지의 집으로 향했다.
사건이 사건인 만큼 때와 장소를 가려서 행동할 여유가 없었다.
오현지의 집은 입이 딱 벌어질 정도로 호화저택이었다.
「수억대는 되겠는데……」
문대가 중얼거리자 박 명은 고개를 갸우뚱했다.
「도대체 나이도 많지 않은 사람들이 어떻게 마련했지? 정말 불가사의하단 말이야.」
안으로 들어서자 넓은 정원에 값비싼 관상목이 가득했다. 깊은 계곡에서나 볼 수 있는 큰 괴석들이 정원가에 즐비하게 널려 있었다.
「죽었다 깨어나도 난 이런 집에서 도저히 살 수 없겠는데……」
박 명이 혀를 내두르자 문대는 얼굴을 찌푸렸다.

「총각이 희망을 가져야지. 그게 무슨 소리야.」
박 명은 머리를 세게 흔들었다.
「난 틀렸어.」
「자, 부자 목사님이 나오시는가 본데.」
현관으로 목사의 뚱뚱한 모습이 드러났다.
그는 비단 까운을 걸치고 있었다. 그것도 빨간색이었다.
「어서 오십시오. 이렇게 일찍 웬일이십니까?」
그는 먼저 박 명과 악수를 나누었다. 박 명의 소개로 문대는 목사와 인사했다.
목사는 그들을 거실로 안내했다.
그는 아침 일찍 들이닥친 형사들을 보고 꽤나 놀란 것 같았지만 그것을 애써 감추려고 노력하고 있엇다.
「무슨 일로 이렇게 오셨습니까?」
「이렇게 아침 일찍 찾아와서 미안합니다. 다름이 아니고 사모님을 다시 좀 뵐려고 찾아왔습니다. 좀 급한 일이 있어서 말입니다.」
「우리 집사람은 지금 없습니다.」
목사는 더욱 당황해서 말했다. 가정부가 찻잔을 날라왔다. 찻잔을 집어 드는 목사의 손끝이 달달 떨리고 있었다.
「어디 가셨나요?」
「어젯밤 집에 들어오지 않았습니다.」
「그럼 지금 어디에 계시는가요?」
「저도 잘 모릅니다. 그래서 걱정하고 있는 중입니다.」
「그러니까 집에는 아무 연락도 없이 외박하셨다는 말인가요?」
「예, 지금으로서는 그렇게밖에 볼 수 없는데…… 하여간 이상합니다.」
목사의 얼굴에 불안의 빛이 드러났다.
형사들은 목사가 지금 거짓말을 하고 있는지 아니면 사실대로 이야기하고 있는지를 알아내려고 눈을 번득였다.
 목사는 계속했다.
 「이런 일은 처음입니다. 말없이 안 들어온 적은 없었습니다.」
 「집안을 좀 둘러봐도 되겠습니까?」
 「네, 보십시오.」
 문대와 박 명은 집을 뒤지기 시작했다.
 문대는 이층을 뒤지고 박 명은 아래층을 조사했다. 그러나 오현지는 보이지 않았다.
 그들은 다시 거실로 돌아와 목사와 마주앉았다.
 목사가 거짓말하고 있는 것 같지는 않았다.
 「어제 사모님과 헤어지신 게 몇 시쯤이었습니까?」
 「어제 우리가 호텔 커피숍에서 만나지 않았습니까? 그리고 나서 30분쯤 지나서 집사람과 헤어졌습니다. 그 뒤로는 만나지 못했습니다. 전화도 없었고요. 오늘까지 집사람한테서 연락이 없으면 그렇지 않아도 경찰에 연락할 생각이었습니다.」
 목사의 이마에 비로소 진땀이 흐르기 시작했다.
 「그것 이상하군요. 좋습니다. 더 기다려 보죠. 그런데 혹시 목사님께서 사모님 친구 된다는 남정애라는 여자를 모르십니까? 얼마 전에 미국에 갔다고 하던데……」
 「모릅니다. 집사람 친구들에 대해서는 별로 아는 바가 없습니다.」
 문대와 박 명은 거의 한 시간에 걸쳐 목사로부터 오현지에 관한 것을 상세히 얻어들은 다음 그 집을 나왔다.

 그 시간에 오현지는 어느 호텔방에 갇혀 있었다.
 그녀는 두 손과 발이 묶인 채 침대 위에 쓰러져 있었다. 입은 테이프로 발라져 있었기 때문에 살려 달라고 외칠 수도 없었다. 그녀는 실오라기 하나 걸치지 않은 알몸이었다.

어둠이 걷히면서 방안에 있는 사람들의 모습이 서서히 드러나기 시작했다.

그녀의 시야에 남자들이 들어왔다.

한 명은 그녀를 이곳으로 유인했던 권부장이었고 다른 한 명은 전에 본 적이 없는 사나이였다. 그녀는 처음 보는 그 사나이들에 대해 심한 공포감을 느끼고 있었다. 그들은 야수처럼 무지막지한 남자들이었다.

그들이 호텔방에 들이닥친 것은 지난밤이었다. 밤 9시경이었는데 그때 그녀는 권부장과 침대 위에서 섹스에 열중하고 있었기 때문에 그들이 들어서는 것도 모르고 있었다.

그들은 별로 말이 없었다. 다짜고짜 그녀의 입을 틀어막은 다음 몸부림치는 그녀를 결박했다. 권부장은 그들의 행동을 옆에서 불안한 눈으로 구경하고 있었다. 그녀를 구하려는 기미는 조금도 보이지 않았다. 그제서야 그녀는 권부장이 그들과 한패라는 것을 알아차렸다. 그러나 그때는 이미 너무 늦어 있었다.

왜 그들이 그러는지 그녀는 알 수 없었다. 나중에 그들이 질문을 던지면서 무시 무시한 고문을 가해오기 시작했을 때에야 그녀는 비로소 그 이유를 알 수 있었다. 그렇긴 하지만 그들의 정체가 무엇인지는 아직까지도 모르고 있었다.

그녀는 몸을 움직일 때마다 온몸이 쑤시고 아려왔다. 그녀의 몸은 군데군데 시퍼렇게 멍이 들어 있었고 담뱃불로 지진 자국이 흉측스럽게 온몸을 덮고 있었다.

그들이 알고 싶어한 것은 경찰과의 대화 내용이었다. 그들은 그녀가 특히 권부장의 이름을 형사에게 말했는지 어쨌는지 그것을 알려고 했다. 그녀는 형사가 그녀의 수첩에서 K부장이라고 적혀 있는 것을 보았을 뿐이라고 말했었다. 그리고 K부장이 누구인가는 절대 말하지 않았다고 말했다. 그러나 그들은 그녀의 말을 믿으려고 하지 않앉다. 바른 대로 대라고 하면서 그들은 그녀를 물 속에 처박았다. 그들은 고문자체를 즐기고 있는 듯했다. 치고차고 하다가 나중에는 담뱃불로 지지기까지 했다. 그녀는 몇 번씩이나 정신을 잃었다 깨어나곤 했다. 그녀에게 죄가 있다면 권부장과 불륜의 관계를 맺고 그에게 돈을 빌려 주었다는 것뿐이었다. 그러나 그들은 그것을 추궁하는 것이 아니었다. 그들은 권부장의 이름을 경찰이 그녀를 통해 알아냈는지 어쨌는지 그것을 알려고 했다. 그것이 왜 그렇게 중요한 것인지 그녀는 이해할 수 없었다.

그들이 자기를 그렇게 고문한 것을 보면 그것은 매우 중요한 일인 것만은 틀림없는 것 같았다.

그녀는 자신을 고문한 그 낯선 남자들보다는 그들 곁에서 팔짱을 끼고 구경만 하는 권부장이 더 저주스러웠다. 육체 관계까지 맺고 돈까지 빌려 준 사이가 아닌가. 그런데도 구경만 하고 있다니 그녀로서는 미칠 노릇이었다. 하긴 그들 세 명이 같은 일당이라면 그녀로서는 할말이 없어진다. 그녀는 권부장의 마수에 걸려든 것밖에 안된다. 도대체 이들의 정체는 무엇일까? 무엇하는 자들이기에 나를 이렇게 고문하는 것일까? 수표의 행방을 쫓는 경찰과 그것을 저지하려는 이들.

그녀는 하는 수 없이 남정애의 이름을 들먹였다. 경찰의 질문을 피하기 위해 남정애라는 친구를 통해 K부장에게 돈을 빌려 주었다고 증언한 사실을 이들에게 말해 주었다. 그들은 경찰이 남정애에게 직접 물어보면 어떻게 할 것이냐고 윽박질렀다.

거기에 대해 그녀는 남정애는 지금 미국에 가 있기 때문에 경찰이 접근할 수는 없을 것이라고 대답했다. 그러나 그들은 그 말을 믿지 않았다. 그들은 아무리 먼 곳에 가 있어도 경찰이 연락을 취하려면 얼마든지 할 수 있을 것이라고 말했다.

어떤 확신에 도달했는지 그들은 새벽 3시쯤 지나자 일체 질문을 중지하고 그녀의 입을 다시 봉해 버렸다.
 그때부터 방안에는 무거운 침묵만 계속되었다.
 그들은 무엇인가를 기다리고 있는 듯했다.
 낯선 두 사나이는 소파에 앉아 반쯤 눈을 감고 있었다.
 권부장은 다른 침대 위로 비스듬히 누워 있었다. 그 역시 눈을 반쯤 감고 있었지만 자고 있지는 않았다.
 오현지는 그에게 다시 전화를 걸었던 것을 후회했다. 다시 전화를 걸어 만나고 싶다고 말한 것은 그녀 쪽이었다.
 방안은 세 남자가 피어댄 담배 연기로 가득 차 있었다. 그들은 담배 연기를 빼내려고 하지 않은 채 그대로 가만히 앉아 있었다. 그렇게 열심히 갖가지 방법으로 그녀를 괴롭히던 그들도 지금은 지친 듯이 보였다.
 그녀는 날이 밝아옴에 따라 어느 정도 희망을 갖게 되었다. 그들이 곧 어떤 결정을 내리지 않으면 안될 것이라는 것을 그녀는 짐작하고 있었다. 그들이 자기를 이대로 두고 떠난다면 그녀는 문 쪽으로 기어가서 도움을 청할 수 있을 것이라고 생각했다.
 그때 돌연 전화벨이 울렸다.
 그녀는 고통을 잊고 소스라치게 놀랐다.
 졸고 있던 사내들도 눈을 번쩍 뜨고 상체를 일으켰다.
 전화벨이 연거푸 세 번 울렸다.
 키가 큰 사나이가 전화기 쪽으로 다가가 수화기를 집어 들었다.
「누군가?」
 저쪽에서 거친 목소리가 물어왔다.
「디스크자키입니다. 기다리고 있는 중입니다.」
「물건을 챙겨 가지고 나와라. 방을 깨끗이 하고 나와.」
「알겠습니다.」
 그 사나이는 수화기를 놓고 돌아섰다. 그리고 뚱뚱한 사나이에게 눈짓을 했다.
 뚱뚱한 사나이는 천천히 몸을 일으켰다.
 권부장이라는 사나이는 뚱뚱한 사나이가 호주머니에서 줄을 꺼내는 것을 보았다.
 줄에는 일정한 간격으로 매듭이 져 있었다.
 권부장이라는 사나이는 곱상하게 생긴 얼굴에 적당히 살이 오른 중키의 40대 후반의 남자였다. 그는 급히 일어나며 말했다.
「그건 안됩니다! 그래서는 안됩니다.」
 뚱보에게 다가서려는 그를 키다리가 제지했다.
「당신은 보고만 있어요.」
 키다리가 밀어젖히자 그는 엉덩방아를 찧으며 넘어졌다.
「약속은 이러지 않았어요! 죽이면 안돼!」
「다른 방법이 없지 않습니까. 우리는 명령에 따를 뿐입니다.」
 뚱보는 침대 위에 올라가 여자를 올라탔다. 그리고 몸부림치는 그녀의 목에 줄을 걸었다.

 구문대와 박 명은 수사본부에 오현지에 대한 수배를 부탁한 다음 그녀의 친구들을 찾아나섰다.
 구문대는 오현지의 출신학교인 H여고로, 박 명은 역시 그녀의 모교인 S여대로 달려갔다.
 그들은 두 시간 후에 만나 명단을 검토해 보았다. 거기에 남정애라는 이름은 없었다. 그들은 명단에 나와 있는 대로 여기저기에 전화를 걸어 보았다.
 모두가 결혼을 하여 출가했기 때문에 본인과 바로 연결되지가 않았다. 겨우 친정 쪽 사람들을 설득하여 전화번호를 알아낸 다음에야 본인과 연락을 취할 수가 있었는데 그중에서도 오현지와 친교를 맺어오지 않은 사람들은 제외시켰다.

오현지의 동창들은 의외로 그녀와 친교를 맺지 않고 있었다. 학교를 졸업한 후에는 한번도 그녀를 만나 보지 못했다는 사람들이 대부분이었다. 남정애에 대해서는 물어볼 것도 없었다.

하지만 졸업한 후에도 오현지와 계속 가깝게 만나온 네 명의 여자들을 찾아 낼 수 있었다. 그러나 그들 역시 오현지의 행방을 모르고 있었고, 남정애에 대해서는 하나같이 처음 들어보는 이름이라고 말했다.

「오현지 같은 계꾼이라면 여러 파트로 나누어 상대하고 있을 거야. 이를테면 고등학교 동창은 고등학교 동창끼리, 대학 동창은 대학 동창끼리, 교회 신자들은 신자들대로 그룹을 만들어 상대할 거야. 그러니까 각 그룹끼리는 서로 얼굴도 이름도 모르지. 알고 있는 사람은 오여인뿐이지.」

「방금 교회 신자들이라고 했지?」

구문대는 눈이 커졌다.

「음, 그랬어.」

박 명은 눈이 빛났다.

「왜 지금까지 거길 생각 못했지? 오여인 남편이 목사로 있는 교회가 어디지?」

「내가 명함을 가지고 있어.」

박 명은 호주머니 속에서 명함을 꺼냈다.

「목사가 교회에 없어야 일하기 쉬울텐데.」

「이 시간에는 없을 거야.」

그들은 오후 4시쯤에 교회에 도착했다.

그 교회는 지은 지 얼마 안된 3층짜리 건물이었다. 돔형의 백색건물이 멀리서도 눈에 띄었다.

「늘어나는 건 교회하고 은행이란 말이야.」

「아무리 불경기라도 바람은 안 타지.」

문대는 언짢은 표정으로 교회를 올려다보았다. 도대체 교회를 비대화해야 될 필요가 어디 있는가. 살이 찌고 기름이 흐르는 교회는 교회가 아니다.
「광야에서 소리쳐 부르는 목자가 그립군. 수억대의 교회를 지을 돈이 있으면 그 돈으로 가난한 사람들을 돌볼 일이지.」
그들은 교회 안으로 들어갔다.
교회는 텅 비어 있었다.
넓은 마당을 돌아 뒤쪽으로 들어가자 조그만 슬라브 집이 한 채 있었다.
집사라고 하는 깡마른 중년부인이 그들을 맞았다.
그녀는 몹시 망설이다가 교인 명단이 적힌 노트를 내놓았다. 명단을 검토하던 박 명이 갑자기
「여기 있다!」
하고 환호성을 질렀다.
구문대는 박 명이 가리키는 곳을 들여다보았다. 거기에 분명 남정애라는 이름이 있었다. 주소와 전화번호도 있었다.
「이 여자, 요즘도 교회에 나옵니까?」
「아뇨. 미국에 갔어요.」
집사는 불안한 표정으로 대답했다.
「지금 이 주소에는 누가 살고 있나요?」
「아이들은 두고 갔으니까 아마 아이들이 있겠지요. 친정 어머니가 돌봐 주고 있다나 봐요.」
「미국 어디로 갔나요?」
「로스앤젤레스에 간다고 들었어요.」
「그 쪽 전화번호나 주소를 모르십니까?」
「모릅니다.」
집사는 기도하는 자세로 대답했다.

그들은 교회를 나와 곧장 남정애의 집을 찾아갔다.
그녀의 집은 아파트였기 때문에 찾기가 쉬웠다.
다행히 남정애의 친정 어머니라는 노인이 그들을 맞아들였다. 집에는 남정애의 동생 된다는 젊은 여자도 있어서 이야기하기가 한결 수월했다.
그들을 설득시켜 남정애의 미국 주소와 전화번호를 알아내는 데 그렇게 시간이 걸리지 않았다.
박 명은 한 술 더 떠서 남정애의 동생에게, 국제 전화통화료를 줄 테니 지금 당장 언니한테 직접 전화를 걸어 달라고 부탁했다.
결혼을 눈앞에 두고 있는 것 같은 미모의 처녀는 어머니의 눈치를 본 다음 수화기를 집어 들고 다이얼을 돌렸다.
국제전화를 부탁하고 수화기를 내려놓은 지 5분도 못돼 전화벨이 울렸다. 연결되었다는 신호였다.
남정애는 집에 있었다.
먼저 자매간의 통화가 있었다. 남정애의 동생은 언니에게 대강 설명을 한 다음 수화기를 형사에게 넘겼다. 박 명이 수화기를 재빨리 받아들었다.
박 명은 사과말과 함께 자신의 신분을 밝혔다. 그리고 첫 번째 질문을 던졌다.
「K부장이라는 사람을 아십니까?」
「K부장이요? 모르겠는데요.」
태평양 저쪽에서 건너오는 목소리치고는 너무도 또렷이 들려왔다. 그리고 목소리가 매우 아름다웠다.
「그렇다면 권인식이라는 사람을 아십니까?」
「모르겠어요. 뭐하는 분인데요?」
「우리도 모르기 때문에 물어보는 겁니다. 오현지는 아십니까?」
「최목사님 부인 말인가요? 네, 알아요.」

박명은 수화기를 바꾸어 들었다.
「두 분이 어떤 관계이신가요? 친구 사이인가요?」
「그렇지는 않아요. 그분은 저보다 나이도 많고…… 또 목사님의 부인이시기 때문에 제가 사모님이라고 부르고 있어요. 아주 좋으신 분이에요.」
목소리만큼이나 아름다운 여자 같았다.
「오현지 씨와 함께 계를 하십니까?」
「네, 조그만 거 하나 들고 있어요. 전 그런 거 취미가 없는데 사모님이 들라고 해서 조그만 거 하나 하고 있어요. 그게 어떻게 됐나요?」
「아닙니다. 그게 아니고…… 에 또, 이건 분명히 말씀해 주셔야 합니다. 오현지 씨 말이 남정애 씨 소개로 K부장이라는 사람한테 5백만 원을 빌려주었다는데 그게 정말입니까?」
상대방은 그의 말을 얼른 못 알아들은 것 같았다. 다시 한번 말해 달라고 부탁해 왔다.
「남정애 씨께서 중간에서 오현지 씨 돈 5백만 원을 받아 K부장이라는 사람한테 빌려 주었느냐 이 말입니다.」
「아, 아니오. 그런 일 없는데요.」
남정애는 단호하게 부정하고 나왔다.
「분명합니까?」
「네, 분명해요. 사모님이 그런 말씀을 하셨다니 이해가 안 가는데요. 뭔가 잘못 아신 게 아닐까요? 동명이인인지도 모르잖아요? 저와 이름이 같은……」
「아닙니다. 그렇지는 않습니다.」
그녀는 오현지가 그런 말을 했다는 사실에 대해 이해할 수 없다고 몇 번이나 되풀이해서 말했다.
「실례지만 언제 귀국하십니까?」

「다음 달에 돌아갈 거예요.」
「그럼 그때 뵙겠습니다.」
「제가 사모님한테 전화를 한번 해볼까요?」
걱정스러운 목소리로 그녀가 물었다.
「뭐 그러실 필요는 없습니다. 지금 전화를 걸어도 연락이 안될 겁니다. 우리도 그 여자를 찾고 있는 중입니다.」
박 명은 전화를 끊었다. 그의 얼굴에 자신에 찬 미소가 잠깐 나타났다가 사라졌다.
「틀림없어. 오여인이 거짓말한 거야. 그 여자를 빨리 찾아야 해.」
밖으로 나오자 박 명이 구문대에게 한 말이었다.
「그 여자 쉽게 찾기는 어려울걸.」
「왜?」
「숨었을 거란 말이야.」
「시간 문제야.」
그때 박 명이 품속에 간직하고 있는 무전기가 삑삑 하고 울렸다. 그는 무전기를 꺼내 귀에다 갖다댔다.
「W호텔로 빨리 가라! 수배중인 여자가 살해되었다!」
그들은 멀거니 서로를 쳐다보다가 부리나케 택시에 올라탔다.
W호텔까지는 거의 40분쯤 걸렸다.
차가 그 곳에 도착할 때까지 그들은 각자의 생각에 잠겨 아무 말도 나누지 않았다.

오현지는 가는 나일론 줄에 목이 감긴 채 숨겨 있었다.
그녀의 흰 목에는 줄이 칭칭 감겨 있었다. 그녀는 손발이 묶인 채 벌거벗은 몸으로 침대 위에 엎어져 있었다.
구문대가 팔짱을 끼고 바라보고 있는 반면 박 명은 씩씩거리며 방 안을 왔다 갔다 했다.

「이렇게 죽을 건 뭐야! 필요할 때 죽다니 이럴 수가 있어?」
그는 주먹을 쥐고 허공을 쳤다.
「범인은 우리의 움직임을 알고 있어.」
문대가 무뚝뚝한 목소리로 말했다.
박 명은 시체를 바로 눕혔다.
그녀의 얼굴은 팅팅 부어 있었다. 두 눈을 부릅뜬 채 허공을 응시하고 있었고 입은 벌려져 있었다.
「죽은 지 다섯 시간 정도 됐습니다.」
공의(公醫)가 시체의 구석구석을 살피면서 말했다.
구문대의 눈이 탁자 밑을 응시했다. 이윽고 그는 손을 뻗어 무엇인가를 집어 들었다.
「그게 뭐야?」
박 명이 다가서며 물었다.
「라이터야.」
그것은 검정색의 조그만 라이타였다. 그리고 오른쪽 밑에는 금빛의 작은 글자가 붙어 있었다. 'C·S'라는 약자 표기였다. 두 사람은 소스라치게 놀라 서로를 쳐다보았다.
「모르고 떨어뜨린 모양이군.」
「국화와 칼이란 말이야.」
박 명이 흥분해서 말했다.
「그놈들의 짓이야! 국화를 꺾는 자는 이 단검이 용서치 않으리라. 기억하지?」
문대는 고개를 끄덕였다.
「국화와 칼이 등장한 것은 두 번째야.」
감식반원이 라이터를 비닐봉지 속에 집어 넣었다. 혹시 지문이 남아 있을지 몰라 그러는 것이었다.
라이터를 주웠고, 그리고 거기서 C·S라는 글자를 포착했다는 것은 상당한 소득이었다. 그것은 서울역 광장을 수사하다가 얻은 소득이 아니었다. 그것은 황근호 피살사건을 수사하다가 얻은 증거였다.
 서울역 광장 살인사건에 국화와 칼이 관련되어 있다는 것은 이미 밝혀진 바였다. 이제 오현지는 황근호의 죽음에 관련되어 있는 여자였다. 그녀의 수표가 황근호에게서 발견되었으니까 하는 말이다. 그렇다면 황근호를 죽인 것도 C·S일까?
 그들은 방을 나와 스카이라운지로 올라갔다.
 25층 스카이라운지에서 내려다본 차량들은 흡사 장난감 같았다.
「어떻게 생각해?」
 박 명이 담배를 권하며 물었다.
「일이 갑자기 걷잡을 수 없이 확대된 느낌이야.」
 문대는 차량들의 움직임이 퍽 재미 있게 생각되었다.
「세 살인 사건이 동일범의 소행인 것 같아.」
「그건 확신할 수 없지만 세 사건이 하나로 엮어져 있는 느낌이 강하게 들어.」

이상한 남자

 고수머리의 사나이는 왼쪽 광대뼈에 붙어 있는 반창고를 떼어 냈다. 그리고 거울에 얼굴을 비춰 보았다. 상처는 모두 아물어 있었다.
 그는 며칠 동안을 꼼짝도 하지 않고 집안에 틀어박혀 지냈다. 몹시 답답했지만 그렇게 하는 것이 좋을 것 같아 문밖 출입을 삼가했던 것이다.
 날이 어둑어둑해지고 있었다.
 날이 완전히 어두워지자 그는 그전과 같은 모습으로 아파트를 나왔다. 다른 것이 있다면 며칠 동안 면도를 하지 않아 턱에 수염이 덥수룩하게 자랐다는 정도였다.
 그는 출입구를 지키고 있는 경비원에게 미소를 보냈다. 경비원이 일어서서 꾸벅하고 인사를 했다. 그는 경비실 문을 드르륵 열고
 「선생님, 어디 아프셨습니까?」
하고 물었다.
 고수머리는 미소를 띤 채 머리를 저었다.
 「며칠 안 보이시기에 어디 아프신가 했지요.」

경비원의 말에 미소로 답하면서 경비실을 지나쳤다.
경비원은 창문을 닫으면서 고개를 갸우뚱했다. 부드러운 표정 대신 의혹의 그림자가 그의 얼굴에 나타났다.
고수머리의 사나이에 대해서 그가 의혹을 품기 시작한 것은 그 사나이가 아파트에 입주하면서부터였다.
경비원은 아파트 경비뿐 아니라 입주자의 성분이나 동태에도 관심을 가지기 마련이다. 불순분자를 신고해야 한다는 의무감에서 뿐만 아니라 본능적인 호기심에서 관심을 갖게 되는 것이다.
그 사나이, 아파트 입주자 카드에 자기 이름을 김 산(金山)이라고 적은 그 사나이는 언제 보아도 혼자였다. 처자식도 없었고 찾아오는 사람도 없었다. 카드의 직업란에는 아무것도 적혀 있지 않았다. 나이는 43세.
그 사나이가 세들어 입주한 것은 1년 전이다. 가방 하나만 달랑 들고 들어왔던 것이다.
그는 나가고 들어오는 시간이 일정치가 않았다. 언제나 굳은 표정이었기 때문에 말을 걸기가 어려웠다.
그렇지만 사실 그는 인정이 많은 사람이었다. 다른 사람들은 몰라도 스물네 시간을 교대 근무하고 있는 두 명의 경비원들은 그를 가장 인정 많은 고마운 사람으로 알고 있었다.
경비원들이 그렇게 생각하는 것도 무리가 아닌 것이, 그 사나이는 그들 각자에게 적당한 구실을 붙여 수시로 돈을 주곤 했던 것이다. 명절 때는 떡값이라는 명목으로, 여름철에는 휴가비라는 명목으로, 어린이날에는 아이들 과자 값으로, 김장철에는 김장값이라고, 겨울철에는 연탄이나 사서 쓰라고 적지 않은 돈을 주곤 했던 것이다. 그는 그런 기회를 절대 놓치는 법이 없었기 때문에 경비원들은 생각지도 않은 돈을 받고 당황하기 일쑤였고, 그런 다음에는 으레 감동하는 것이었다.

그 감동은 그들의 의혹을 상쇄시키고도 남음이 있었다. 정체불명의 사나이에 대한 의혹을 키우기 보다는 푼돈을 받아쓰는 데 그들은 더 재미를 느끼고 있었다.

경비원은 어둠 속으로 사라지는 고수머리의 사나이를 바라보고 있다가 이해할 수 없다는 듯 다시 한번 고개를 갸우뚱했다.

그 사나이가 웃는 것을 보기는 처음이었다. 그야말로 그의 미소는 매혹적이었다. 오늘은 무슨 좋은 일이라도 있는 모양이지. 손에는 큼직한 가방까지 들고 있었다. 1년 전 이사올 때 들고 왔던 그 가방이라고 생각했을 때 사나이의 모습은 이미 어둠 속으로 사라지고 없었다.

경비원은 또다시 고개를 갸우뚱했다. 그동안 잠재워 두었던 의혹이 갑자기 고개를 쳐들기 시작했다. 이상한 사람이야. 아무리 생각해도 알 수 없는 사람이야. 한 번 미친 척하고 신고해 볼까. 재수 좋으면 보상금을 탈지도 모른다.

그가 그런 생각을 하고 있을 때 고수머리의 사나이는 아파트 단지 입구에 있는 게시판을 바라보고 있었다.

거기에는 어느 살인사건 용의자의 몽타주가 붙어 있었다. 앞 얼굴과 옆 얼굴을 그린 몽타주였는데 한 귀퉁이가 떨어져 바람에 펄럭였다. 그는 몽타주 밑에 있는 글귀를 읽어 보고는 그 몽타주가 자신을 그린 것이라는 것을 금방 알아보았다. 그러나 별로 놀라워하지 않았다.

몽타주는 자신의 모습과는 영 다르게 그려져 있었다. 머리가 곱슬곱슬한 것이라든지 얼굴형, 그리고 매부리코 등은 닮아 있었다. 그러나 가장 중요한 눈이 달랐다. 그것이 전체적인 얼굴 모습을 다르게 보여 주고 있었다.

단지 입구에서 그는 택시를 잡았다.

그의 낡은 차는 정비공장에 들어가 있었다. 그는 그 차를 찾을 생각이 없다.
 경비원은 순경 두 명이 가로등 밑을 지나가는 것을 보고는 자리에서 일어났다.
 그들은 언제나 같은 시간에 순찰을 돌고 있었다. 방한복에 방한모를 뒤집어쓴 그들은 뚱뚱해 보였다.
 경비원은 망설이다가 밖으로 뛰쳐나갔다. 그리고 그들을 향해 손을 흔들어 보였다.
 순경들이 그를 발견하고 방향을 바꾸어 경비실 쪽으로 다가왔다.
「수고하십니다.」
「뭡니까?」
 그들은 서로 거수경례로 인사를 나누었다.
「잠깐 들어오시지요.」
 경비원의 할말이 있는 듯한 은근한 말에 순경들은 잠자코 경비실로 따라 들어갔다.
「앉으십시오.」
 경비원이 의자를 권했지만 그들은 앉으려고 하지 않았다.
「괜찮아요. 무슨 일입니까?」
「저기…… 좀 이상한 사람이 있어서요. 그전부터 이상하다고 생각했는데……」
 순경들의 눈이 번쩍하고 빛났다.
「누가요?」
 순경 하나가 수첩을 꺼내 들었다.
「제가 잘못 본 건지도 모르지요. 사람은 참 좋은 사람인데…… 어딘가 좀 이상해서 말입니다. 잘못 본 거라면 공연히 수고를 끼칠 것 같아서 주저하고 있었습니다.」
「그런 건 상관 마십시오. 그런 건 상관 말고 이상하다고 생각되면 신고해야 합니다. 어디 사는 누굽니까?」

「905호에서 혼자 살고 있는 남자인데 일정한 직업도 없이 지내고 있습니다. 그런데 돈 씀씀이는 헤프거든요. 바로 이 사람입니다.」
그는 입주자 카드를 꺼내 보였다.
순경은 수첩에다 재빨리 인적사항을 적었다.
「이 사람 지금 집에 있나요?」
순경이 날카롭게 물었다.
「조금 전에 나갔습니다.」
「문 좀 열 수 없나요?」
「열쇠가 없습니다.」
「그 사람 들어오면 즉시 우리한테로 연락해 주시오.」
「네, 알겠습니다. 그런데 그 사람 돌아올 것 같지 않던데요.」
「어떻게 그걸 압니까?」
「그 사람…… 여기 들어올 때 가방만 하나 달랑 들고 들어왔거든요. 그런데 조금 전에 그 가방을 들고 나갔습니다. 어쩐지 돌아올 것 같지 않은 생각이 듭니다.」
「그렇다면 문을 좀 열어 봐야겠는데 방법이 없을까요?」
「열쇠장이를 부르면 됩니다. 지금 있는지 모르지만 연락을 해보죠.」
경비실에는 전화가 없었기 때문에 경비원은 공중전화가 있는 곳으로 뛰어갔다.
잠시 후 헐떡이며 돌아온 그는 연락이 되었다고 말했다.
10분쯤 지나자 머리가 벗겨진 50대의 남자가 나타났다. 검은 테의 안경을 코에 걸었고 어깨가 꾸부정한 사람이었다. 그는 아무 연장도 없이 회색빛 파카에 두 손을 찌르고 있었다. 그가 경비실로 들어서기 전에 경비원이 순경들에게 재빨리 속삭였다.
「바로 저 사람입니다.」
「저 사람이 905호의 주인공이란 말이요?」

순경들이 긴장해서 물었다. 경비원은 웃었다.
「열쇠장이입니다. 천하 없는 것도 저 사람 손에 걸리면 열리고 맙니다. 기막힌 손재주를 가지고 있죠.」
경비원은 잘 아는 듯 그 사내와 악수를 나누었다.
이윽고 네 사람은 9층으로 올라갔다.
5호실 앞에 이르자 대머리 사내는 호주머니에서 무엇인가 꺼내 들었다. 그것은 열쇠꾸러미가 아닌 철사꾸러미였다. 곧게 펴진 철사도 있었고 끝이 갈고리처럼 구부러진 철사도 있었다.
순경들은 호기심 어린 눈으로 그 사람의 움직임을 지켜 보았다.
그 사내는 5호실 앞에 웅크리고 앉더니 열쇠 구멍 속으로 철사를 쑤셔 넣었다. 송곳처럼 생긴 철사를 집어 넣고 몇 번 감을 잡는가 싶더니 문 손잡이를 잡고 틀었다. 찰칵 소리와 함께 문이 열렸다. 세 사람의 입에서는 절로 감탄의 소리가 흘러나왔다.
그들은 집안으로 들어갔다. 그리고 텅 빈 집안의 모습에 아연했다. 사람이 사는 집치고는 그야말로 가구 하나 없었다. 주방의 자취도구 몇 점과 방안의 침낭이 살림살이의 전부였다.
「아무리 혼자 살고 있다고 하지만 이 정도인지는 몰랐는데요.」
하고 경비원이 어리둥절한 표정으로 말했다.
「이상한 사람이군.」
순경 한 사람이 뒷짐을 지고 서서 중얼거렸다.
「이런 걸 놔두고 간 걸 보니까 아주 간 것은 아닌 것 같은데……」
다른 순경이 침낭을 툭툭 차면서 말했다.

고수머리의 사나이는 강남의 번화가에서 차를 내렸다.
그 곳은 신시가지로 술집이며 여관들이 유난히도 많아 이미 유흥가로 이름이 나 있었다. 밤이 되면 사람들은 이 환락의 불야성 속으로 꾸역꾸역 몰려들어 술을 마시고 돈을 뿌리고, 그리하여 인생을 허비한다.
 그는 어느 중국 식당으로 들어가 짜장면을 한 그릇 먹고 나왔다. 그리고 길을 건너 나이트클럽으로 들어갔다.
 이미 클럽은 사람들로 만원을 이루고 있었다.
 그는 자리에 앉는 대신 웨이터에게 다가가서 말을 걸었다. 그의 손에는 만 원짜리 지폐가 한 장 들려 있었다.
「대답 여하에 따라서는 이걸 줄 수도 있어.」
 그는 지폐 한 장을 더 꺼내 얹었다.
「뭘 듣고 싶은데요?」
 웨이터가 의아한 눈으로 그를 쳐다보았다.
「여우라는 자를 알고 있나?」
「여우요? 듣긴 들었는데……」
 웨이터의 눈이 지폐 위에 잠시 머물렀다.
「좀 알아볼 수 없어? 어디 있는지 말이야.」
 그는 지폐를 내밀었다. 웨이터는 그것을 받아 챙긴 다음 잠깐 기다려 달라고 말했다.
 조금 후 그는 다른 웨이터 한 명을 데리고 왔다.
「왜 그러시죠? 무슨 일로 여우를 찾으시죠?」
 그 웨이터는 경계의 눈초리로 그를 살피며 물었다.
「여우는 고향 후밴데 부탁할 일이 있으면 나이아가라에 와서 자기를 찾으면 된다고 했어. 그래서 찾아온 거네.」
 그는 만 원짜리 지폐 한 장을 또 꺼내 들었다. 그리고 잠자코 내밀었다. 키 큰 웨이터는 망설이다가 그것을 받아 들었다.
 그러나 대답은 시원치가 않았다.
「여우는 요새 여기에 나오지 않습니다.」
「어디 가면 만날 수 있을까?」
「글쎄……」

웨이터는 망설이는 눈치를 보였다.
 고수머리는 만 원 한 장을 또 꺼냈다. 그제서야 웨이터는 만족한 듯 웃어 보였다.
「여우는 지금 부산에 가 있습니다.」
「확실한가?」
「부산에 내려가 있다는 말을 들었습니다.」
「부산 어디?」
 고수머리의 말투가 날카로워져 있었다.
「어딘지는 저도 모릅니다. 밖에 나가셔서 오른쪽으로 백미터쯤 가면 거기에 여우를 잘 아는 여자가 있습니다. 그 여자한테 가서 알아보십시오.」
「그 여자 이름은?」
「난초를 찾으시면 됩니다. 술값을 좀 써야 될 겁니다.」
「고맙네.」
「제가 가르쳐 주었다는 말 절대로 해서는 안됩니다.」
「알겠네.」

 코스모스는 고급 살롱이었다. 난초라는 호스티스는 생각과 달리 아담하게 생긴 20대 초반의 아가씨였다. 얼굴도 예뻤다. 하긴 호스티스 모두가 미녀들뿐이었다.
 고수머리는 그녀를 옆에 앉히고 비싼 양주와 안주를 시켰다.
 실내는 고급스럽고 아늑했다.
「여기 처음 오셨죠?」
 그녀가 앳된 목소리로 물었다. 그는 고개를 끄덕였다.
「어떻게 저를 알고 불렀어요?」
「소문을 들었지. 아름답고 서비스가 좋은 아가씨라고.」
「어머나, 누가 그래요?」

그녀는 반색을 하고 물었다.
「사업하는 내 친구가.」
「성함이 어떻게 되시는 분인데요.」
「차차 알게 될 거야. 나중에 그 친구하고 같이 오지.」
그는 별로 손도 대지 않으면서 비싼 안주를 자꾸만 시켰다. 술도 별로 마시지 않았다. 단지 매상을 올리기 위해 그러는 것뿐이었다.
11시가 지날 때까지 그는 죽치고 앉아 있었다. 호스티스는 매상을 올려 주는 손님이야 말로 환영하는 바였다. 보아하니 팁도 많이 낼 것 같았다. 그래서 난초는 그를 다정스럽게 대했다.
그는 부드러운 신사였다. 겉보기는 날카로운 인상이었으나 말과 행동이 더없이 부드러운 사람이었다. 그녀는 그가 자기를 안아 주었으면 하고 바랐지만 그는 손끝도 대지 않았다. 이런 데 오는 사람치고는 확실히 좀 별난 사람이었다.
11시30분이 되었을 때 그녀는 이제 집에 가 봐야겠으나 계산을 해 달라고 조심스럽게 말했다.
그는 술값 15만 원을 두 말 않고 지불했다. 그리고 그녀에게 10만 원을 팁으로 주었다. 그것도 빳빳한 만 원권 지폐로, 돈을 줄 때 보니 그의 지갑 속에는 지폐가 가득 들어 있었다. 팁을 10만 원이나 받은 그녀는 마치 꿈을 꾸는 것 같았다. 그런 팁을 받아 보기는 처음이었다.
손 끝 하나 안 잡아보고 10만 원을 서슴없이 내다니, 정말 별난 사람이었다.
그녀는 어쩔 줄 모르고 있다가 물었다.
「댁이 어디세요?」
「난 집이 없어.」
그는 무표정하게 대답했다.
「어머, 집이 없다니요?」

「서울에는 집이 없다는 말이야. 도쿄에 집이 있지. 일이 있어서 왔어.」
「어머, 제일교포세요?」
그녀가 반색을 하고 물었다.
「그래.」
그는 일본 말로 대답했다.
「그럼 어디 호텔 같은 데 가셔야겠네요?」
그녀는 카펫 위에 놓여 있는 가방을 바라보았다.
그는 호텔을 잡아 놓았다고 일본 말로 대답했다.
그녀는 알아듣지도 못하면서 웃기만 했다.
「나가서 커피 한 잔 할까?」
「네, 좋아요.」
그녀는 기다렸다는 듯이 말했다.
「R호텔 커피숍에서 기다리고 있을 테니까 끝내고 그 쪽으로 와요.」
그 호텔은 걸어서 5분 거리에 있었다.
그는 먼저 방을 정한 다음 커피숍에 앉아 뉴스위크지를 꺼내 읽었다.
10분쯤 지나자 난초가 나타났다.
그는 그녀가 앉기를 기다렸다 물었다.
「내 방에 들어가서 커피를 마시는 게 어떨까?」
그녀가 망설이는 눈치를 보이며 얼른 대답하지 않자 그는 앞의 상체를 기울이며 나직이 말했다.
「함께 지내 주면 20만 원을 주겠어.」
그리고 그는 일어섰다. 여자의 얼굴이 빨개졌다.
그는 그녀를 거들떠보지도 않은 채 엘리베이터 쪽으로 걸어갔다.
난초는 백을 집어 들고 급히 그를 쫓아 엘리베이터를 탔다.

「돈 때문이 아니에요.」

그녀는 숨을 할딱이며 엘리베이터 속에서 분한 듯 말했다. 그는 처음으로 손을 잡아 주었다. 그녀는 그 손이 부드럽고 따뜻하다고 생각했다.

방으로 들어간 그들은 커피를 시키지 않았다. 그 대신 그들은 옷을 벗고 욕실로 들어갔다.

그들은 서로 몸을 씻어 주었다. 그녀는 남자의 몸이 강철같이 단단한 데 놀랐다. 그는 아담한 그녀의 몸이 풍만한 데 만족했다.

그는 관계를 맺는 데 있어서 매우 집요하면서도 시간을 오랫동안 끌었다. 그 바람에 그녀는 나중에는 고통스럽기까지 했다.

한숨을 돌리고 났을 때 그가 느닷없는 질문을 던져왔다.

「여우는 지금 어디 있지?」

그들은 벌거벗은 채 천장을 보고 있었다. 그녀는 화들짝 놀라 상체를 일으켰다.

「방금 뭐라고 하셨어요?」

「여우에 대해서 물었어.」

그녀가 몸을 바로하려는 것을 그의 손이 제지했다. 그는 그녀를 누이고 그녀 위로 몸을 실었다. 그녀가 반항하려고 들자 그는 굉장한 힘으로 밀고 들어왔다.

「여우는 지금 어디 있어?」

「몰라요.」

그녀는 도리질을 했다. 속았다는 생각과 함께 불안한 빛이 그녀의 얼굴에 나타났다.

「모른다구?」

그는 강한 충격을 가했다. 그 바람에 그녀의 입이 벌어졌다. 그녀는 빠져나오려고 했지만 도무지 꼼짝할 수 없었다.

「당신, 재일교포 아니죠?」

여자가 분한 듯 말했다. 사나이는 미소 띤 눈으로 그녀를 내려다보았다.
「그런 건 아무래도 좋아. 내가 알고 싶은 건 여우란 자의 소재야.」
「몰라요, 비키세요!」
「말하기 전에는 비킬 수 없어. 여우는 어딨어?」
「경찰을 부르겠어요!」
그의 얼굴에서 미소가 사라졌다.
그의 굳은 얼굴을 보는 순간 그녀는 소름이 쭉 끼쳤다. 무슨 일인가 벌어질 것만 같았다. 그러나 다음 순간 그는 몸을 일으켰다.
「미안하게 됐어.」
그리고 그녀를 놓아 주었다.
그녀는 침대에서 내려와 재빨리 옷을 입기 시작했다.
그녀가 옷을 모두 입을 때까지 그는 침대 위에 비스듬히 누워 있었다.
「당신은 누구죠?」
「알 필요 없어.」
「여우는 왜 찾죠?」
「그럴 일이 있어.」
「돈이나 주세요.」
그녀는 화대를 요구했다.
고수머리는 지갑에서 20만 원을 꺼내 가라고 말했다.
그녀는 머뭇거리다가 그의 옷에서 지갑을 꺼냈다.
차마 거기서 돈을 꺼내기가 거북한지 그녀는 지갑을 그에게 주려고 했다.
「직접 꺼내 주세요.」
「귀찮게 굴지 말고 꺼내 가라구.」
그는 그녀에게 등을 돌리고 누웠다. 그녀가 얼마를 꺼내 가든 상관

하지 않겠다는 태도였다.
 그녀는 정확히 만 원짜리 스무 장을 헤아렸다. 아무리 그가 보고 있지 않다 해도 차마 그 이상은 가져갈 수 없었다.
「꺼냈어요. 보세요. 20만 원이에요.」
 그녀는 돈을 흔들어 보였다.
 그러나 그는 거들떠보지도 않았다.
「여우 있는 곳을 가르쳐 주면 10만 원 더 꺼내 가도 좋아.」
 그녀는 주춤했다.
「꼭 알고 싶으세요?」
「그래. 알고 싶어.」
「그럼 10만 원 더 내세요.」
 그녀의 눈이 탐욕의 빛으로 번득였다.
「20만 원을 내라는 건가?」
「네…… 그 사람은 누구한테도 자기 있는 곳을 말하지 말라고 그랬어요. 그런 줄이나 아세요.」
「좋아. 20만 원을 꺼내 가요.」
 그녀는 잽싸게 다시 20만 원을 꺼내 가졌다.
「여우는 부산 광복동에 있는 초원 나이트클럽에서 일하고 있어요.」
「고마워. 이젠 가도 좋아요.」

 구문대와 박 명이 고수머리 사나이의 아파트에 닿은 것은 아침 10시경이었다. 수사본부에 접수된 신고사항을 검토하다가 가장 문제점이 있다고 판단되어 달려 온 것이다.
 경비원이 몽타주를 보고 905호 사나이와는 다르다고 말했지만, 몇 가지 구체적인 점들은 일치하고 있었다. 즉 깡마른 인상, 고수머리, 매부리코, 가늘게 찢어진 눈 등이 그랬다.

다행히 경비원은 그 사나이의 자동차 넘버를 기록해 두고 있었다.
집 안에는 그자의 지문이 많이 남아 있었다.
형사들은 집안을 샅샅이 뒤졌다.
밖에서는 경비원이 그 사나이를 발견하는 즉시 인터폰으로 알려주기로 되어 있었다. 그러나 그 사나이는 끝내 나타나지 않았다.
「벌써 위기를 느끼고 도망친 게 분명해.」
박 명이 분한 듯이 말했다.
문대는 씽크대 서랍 속에서 서류 봉투 하나를 꺼냈다.
봉투는 개봉되어 있었다. 그는 내용물을 꺼내 보았다. 흑백 사진 두 장과 타이핑된 종이 한 장이 나왔다. 사진은 어떤 인물의 앞모습과 옆모습을 찍은 것이었다.
「아니, 이거 황근호 씨 아니야?」
박 명이 놀라서 사진을 빼앗아 들며 물었다.
문대는 타이핑한 내용을 읽어 보았다. 그것은 죽은 황씨의 신상에 관한 것이었다.
「이젠 의심할 여지가 없어. 김 산이라는 자가 범인이야.」
박 명은 흥분을 가누지 못하고 주먹을 쥐었다 폈다 했다.
「이러한 자료는 어디서 난 걸까?」
문대가 혼자 말처럼 중얼거렸다.
「그야 자기가 마련했겠지.」
「아니야. 그런 것 같지가 않아. 누구한테서 제공받았을 가능성이 높아.」
「어째서?」
「범인은 황근호라는 사람을 모르고 있었어. 얼굴도 모르고 있었어. 그래서 이 사진이 필요했던 거야. 그리고 이러한 인적사항도 말이야. 그는 모르는 사람을 살해한 것 같아.」
「그럼 청부살인이란 말인가?」

문대는 고개를 끄덕였다.
「누가 부탁했단 말이야?」
박 명이 숨가쁘게 물었다.
「그야 알 수 없지.」
「국화와 칼이 아닐까?」
「그들과 관계가 있는 것만은 틀림없어. 그렇지만 어떤 관계인지는 더 조사해 봐야겠지.」
「우리가 그자에 대해 알고 있는 것은 이름과 지문과 자동차 넘버야. 이 정도면 많이 알고 있는 게 아닐까?」
「글쎄……」
문대는 대답하지 않았다.
그들은 범인에 대한 세 가지 사항을 가지고 본부로 급히 돌아갔다.

고수머리 사나이는 오후 비행기로 부산에 갔다. 나이트클럽은 저녁 때부터 영업을 시작하기 때문에 일찍 내려갈 필요가 없었던 것이다.
김해공항에 닿은 것은 7시10분 전이었다. 거기서 택시를 타고 부산 광복동으로 향했다.
8시20분 전에 초원 앞에 도착했다.
초원의 출입구는 휘황한 네온으로 장식되어 있었다.
그는 주위를 눈여겨본 다음 그 앞을 지나쳐 1백미터쯤 걸어가다가 어느 양식집으로 들어가 비프스테이크를 주문했다.
「많이 익히지 말고 적당히 익혀 주시오.」
「수프는 뭘로 하시겠습니까?」
「크림수프로 주시오.」
「밥으로 드릴까요?」
「아니, 빵으로 주시오. 그리고 포도주 한 잔……」

그는 적당히 익힌 스테이크를 천천히 씹어 먹었다. 무엇을 생각하는 듯 그의 눈은 가끔씩 초점 없이 허공을 더듬곤 했다. 핑크색 포도주 잔을 입으로 가져갈 때 그는 꿈꾸는 사람처럼 눈을 반쯤 감곤 했다.

9시15분 전에 그는 식사를 마치고 일어섰다. 음식은 남김 없이 깨끗이 치워져 있었다.

'여우'라는 별명을 가진 사나이는 초원 나이트클럽의 지배인이었다.

새벽 4시에 그는 초원을 나섰다.

그의 곁에는 호스티스 한 명이 그림자처럼 붙어 있었다.

그는 좀 취해 있었다. 아직 마흔이 채 안된 그는 건강한 체격을 가지고 있었다.

그에 비해 체구가 작은 호스티스는 이제부터 지배인을 모셔야 할 입장이었다.

초원에 들어온 지 한 달쯤 된 그녀는 지배인에게 잘 보이지 않으면 안된다는 것을 뒤늦게야 깨달았던 것이다. 그래서 지배인이 집에 안내하라고 했을 때 그녀는 기쁜 표정으로 그 제의를 받아들였던 것이다.

지배인은 자기 차를 가지고 있었지만 취해서 운전대를 잡을 수가 없었다. 호스티스에게는 차가 없었다. 그래서 그들은 택시를 잡아야 했다.

그런데 너무 이른 새벽이었기 때문에 차가 없었다. 차가 있다 해도 그냥 지나쳐 버리곤 했다. 별로 먼 거리가 아니었기 때문에 그들은 걸어가기로 했다.

그들은 주위를 조금이라도 막아 보기 위해 서로 몸을 밀착시킨 채 걸어갔다.

그들의 뒤를 검은 그림자가 일정한 거리를 유지한 채 따라가고 있었다. 그런 줄도 모르고 그들은 앞만 보고 걸어가고 있었다.
이윽고 그들은 주택가 골목에 위치한 어느 작은 집 앞에서 걸음을 멈추었다.
그 집은 이층 양옥이었는데 호스티스가 세들어 살고 있었다.
집은 어둠 속에 잠겨 있었다.
호스티스는 대문 앞을 그대로 지나쳐 담을 끼고 옆으로 돌아갔다. 거기에는 대문과는 별도로 조그만 철문이 달려 있었다. 그것은 이층을 세놓기 위해 특별히 따로 만든 출입문이었다.
그녀는 열쇠로 문을 따고 안으로 들어갔다. 그 곳은 좁은 뒷마당으로 이층으로 올라가는 비상계단이 있었다.
이층에는 방이 두 개 있었는데 하나는 그녀가 사용하고 있었고, 다른 하나는 노인 부부가 쓰고 있었다. 노인 부부는 서울에 사는 아들이 교통사고로 갑자기 죽는 바람에 아들네 집에 가고 없었다.

그들이 잠에 곯아떨어진 것은 6시가 지나서였다. 나이트클럽에서 밤을 새운데다 지나친 육체 관계로 그들은 기진맥진한 상태에서 잠이 들었던 것이다.
6시라고 하지만 한 겨울이었기 때문에 날이 새려면 아직도 한참 있어야 했다.
비상계단 위에 웅크리고 있던 도둑 고양이 한 마리가 접근하는 검은 그림자를 보고 몸을 천천히 일으키면서 야옹 하고 울었다.
검은 그림자는 거의 발소리를 내지 않고 계단을 올라왔다. 고양이가 다시 한번 울었다.
「쉬!」
그는 고양이를 향해 위협적인 태도를 보였다.
고양이는 뒷걸음질을 치다가 슬그머니 어둠 속으로 사라졌다.

검은 그림자는 비상계단을 다 올라오자 문에다 귀를 대고 방안의 동정을 살폈다. 남자의 코고는 소리가 요란스럽게 들려오고 있었다. 그는 손잡이를 비틀며 당겨 보았다. 문은 열리지 않았다. 문은 안으로 잠겨 있었다. 베란다로 걸어가 창문을 밀어 보았다. 창문 역시 잠겨 있었다.

그는 주머니 속에서 열쇠 뭉치를 꺼냈다. 수십 개의 열쇠가 하나의 고리에 걸려 있었다.

그는 출입문 열쇠 구멍에다 열쇠를 꽂았다. 서두르지 않고 매우 신중하게 하나씩 하나씩 꽂아 보았다. 열다섯 번째 열쇠를 꽂았을 때, 찰각 하는 부드러운 마찰음이 들려왔다. 그는 조금 기다렸다가 손잡이를 잡아당겼다. 문이 삐걱 하고 열렸다.

그는 신을 신은 채 방으로 들어갔다.

코고는 소리가 여전히 방안을 울리고 있었다.

그는 한동안 어둠 속에 가만히 서 있다가 작은 플래시를 꺼내 불을 켰다. 벽을 비추다가 스위치를 발견하고는 그것을 올렸다. 방안에 불이 들어왔다.

여자가 눈을 뜨고 그를 바라보았다. 그녀는 천천히 상체를 일으키면서 물었다.

「누, 누구세요?」

너무 놀란 탓인지 큰소리로 묻지는 못했다. 빈약한 젖가슴이 급하게 오르내리고 있었다.

「쉿!」

그는 구둣발로 여자의 가슴통을 찼다. 여자가 가슴을 움켜쥐면서 뒤로 벌렁 눕자 그녀의 배를 구둣발로 누르면서 목에다 칼을 들이 댔다.

「살고 싶으면 조용히 있어! 조용히!」

여자는 파랗게 질린 얼굴로 끄덕였다.

「꼼짝 말고 가만히 있어야 해!」
그는 여자의 머리 위로 이불을 덮어씌웠다.
그런 줄도 모르고 남자는 코를 골며 자고 있었다.
고수머리의 사나이는 주전자를 남자의 얼굴 위로 가져갔다. 그리고 즉시 얼굴 위에다 엽차를 부었다. 나이트클럽 지배인은 기겁을 하며 일어났다. 그와 동시에 구둣발이 그의 가슴을 사정없이 찼다.
「어이쿠!」
여우는 가슴을 싸쥐면서 벌거벗은 몸을 이불 위로 굴렸다.
고수머리 사나이는 상대방의 옆구리를 걷어찼다. 상대방으로 하여금 반항할 여유를 주지 않기 위해서였다.
아직 잠이 덜 깬 상태에서 기습을 당한 사내는 숨이 막혀 허덕이면서 사시나무 떨 듯 온몸을 와들와들 떨어댔다.
「아니…… 다…… 당신은……?」
여우는 자기를 기습한 상대를 알아보고 몸을 일으키려고 했다. 그러나 다시 한번 옆구리를 걷어 채이고는 고통에 못 이겨 몸부림쳤다. 고수머리 사내의 발길질은 그만큼 위력이 있었다.
「왜 내가 찾아왔는지 알겠지?」
칼날이 고기 비늘처럼 번쩍번쩍 빛을 뿜었다.
여우라는 별명을 가진 사내는 겨우 상체를 일으켰다. 그는 고수머리 사나이의 칼솜씨가 대단하다는 것을 알고 있었다.
「어, 어떻게 알고 찾아왔지요?」
「묻는 말에만 대답해!」
「아니, 왜 이러십니까? 문제가 있으면 자리에 앉아서 상의하면 될 거 아닙니까? 그러시지 말고 이리 앉으십시오. 그 칼은 치우십시오. 애들처럼 그게 뭡니까?」
그는 위기를 모면하기 위해 안간힘을 써 보았다. 일부러 침착을 가장하면서 상대방으로 하여금 칼을 버리도록 유도해 보았다. 그러나 상대방은 조금도 흐트러진 자세를 보이지 않았다.
「다시 말한다. 묻는 말에만 대답해! 나를 고용한 놈이 누구야?」
「그, 그건 모릅니다.」
여우는 머리를 흔들었다.
그들은 교도소에서 함께 지냈었다. 함께 지낸 시간은 일 년쯤 되었다. 여우라는 사내는 사기 사건으로 2년 형을 살았고 고수머리 사나이는 살인범으로 8년 형을 선고 받고 복역중이었다.
먼저 출옥하게 된 여우는 고수머리 사나이에게 연락처를 알려주면서 나중에 석방되어 갈 데가 없으면 일거리를 알선해 줄 테니 자기를 찾아오라고 했다.
5년 후 고수머리 사나이는 정말로 여우를 찾아왔다. 그리고 일거리를 달라고 말했다.
여우는 그에게 한 남자를 소개했다. 그 남자는 자기 자신에 대해서는 일체 말하지 않았다. 그 대신 무슨 일이나, 이를테면 사람도 죽일 수 있는지 물어왔다. 고수머리는 돈만 많이 주면 아무 일이나 가리지 않고 성실히 수행하겠다고 다짐했다. 그 남자는 그에게 전화번호를 적어 주면서 김사장을 찾으라고 일렀다. 전화를 걸어야 할 시간은 정해져 있었다. 김사장이라는 사람이 임시로 잠시 머물러 있기 때문이었다. 고수머리는 즉시 전화를 걸었다. 김사장이라는 사람이 대기하고 있다가 전화를 받았다. 상대방은 누구를 제거하는 일이라고 말했다. 고수머리는 하겠다고 대답했다. 그리고 2천만 원을 요구했다. 상대방은 흔쾌히 응했다. 단 선금으로 1천만 원을 미리 지불하고 잔금은 일을 끝낸 다음에 주겠다고 했다. 고수머리는 그 제의를 수락했다. 그로부터 이틀 후 고수머리는 고궁에서 제거해야 할 인물에 대한 자료와 함께 돈을 받았다.
「잡아떼지 마. 너희들은 약속을 어겼어. 잔금을 주지도 않았을 뿐만 아니라 나를 죽이려고 했어.」

「난 아무것도 모릅니다. 그냥 사람을 소개해 준 것뿐입니다. 정말입니다.」
고수머리는 여우를 깔고 앉았다. 그리고 칼을 얼굴에 갖다댔다.

이불 속에서 의식을 잃은 채 누워 있던 호스티스는 8시가 지나서야 정신을 차렸다. 온몸이 땀으로 흥건히 젖어 있었다. 그녀는 감히 이불을 젖힐 수가 없어 한동안 꼼짝도 하지 않고 방안의 동정을 살폈다.

방안은 이상할 정도로 조용했다. 아무도 없는지 쥐죽은 듯 잠잠했다.

그녀는 와들와들 떨면서 이불을 조금 쳐들어 보았다. 먼저 벌거벗은 남자의 다리가 보였다. 다리에는 털이 시커멓게 나 있었다. 지배인의 다리였다. 그녀는 마침내 이불 밖으로 얼굴을 내밀었다. 귀신 같은 침입자의 모습은 보이지 않았다. 발길에 채인 가슴팍이 저려 왔다. 그녀는 이불 위에 네 활개를 펴고 누워 있는 지배인을 바라보았다. 얼굴이 온통 피투성이였다. 옆구리에는 칼이 깊이 박혀 있었다.

그녀는 상당히 냉정한 편이었다. 시체를 관찰하는 동안 그녀는 터져나오려던 비명이 쑥 들어가고 말았다.

지배인의 얼굴은 이상하게 변형되어 있었다. 자세히 보니 양쪽 귀가 없어져 있었다.

그녀는 서둘러 옷을 입었다. 아무리 무섭다 해도 벌거벗은 몸으로 뛰쳐나갈 수는 없었다. 옷을 입고 난 그녀는 마침내 혼신의 힘을 다해 비명을 질렀다.

한 시간 후 구문대와 박 명은 부산에서 일어난 살인사건에 관한 보고에 접했다. 간단한 보고였지만 그들은 직감적으로 느끼는 바가 있어 즉시 부산으로 날아갔다.
 그리고 12시 조금 전에 피살자와 동침했다는 여자를 만나 볼 수가 있었다.
 그녀는 공포로 혀가 굳어 제대로 말도 못하고 있었다. 박 명이 그녀에게 소주 한 잔을 마시게 하자 그제서야 조금씩 입을 열기 시작했다. 그녀의 이름은 김화숙이라고 했다.
「자세히, 처음부터 빼 놓지 말고 자세히 이야기해 봐요. 어떻게 그런 일이 일어났는지 말이오.」
「나이트클럽에서 밤을 새우고 4시쯤 클럽을 나왔어요. 지배인님하고 함께 집으로 왔어요. 그리고 잤는데…… 자다가 눈을 떴어요. 캄캄한 밤중이었어요. 날이 새지 않을 때였어요. 불빛이 비치자 저는 강도가 들어온 줄 알았어요. 너무 무서워 소리를 지를 수도 없었어요. 소리지르면 죽일 것 같았어요. 그래서 지배인님을 막 꼬집었어요. 하지만 지배인님은 코를 골면서 세상 모르고 자고 있었어요. 그러자 방안에 불이 들어왔어요. 낯선 사람이…… 무섭게 생긴 사람이……」
여기서 그녀는 말을 잇지 못하고 허덕였다.
「자, 이걸 마셔요. 우리가 있으니까 안심하고 말해 봐요.」
박 명은 그녀에게 다시 술 한 잔을 권했다.
그녀는 단숨에 그것을 들이키고 나서 말을 이었다.
「키가 어마어마하게 큰 사람이었어요. 그리고 무섭게 생긴 사람이었는데 손에 칼을 들고 있었어요. 제가 누구냐고 물으면서 일어나려고 하자 그 사람은 구둣발로 제 가슴을 걷어찼어요. 저는 숨이 넘어가는 것만 같았어요. 그 사람이 말했어요. 아주 이상한 목소리였어요.」
「뭐라고 말했나요?」
「살고 싶으면 조용하라고 했어요.」

「그래서?」
「가만 있었더니 제 몸을 이불로 덮었어요.」
「그리고?」
「그 다음은 모르겠어요. 저는 기절했었어요.」
박 명은 답답하다는 듯 입맛을 쩍 다셨다. 이번에는 문대가 질문을 던졌다.
「이건 매우 중요한 것입니다. 방안에서 일어난 일을 보지 못했다 해도 들었을 거 아닙니까?」
「저는 기절했었다니까요.」
그녀는 신경질적으로 대답했다.
「그러지 말고 아무거나 좋으니까 들은 대로 말해 봐요. 두 사람이 나눈 이야기가 틀림없이 있었을 테니까. 잘 생각해 봐요. 한 마디라도 들은 게 있었을 겁니다.」
끈질긴 요구에 그녀는 한참 생각해 보는 것 같더니 입을 열었다.
「두 사람은 서로 아는 것 같았어요.」
그것은 귀가 확 트이는 말이었다.
「뭐라고 했는데, 아는 것 같았어요?」
「뭐라고 했는지는 생각이 안 나요. 하여간 서로 아는 사이인 것 같았어요.」
「당신이 기절했다는 건 정신이 반쯤 나갔던 것뿐이야. 잘 생각하면 기억할 수 있어.」
박 명이 거칠게 말했다. 문대가 부드럽게 존대어를 쓰는 반면 그는 거친 반말을 사용했다. 그것이 상대방의 기분을 몹시 상하게 하고 있었지만 그는 그런 것에 별로 개의치 않는 듯했다.
「자, 서둘지 말고 천천히 말해 봐요.」
문대가 다시 부드럽게 말했다.
그녀는 어깨를 들썩이며 흐느끼고 나서 입을 열었다.

「그놈은 누구를 찾고 있었어요. 지배인님은 모른다고 하고 그놈은 자꾸만 묻고 그랬어요. 그놈은 잔금도 주지 않고 자기를 죽이려 했다고 그랬어요.」
「그래서?」
「그 다음은 정말 듣지 못했어요. 정말 저는 정신을 잃었더랬어요.」
「정신을 잃은 게 아니라 생각이 안 나는 거겠지.」
「나중에 지배인님이 뭐라고 하는 것 같았는데 무슨 말인지 알아들을 수가 없었어요.」
「잘 생각해 봐요. 생각이 나게 마련이니까.」
그녀는 두 손으로 머리를 감싸쥐고 이맛살을 찌푸렸다.
「무슨 꽃이름을 말하는 것 같았어요.」
「장미?」
「아니에요.」
「해바라기? 국화?」
「국화……」
순간 그녀의 눈이 번쩍 빛났다.
「네, 맞아요. 국화였어요.」
「국화와 칼이라고 하지 않았나?」
「그건 잘 모르겠어요. 국화라는 말은 분명히 들었어요.」
그들은 좀더 시간을 끌어 보았지만 그녀로부터 더 이상의 답변은 들을 수가 없었다.
「이번으로 세 번째 살인이군.」
식당으로 가는 길에 문대가 남의 일처럼 무표정하게 말했다.
「아니야. 오현지까지 넷이야.」
「오현지는 그자의 짓이 아니야. C·S의 짓이야. 이번 사건에 C·S가 깊이 개입하고 있는 인상이 짙어.」

「그자는 그럼 뭐야? C·S와는 다르다는 건가?」
「달라. 조직을 상대로 싸우고 있어. 그렇다고 정의의 사도는 아니야.」
그들은 언제나처럼 설렁탕집으로 들어갔다.
피살된 나이트클럽 초원의 지배인 이름은 정만길로 밝혀졌다. 그러나 그가 국화와 칼에 소속되었는지는 밝혀지지 않았다.
부산 일원에 비상망이 펴지는 것을 보고 문대와 박 명은 서울로 올라왔다.
그들은 범인이 국화와 칼에 소속된 인물로서 어떤 일을 수행하다가 불화를 빚게 된 것이라는 데 의견의 일치를 보았다. 그런데 그 어떤 일이라는 것이 살인과 직결된 것이 아닌가 하고 그들은 생각했지만 아직은 뭐라고 단정을 내릴 수 없었다.
본부에 돌아오니 범인에 대한 신원조회가 완료되어 있었다.
범인에 대한 신원조회는 그가 아파트에 남긴 입주자 카드와 지문, 그리고 자동차 넘버를 중심으로 실시된 것이었다.
첫째, 그가 입주자 카드에 적은 김 산이라는 이름은 가짜였다. 김 산이라는 이름이 없는 것은 아니었다. 카드에 적힌 이름과 주민등록 번호는 일치됐다. 그러나 김 산이라는 이름은 이 세상에 없는 사망자의 이름이었다. 그러니까 범인이 그 사망자의 이름을 도용한 것이라고 볼 수 있다.
「그자가 어떻게 해서 김 산이라는 이름을 도용하게 됐는지 조사해 볼 필요가 있겠는데.」
문대는 서류를 넘겼다.
둘째, 범인의 차는 어느 정비소에서 발견되었다. 정비소에서는 며칠 전에 어떤 40대의 남자가 차를 맡기고 가서는 아직까지 찾아가지 않는다고 투덜거렸다.
이제 남은 것은 지문이었다.

지문을 통해 마침내 범인의 본명이 밝혀지고 있었다.
범인의 이름은 나문식(羅文植)이라고 했다.

· 나문식 : 1938년 5월4일생. 45세. 한국인 아버지와 일본인 어머니 사이에서 태어나 일본에서 자라다가 18세 때 아버지를 따라 한국으로 건너옴. 아버지 나금호(羅今浩)를 따라 귀국함. 19세 때 아버지가 죽자 일본으로 밀항기도. 도중에 체포되어 강제 송환됨. 밀항단속법 위반으로 6개월 복역. 이후 일정한 직업이나 주거도 없이 떠돌이 생활을 계속함. 넝마주이, 여관보이, 식당보이, 트럭조수, 머슴, 선원, 리어카 행상, 지게꾼 등 온갖 궂은 일을 통해 밑바닥 인생을 체험, 그로 인해 사회에 대한 적대감을 키움. 그때까지의 생활이력은 정확히 밝혀지지 않음. 29세에 결혼. 딸 하나를 두었으나 36세 때에 부인 이말임과 딸을 살해함. 살인범으로 체포되어 대법원에서 8년형을 확정받고 복역. 1982년 9월에 석방됨. 모녀를 살해하게 된 동기에 대해 정상참작이 되어 8년형을 받은 것임.

신원조회에 나타난 대로라면 범인은 특이한 인생을 살아온 셈이었다. 그가 왜 아내와 딸을 살해하고 옥살이를 하게 됐는지에 대해서는 나와 있지 않았다.
「왜 처자식을 살해했지?」
박 명이 궁금증을 못 이겨 물었다.
문대는 입을 다문 채 아무 반응도 보이지 않았다.
그는 말없이 다시 한번 범인의 이력을 읽어 보았다. 확실히 별다른 인생이었다.
범인의 신원이 밝혀짐으로써 수사는 활기를 띠게 되었다. 몽타주 대신 그의 사진이 세상에 공개되고 수사망이 거미줄처럼 뻗쳐나갔다.
 황근호의 살해범으로 구속되었던 살롱 로망스의 호스티스 박종미는 지울 수 없는 상처를 안은 채 석방되었다. 누명을 벗고 석방된 그녀는 억울함을 못 이겨 울었다.

 머리가 벗겨진 쇠약한 모습의 노인은 복덕방에서 장기를 두고 있다가 형사의 방문을 받았다.
「조남석 씨 여기 계십니까?」
 찾아온 젊은 형사는 공손히 물었다.
 머리가 벗겨진 노인은 장기알을 집어 들다 말고 그를 힐끗 쳐다보았다.
「내가 조남석이오.」
 그러고 나서 노인은 쿨럭쿨럭 기침을 했다. 주름진 얼굴이 심한 기침으로 붉어졌다. 문대는 명함을 내밀었다.
「좀 여쭤볼 일이 있어서 찾아왔습니다.」
 노인은 별로 놀라는 기색도 없이 고개를 끄덕였다.
「나를 찾아올 때도 다 있군. 까맣게 잊은 줄 알았는데.」
 노인은 장기 두는 것을 계속했다.
 문대는 장기가 끝날 때까지 옆에서 구경하며 기다렸다.
 그는 수소문 끝에 조남석이 인천에 살고 있다는 것을 알고는 전철을 타고 달려온 길이었다. 거의 반시간이나 지나서야 장기는 끝났다. 장기에 진 조씨는 상대방에게 담배 한 갑을 내놓으면서 아쉬운 표정을 지었다.
「내일 보자구.」
 그 말에 장기판을 둘러싸고 있던 사람들이 소리내어 웃었다. 문대도 미소를 지었다.
 조남석은 8년 전만 해도 민완 형사로 날리던 사람이었다. 그런데 퇴직 후에는 인천으로 내려와 복덕방에서 장기나 두면서 소일하고 있었다.
「불시에 찾아와서 죄송합니다.」
인삼 찻집으로 조씨를 안내한 문대는 우선 예의부터 차렸다. 상대방이 대선배인 만큼 예의를 차리지 않을 수 없었다.
「아, 괜찮아요.」
조씨는 자기가 아는 사람들의 안부를 묻고 나서 말머리를 돌렸다.
「그래 나를 찾아온 용건은 뭔가? 서장직을 맡아 달라는 건 아니겠지?」
두 사람은 함께 웃었다.
문대는 나문식의 사진을 꺼내 놓았다.
「기억 나십니까?」
조씨는 사진을 뚫어지게 들여다보더니 뒤로 상체를 젖혔다. 그리고 신음처럼 말했다.
「알고 말고.」
「직접 조서를 꾸미셨더군요.」
「내가 조서를 꾸몄지. 지금쯤 석방됐을텐데……?」
「네, 석방됐는데 다시 큰일을 저지르고 있습니다. 수배중입니다.」
「큰일이라니?」
문대는 대강 사건 내용을 이야기해 주었다.
조씨는 눈을 크게 떴다. 몹시 놀라는 표정이었다.
「아니, 바로 그 사건의 범인이란 말인가?」
「네, 어제야 신원이 밝혀졌습니다.」
「벌써 세 명이나 죽였단 말이오?」
「네, 그렇습니다.」
「저럴 수가!」
놀라던 표정이 순식간에 어둡게 변했다. 그것은 침몰되는 배를 연상케 했다.
「그리고 단순한 살인이 아닌 것 같습니다. 국화와 칼이라는 조직이 얽혀 있고, 거기를 상대로 싸우고 있는 것 같습니다.」
「국화와 칼?」
조씨의 얼굴에 다시 놀라움이 나타났다.
「네, 국화와 칼입니다. 그 조직에 대해 알고 계십니까?」
「소문을 들어서 알고 있지. 국제 범죄조직이라고 들었어요. 그렇다면 나문식은 조직과 경찰에 쫓기고 있는 셈이군.」
「그렇죠. 그는 양쪽에서 쫓기고 있습니다. 제 생각에는 앞으로도 계속 살인사건이 일어날 것 같은데 그걸 막기 위해서도 나문식을 하루빨리 체포하지 않으면 안됩니다.」
「그렇겠군.」
조씨는 이해가 간다는 듯 고개를 끄덕였다.
「나문식은 일가친척도 없습니다. 그래서 지금으로서는 그를 제일 잘 아는 사람이 아무래도 선생님밖에 없을 것 같아 이렇게 찾아 뵈었습니다. 도와 주십시오.」
「무슨 말인지 알겠네. 내가 뭐 아는 게 있어야지.」
그래 놓고 조씨는 인삼차 한 잔을 말없이 다 마셨다.
문대는 상대방이 입을 열기를 참을성 있게 기다렸다.
조씨는 먼 과거를 더듬 듯이 아련한 눈빛으로 조용히 입을 열었다.
「나문식은 내가 겪어 본 범법자들 가운데 가장 기억에 남는 인물이지. 그 사람은 좀 특이한 데가 있는 사람이었어요. 저지른 죄는 처자식을 자기 손으로 죽인 죄였는데…… 자기 아내가 외간 남자와 집에서 부정을 저지르자 칼로 찍어 죽였지. 남자는 상처를 입고 도망가고, 딸 하나가 있었는데 그 딸을 데리고 그 길로 도망쳤지. 도망다니다가 숨을 데가 없자 딸을 안고 바다에 투신했어요. 마침 지나던 배가 그걸 보고 그 사람을 건져냈지. 딸애는 이미 물

속으로 사라져 버렸기 때문에 구하지 못했지. 나문식도 의식을 잃은 상태에서 구조되어 인공호흡으로 살아났지.」
「그래서 처자식을 살해한 셈이 됐군요.」
「그렇지. 그의 과거는 기구하지 짝이 없어요. 일본인 어머니와 한국인 아버지 사이에 태어나 일본에서 자랐는데 아버지는 제법 인텔리였나 봐요. 거기에서 학교를 잘 다니다가 일본 여자를 만나 살림을 차리게 됐는데 나문식이 여덟 살 때인가 그 일본인 어머니가 바람을 피운 모양이에요. 현장을 목격한 아버지가 아들 보는 앞에서 칼로 그 여자를 찔러 죽인 거야. 남자도 찔러 죽였답디다. 그 일로 어린 문식은 대단한 충격을 받았을 거란 말이오. 그런데 문제는 그 뒤부터 생겼지. 아버지가 감옥살이를 하는 바람에 그 어린 것은 고아 아닌 고아로서 자라게 됐단 말이오. 그래서 그 사람은 성장과정에 문제가 있었던 것 같아요. 아버지가 감옥에 10년 동안 있었다니까 그 아이는 열여덟 살이 될 때까지 혼자 성장했어요.」
구문대는 숨을 죽인 채 귀를 기울이고 있었다. 조씨는 갑자기 심하게 기침을 했다.
그가 다시 입을 연 것은 화장실에 다녀와서였다.
「열여덟 살이 될 때까지 어떻게 성장했는지 알 수 없는 일이지만 듣지 않아도 뻔한 일 아니겠소. 그의 아버지는 석방되자 한국으로 추방당했고, 그래서 나문식도 아버지를 따라 한국으로 오게 된 모양인데, 엎친 데 덮친 격으로 그 아버지가 1년 만에 죽어 버렸단 말이오. 감옥에서 얻은 지병이 도져서 죽은 것 같은데, 죽은 사람은 죽은 사람이고 혼자 남은 자식이 문제였지. 일본에서 태어났고 자랐기 때문에 한국은 외국이나 마찬가지였을 거란 말이야. 우선 말을 할 줄도 듣지도 못하니 혼자서 살아간다는 게 보통 어려운 일이 아니었을 거란 말이야.」

「신원조회에 나타난 걸 보니까 온갖 일을 다 했더군요.」
「그랬을 거요. 그렇게 하지 않고는 살아갈 수 없었을 테니까. 그렇게 살아가면서도 그는 굴하지 않고 헤쳐나갔고 29세 때 결혼한 것은 그로서는 인생 최대의 행복이었을 거란 말이오. 결국 가정을 이루고야 말았다는 것이 우리같이 보통 사람에게는 평범한 일로 받아들여지겠지만 나문식 같은 사람에게는 일대 사건이라고 볼 수 있지 않겠소? 그는 가정에 모든 것을 걸고 살았어요. 그런데 그 아내가 외간 남자와 놀아났으니 그 배신감과 실망이 얼마나 컸겠소.」
「묘하군요. 그의 아버지도 그런 경험을 했는데.」
「기묘한 인연이지. 아버지의 불행을 자식이 대를 이어받았다고나 할까. 여덟 살 어린 나이에 자기 어머니가 부정을 저지르다가 아버지 손에 죽는 것을 목격한 소년이 훗날 자기 아내를 똑같은 일로 살해했거든. 이런 일이 있을 수 있을까.」
두 사람은 약속이나 한 듯 담배를 집어 들었다.
소년의 머릿속에는 여자의 부정을 용서할 수 없다는 철칙 같은 것이 굳게 자리하고 있었을 것이다. 여자의 부정행위야말로 한 가정을 송두리째 파괴하는 짓이라는 것을 두 눈으로 똑똑히 목격했던 것이다. 문대는 범인을 하루빨리 만나고 싶어졌다.
「그는 어떤 점에서 다른 데가 있었습니까?」
「그는 자기 죄를 인정하려들지 않았어요. 아내를 죽인 것을 당연하게 생각했어요.」
「딸에 대해서는 어땠습니까?」
「딸에 대해서는 달랐지. 딸 이야기가 나오면 울곤 했어요. 딸을 끔찍이도 사랑했기 때문에 함께 죽으려고 했을 거요. 그것이 뜻대로 되지 않고, 딸만 죽게 되자 그는 거의 미친 사람같이 딸을 찾았지.」

「어디서 투신했나요?」
「부산의 어느 바닷가 절벽에서 투신했어요. 태종대라고 들었는데 난 가 보지 않았어요.」
「특이한 점이 있으면 또 좀 말씀해 주십시오.」
조씨가 범인에 대해 꽤 호감을 가지고 있다는 것을 문대는 알 수 있었다.
「그는 불우했던 시절에 배웠는지 칼솜씨가 비상했었어요. 그리고 말이 없는 사나이였어요. 친구도 없는지 면회 한 번 오는 사람이 없었어요. 자기가 살인범으로 체포되어 구속되었다는 사실 자체를 대수롭지 않게 생각하는 것 같았어요. 그를 오래 취조하다 보니까 나중에는 그에게 동정이 갑디다. 그는 인생관이 여느 사람과는 아주 달랐어요. 모든 것을 정반대로 봤으니까요.」
범인 나문식에 대한 조씨의 이런 저런 이야기를 들었지만 문대는 범인에 대한 의혹이 풀리지 않았다. 그래서 다음과 같은 질문을 던져 보았다.
「아내와 딸을 죽인 동기는 충분히 이해가 갑니다. 그런데 그는 왜 본격적으로 살인자의 길로 나서게 되었을까요? 8년을 복역하고 나온 후 새 사람이 되지 못하고 그런 길로 들어서게 됐을까요? 저는 그 점이 이해가 되지 않습니다. 그는 살인 전문가도 아니지 않습니까? 어떤 동기가 그로 하여금 살인자의 길로 들어서게 했는지 그걸 알고 싶습니다.」
「나도 그 점은 모르겠어요.」
조씨는 두 손을 들었다가 놓았다.
「그는 세 사람이나, 그것도 연속적으로 살해했단 말입니다!」
문대가 조금 언성을 높이자 조씨는 한 손으로 이마를 짚었다.
「그의 이력 가운데 내가 아직도 마음에 걸리는 점은…… 그가 한때 정신병원에 수용되었을지도 모른다는 점이오.」

「그래요? 그게 정말인가요?」
「정말인지 아닌지는 확실히 알 수 없지만, 그 자신이 그런 말을 했던 기억이 나요. 내가 그를 취조하고 있을 때 그가 그런 말을 했는데, 그때 나는 별로 귀담아듣지 않았어요.」
「만일 그게 사실이라면 재판에 크게 참작이 됐을 거 아닙니까?」
문대는 조씨를 똑바로 바라보며 물었다. 조씨는 그의 시선을 슬그머니 피했다.
「그렇지요. 지금 생각하면 나는 조서 작성하는 데만 급급해서 그의 말을 아예 묵살했던 것 같아요. 그의 말을 확인했어야 하는데 귀찮아서 그걸 묵살해 버렸어요.」
「그가 그 사실을 밝히면서 자신의 무죄를 주장했나요?」
「아니오. 그렇지는 않아요. 그런 의미로 그런 말을 한 게 아니었어요. 그는 살려 달라고 애걸하거나 그런 것은 하지 않았어요. 내가 이것 저것 꼬치꼬치 캐물으니까 마지못해 그 말을 한 거지요.」
「언제 그 병원에 입원했었는지 모르십니까?」
「K병원이라는 말은 기억이 나는데 언제 입원했는지는 모르겠어요.」
K정신병원이라면 그 분야에서는 가장 이름이 나 있는 병원이다.
「수사에 함께 좀 참가해 주실 수 없겠습니까?」
「내가 말이오?」
그는 놀라는 표정이었지만 내심으로는 반가운 기색이었다. 풀렸던 눈동자에 어느새 긴장감이 감돌고 있었다.
「범인과 직접 대좌해 본 사람은 선배님밖에 없습니다. 범인에 대해서 가장 많이 아는 사람도 선배님밖에 없습니다. 협조해 주십시오.」
「이렇게 불러 줘서 고맙소. 헌데 지금 하는 말은 공식적이오, 아니면 개인적으로 하는 말이오?」

「아직 상부에는 건의하지 않았습니다. 하지만 건의하면 받아들여질 겁니다.」
「받아지지 않는다면 어떡하지? 차비도 없이 될 수야 없지 않나? 보다시피 난 빈털터리라서……」
조씨는 두 손을 벌려 보였다. 문대는 소리없이 웃었다.
「그 점은 걱정하지 마십시오. 어떻게든 제가 마련해 드리겠습니다.」
「대단한 정성이야. 나도 젊었을 때는 그랬었지.」
조씨는 웃으며 담배 꽁초에 불을 붙였다.

K부장

　박 명이 일식집 해원으로 들어선 것은 오후 3시경이었다. 해원의 주인 문영탁의 전화연락을 받고서였다.
　카운터에 앉아 있던 문씨는 그를 보자 말없이 일어서서 이층으로 올라갔다.
　박형사는 조금 있다가 그 뒤를 따라 올라갔다.
　그들은 그전에 들어갔던 방으로 들어가 대좌했다.
　「김영달이한테서 전화가 왔었습니다. 한판 하자고 말입니다. 그래서 그전에 함께 했던 사람들이 다 모여 주면 하겠다고 했습니다.」
　「그래서요?」
　「그 사람들 아니면 안되겠느냐고 하기에 그렇다고 했습니다. 그전에 그 사람들한테 돈을 잃었기 때문에 이번에는 꼭 복수를 하고 싶다고 했습니다. 그랬더니 연락을 해보고 나서 다시 전화하겠다고 했습니다.」
　「다시 전화가 왔나요?」
　「아직 안 왔습니다. 하지만 틀림없이 올 겁니다. 오늘중으로 전화를 해 주기로 했으니까요.」

박 명은 하는 수 없이 거기서 기다려 보기로 했다.
　방을 하나 차지하고 앉아 있다가 그는 졸음에 못 이겨 방바닥에 드러누워 잠이 들었다.
　그가 눈을 뜬 것은 두 시간쯤 지나서였다. 문씨가 그를 흔들어 깨웠기 때문이다.
「조금 전에 전화가 왔었습니다.」
「뭐라고 그래요?」
「모두 참석하기로 했다고 전갈이 왔습니다.」
「어디서 몇 시에 만나기로 했나요?」
「R호텔 커피숍에서 7시에 만나기로 했습니다.」
「그 호텔에서 할 건가요?」
「장소는 모릅니다.」
「그전에는 어디서 했나요?」
「한 번은 아파트에서 했고, 또 한 번은 어느 술집에서 했습니다. 아가씨들까지 앉혀 놓고 했습니다.」
「장소를 미리 알 수 없을까요?」
「그건 불가능합니다. 난 그들의 전화번호를 모릅니다. 연락이 오지 않으면 이쪽에서는 연락할 길이 없습니다.」
　그때 문대가 나타났다.
　이야기를 듣고 난 그는 색다른 제의를 했다.
「우리 쪽에서 사람을 한 명 딸려 보낼 테니까 그 사람도 함께 가십시오. 그러니까 그 사람도 함께 노름을 하는 겁니다. 노름꾼처럼 말입니다.」
　문씨는 머리를 흔들었다.
「그건 곤란할 겁니다. 그들은 모르는 사람은 절대 끼어 주지 않습니다.」
「그러니까 문사장님께서 말씀을 잘하셔야지요. 함께 끼어 주지 않으면 안하겠다고 으름장을 놓으면 그들도 들어줄 겁니다.」
「어느 분이 함께 갈 겁니까?」
「우리는 아닙니다. 6시까지 이쪽으로 그 사람을 데리고 오겠습니다.」
「형사인가요?」
문대는 머리를 흔들었다.
6시 조금 전에 구문대 형사는 조남석 씨를 데리고 해원에 들어섰다.
조씨는 빌려 입은 듯한 세무 잠바에 두 손을 찌르고 어깨를 꾸부정하게 웅크린 폼이 영락없는 노름꾼 같았다.
「함께 가실 분입니다. 두 분 인사하시죠.」
문대의 말에 문영탁과 조남석은 손을 내밀어 악수했다.
조씨는 자기 이름을 조태식이라고 소개했다.
「두 분은 친한 사이로 행동해야 합니다.」
「다음에는 어떻게 해야 하나요?」
문씨는 걱정스런 얼굴로 물었다.
「자연스럽게 행동하십시오. 다른 생각은 하지 마시고 노름에만 열중하십시오. 모든 것은 조선생님이 알아서 하실 테니까요.」
「만일 R호텔이 아닌 다른 곳으로 가게 되면 어떻게 합니까?」
「그 점에 대해서는 염려하지 마십시오. 다 준비가 되어 있으니까요.」
문대는 호주머니에서 돈다발을 꺼내 조씨에게 주었다.
「백만 원입니다.」
「노름 밑천인가요?」
「그렇습니다.」
조씨는 습쓰레하게 웃으며 돈다발을 집어 들었다.
「마지막 순간에 우리가 현장을 덮칠 겁니다. 그렇게 알고 계십시오.」
 문영탁은 불안한 얼굴로 그들을 번갈아 쳐다보았다.
 약속 시간보다 일부러 10분 늦게 문영탁은 조씨를 데리고 R호텔 커피숍에 들어섰다.
 안쪽 구석진 곳에 앉아 있던 사내가 슬그머니 손을 쳐들었다가 내렸다. 두 사람은 그 쪽으로 다가갔다.
 마른 얼굴에 피부가 검고 졸리운 듯한 눈을 한 음침하게 생긴 사내가 그들을 맞았다. 사내는 밤색 토파를 입고 있었다.
 수인사를 한 뒤 문씨가 조씨를 소개하자 그는 의혹에 찬 눈으로 그를 쳐다보면서
「김영달입니다.」
라고 자기 소개를 했다.
「다른 분들은 아직 안 왔습니까?」
「그 쪽으로 오기로 했어요.」
「지난번 거기 말입니까?」
「아니오. 다른 장소로 정했어요.」
「어디 말입니까?」
「문사장님은 처음 가 보는 곳입니다.」
「여기서 멉니까?」
「차로 한 30분 걸립니다.」
「어디쯤입니까?」
「조금 있다 가 보면 알텐데 왜 그렇게 꼬치꼬치 캐물으시지요?」
 김영달은 의심스러운 듯 두 사람을 번갈아 쳐다보았다.
「궁금해서 그냥 물어본 거예요. 난 이 호텔에서 했으면 좋겠는데 ……」
 김영달은 머리를 흔들었다.
「이런 곳은 안 좋아요. 그리고 다른 사람들한테도 이미 장소를 알

려줬기 때문에 이제 와서 장소를 바꿀 수는 없습니다.」
「옳은 말씀입니다.」
 조씨가 맞장구를 쳤다. 그제서야 문씨는 조씨도 함께 참석할 것이라고 넌지시 말했다. 그 말에 김영달은 펄쩍 뛰었다.
「그건 곤란합니다. 이미 멤버가 짜여져 있는데 이제 와서 모르는 분을 참석시킨다는 건 좀 곤란합니다. 나는 괜찮지만 다른 사람들이 받아 주지 않을 겁니다.」
「이분은 내가 보증할 수 있어요. 그것을 유난히 즐기기 때문에 내가 모시고 온 겁니다.」
「곤란합니다. 모르는 사람은 들이지 않기로 하고 있습니다. 이해해 주십시오. 미안합니다.」
 영달은 조씨를 향해 정중하게 머리를 숙였다.
「그렇다면 할 수 없지요, 뭐. 난 돈 백 잃을 생각하고 단단히 준비해 가지고 왔는데 정 그렇다면야……」
 조씨는 서운한 표정을 지었다. 그러자 문씨가 단호하게 말했다.
「그렇다면 나도 빠지겠습니다.」
 영달은 당황한 눈길로 그를 쳐다보았다.
「왜 이러십니까? 애초에 이러기로 한 건 아니지 않습니까? 약속을 했으면 지켜야 하는 거 아닙니까? 다른 사람들 생각도 해야지요.」
 영달은 정색하고 노한 어조로 말했다.
「내가 안한다는 게 아니에요. 하기는 하되 내 의견도 좀 받아 줬으면 좋겠다 이겁니다. 솔직히 말해 나 이외에는 세 사람이 모두 잘 아는 사람이 아닙니까. 그래서 나도 내가 잘 아는 사람을 한 명 데리고 가야겠다 이겁니다. 그래야 나도 좀 자신이 붙어서 할 거 아닙니까?」
「그래 혼자서는 안 가겠다 이겁니까?」

「네, 조선생님을 참석시켜 주지 않으면 나도 빠지겠습니다.」
영달의 얼굴이 더욱 검어지는 듯했다.
그들로부터 조금 떨어진 곳에서는 구문대 형사가 어떤 젊은 여자와 나란히 앉아 담소하고 있었다. 그들 남녀는 무엇이 즐거운지 시종 웃으며 이야기하고 있었다.
김영달은 원망스러운 눈으로 문씨를 쏘아보다가 몸을 일으켰다.
「나 혼자 결정할 일이 아니니까 다른 사람들한테 한번 물어봅시다. 잠깐 기다리십시오. 전화 걸고 올 테니까.」
잠시 후 돌아온 영달은 밝은 표정이었다.
「됐어요. 모두 찬성했으니까 지금 출발합시다.」
세 사람은 자리에서 일어섰다. 영달은 주차장에서 낡은 국산승용차를 끌어냈다. 문대와 젊은 여자 형사는 급히 호텔을 빠져나왔다.
「잘됐어요?」
「네, 잘 찍혔을 거예요.」
여자 형사는 소형 카메라를 문대에게 넘겨 주었다.
영달의 차가 호텔 앞을 막 출발하고 있었다.
건너편에 주차하고 있던 택시가 그 뒤를 슬그머니 따라붙었다.
그 택시 안에는 박 명이 타고 있었다. 그는 엄지손가락을 세워 보이며 자신에게 웃었다.
그 뒤에 대기하고 있던 택시에 여형사가 뛰어올랐다. 그 차가 출발하자 문대는 용달차에 올라탔다. 차가 출발하는 것과 동시에 그는 무전기를 꺼내 들었다.
「강남 쪽으로 방향을 잡았다!」
박 명의 목소리가 들려왔다.
「알았다.」
「2호차는 어떤가?」
「잘 보여요.」

여형사의 목소리가 들려왔다.
 그녀는 형사가 된 지 1년밖에 안된 햇병아리였다. 이름은 허강화라고 했다.
 문대가 탄 용달차는 여형사가 탄 택시만 보고 따라갔다.
 얼마 후 터널을 지났다.
「2호차 앞으로 가라. 1호차는 뒤로 처지겠다.」
 박 명이 지시를 내렸다.
「오우케이.」
 여형사가 쾌활하게 대답했다.
 곧 2호차가 앞으로 사라지면서 1호차가 시야에 들어왔다.
 미행하는 차는 모두 세 대였다. 세 대가 교대로 미행하면 영달은 눈치를 못 챌 것이다.
「아, 신호에 걸렸어요!」
 여형사의 목소리가 크게 울렸다.
「앞차는 어떻게 됐어?」
 박 명이 다급하게 물었다.
「이미 건너갔어요.」
「그대로 건너가라구!」
 박 명이 소리를 꽥 질렀다.
「갈 수가 없어요. 차들이 가로질러 가기 때문에……」
 울 것 같은 목소리로 여형사가 말했다.
「바보 같으니! 건너가라니까!」
 1호차와 2호차의 간격이 좁혀졌다. 3호차의 문대는 여형사가 탄 택시가 신호를 무시하고 차량의 홍수 속으로 달려드는 것을 볼 수 있었다.
 여기저기서 클랙슨 소리가 요란스럽게 울리고 교통 순경이 부리나케 호각을 불어댔다.

「상관하지 말고 달려!」
 박형사의 악쓰는 소리가 꽤나 시끄러웠다.
 여형사는 겁에 질린 눈으로 앞을 바라보고 있었다.
「난 모릅니다. 책임지십시오.」
 운전사가 내뱉듯이 말했다.
「걱정 마세요. 아무 일 없게 해드릴 테니까요.」
 그녀는 제법 자신있게 말했다.
 이미 신원을 밝히고 사정을 이야기한 다음에 택시를 빌린 것이었기 때문에 운전사로서는 경찰을 믿을 수밖에 없었다.
 2호차는 아슬아슬하게 차량 사이를 빠져나갔다. 그 바람에 교차로의 질서는 엉망이 되었다.
 교통 순경이 자가용 승용차를 얻어 타고 급히 2호차를 뒤쫓는 것이 보였다.
「저 차를 막아야겠어.」
 박 명의 말에 운전사는 급히 차를 몰아갔다. 그 바람에 다시 한번 클랙슨 소리와 욕지거리가 교차로에 난무했다.
 거의 10분쯤 달려서야 1호차는 교통 순경이 탄 승용차 앞을 가로막을 수 있었다.
 교통 순경이 차에서 뛰어내려 앞으로 달려왔다. 몹시 성이 난 그는 씩씩거리고 있었다.
「왜 앞을 가로막는 거요?」
 그는 험한 눈으로 운전사를 노려보았다. 운전사는 박 명을 돌아보았다. 박 명은 턱짓으로 순경을 그 쪽으로 오게 했다. 순경이 그가 앉아 있는 쪽으로 돌아왔다. 박 명은 신분증을 내보였다.
「지금 공무집행중이오. 앞차도 마찬가지니까 뒤쫓지 말아요.」
 교통 순경이 뭐라고 말할 사이도 없이 1호차는 다시 출발했다. 순경은 닭 쫓던 개 지붕 쳐다보는 듯 멀거니 1호차를 바라보다가 오던

길을 향해 터벅터벅 걸어갔다.
 3호차는 서두르지 않고 신호에 따라 천천히 교차로를 통과했다.
「1호차 나와라. 안 보인다.」
 그는 박 명을 불렀다.
「뭘 꾸물대고 있는 거야? 큰길을 따라 그대로 달려오다가 S은행 앞에서 우회전해! 빨리 오란 말이야! 이제부터 3호차 차례야!」
「알았습니다. 명령대로 하겠습니다.」
 문대는 담배를 비벼 끄면서 얼굴을 찡그렸다. 그리고 운전사에게 말했다.
「빨리 갑시다.」

 여형사는 손수건으로 콧잔등에 맺힌 땀을 닦아냈다. 문제의 승용차가 커브를 막 꺾어 사라지는 것이 보였다. 거리는 불과 50미터쯤 되었다.
「1호차 나오세요!」
「1호차다. 뭐야?」
「오른쪽으로 사라졌어요. 더 이상 쫓아가다가는 눈치 채겠어요.」
「커브 지점을 말해 봐.」
「목욕탕이에요. 목욕탕을 끼고 오른쪽으로 돌아갔어요.」
「무슨 목욕탕?」
「하와이탕이라고 적혀 있어요.」
「알았어. 2호차는 뒤로 처져요. 이제부터 3호차가 미행한다. 3호차, 빨리!」
「알았습니다.」
 3호차는 1호차를 앞질러 갔다. 목욕탕 앞에서 2호차 곁을 스쳐 갔다.
「오른쪽으로!」

박 명이 무전기에다 대고 소리쳤다.
용달차는 오른쪽으로 돌았다.
문대는 시야에 들어오는 것들을 한 눈에 일별했다. 목표물이 보이지 않는다. 그는 당황했다.
「없어졌어!」
「잘 찾아 봐!」
거기는 골목길이 여러 갈래로 나 있었다. 달리면서 골목을 모두 보았지만 그 차는 보이지 않았다.
「없어졌어. 찾아도 보이지 않아.」
「거기 주차해 있어. 내가 더 가 볼 테니까.」
1호차는 쏜살같이 앞으로 달려갔다.
문대는 공터에다 차를 주차시켰다. 2호차는 좀 떨어진 곳에 정차했다.
조금 후에 1호차가 돌아오는 것이 보였다.
「없어. 사라져 버렸어.」
박 명이 분하다는 듯 말했다.
문대는 차에서 내려 1호차 쪽으로 걸어갔다. 1호차는 불을 끄고 있었다. 그는 차 안으로 들어갔다.
「멀리 가지는 않았을 거야. 이 근방 어디에 들어간 게 틀림없어.」
「이 근방이라면 무전 연락이 얼마든지 가능해. 제발 멀리 가지 않았으면 좋겠는데.」
박 명은 차 문을 열었다가 찬바람이 몰려들자 도로 닫았다.
「2호차, 불을 끄고 있어.」
「알겠습니다.」
2호차의 불이 꺼지는 것이 보였다.
「자, 이제부터 기다려 보는 거야. 조씨가 잘해 낼지 모르겠는데.」
문대는 하품을 하며 두 손을 뒤로 깍지 끼고 기지개를 켰다.

「커피나 한 잔 하면 좋겠는데……」
「2호차, 나와라.」
박 명이 여형사를 불렀다.
「네, 2호차 입니다.」
「커피 석 잔 빨리 구해 와.」
잠시 침묵이 흘렀다.
「커피를 어디서 구해 오죠?」
「가게를 뒤져 봐. 자동판매기가 어디 있을 거야.」
「알겠습니다.」
박 명은 문대를 돌아보았다.
「여자가 있으니까 이럴 때 좋구면.」
그들은 소리없이 웃었다.
　여형사는 추위에 몸을 떨었다. 그녀는 입술을 깨물며 커피 자동판매기를 찾아다녔다. 그녀는 남자 형사들이 원망스러웠다. 아무리 여자라고 이렇게 대접할 수 있담. 정말 너무해. 이건 공무가 아니야.
　그녀는 어두운 거리를 이리 뛰고 저리 뛰어다녀 보았지만 커피를 구할 수가 없었다.
　하는 수 없이 그녀는 구멍 가게에 들려 통사정을 해보았다.
　그 가게에는 마침 봉지 속에 든 커피믹스란 게 있었다. 끓여 주면 한 잔에 5백 원을 주겠다고 하자 주인 여자는 마지못해 하는 척 응했다.
　얼마 후 그녀는 종이 컵에 커피를 담아가지고 남자들이 기다리고 있는 곳으로 조심스럽게 걸어갔다. 커피를 네 잔이나 가져가야 했기 때문에 여간 조심스럽지가 않았다. 겨우 차에 도착하자 남자들은 환호성을 질렀다.
「야, 역시 여자가 최고야!」

호화롭게 꾸며진 방안에는 네 명의 남자가 앉아 있었다.
 그들은 둥그런 탁자를 둘러싸고 앉아 있었는데 하나같이 긴장한 표정이어서 어색한 분위기였다.
 아직 한 사람이 도착하지 않고 있었다. 권인식이라는 사람이었다.
 이진갑이라는 사람은 체구가 몹시 작은데다 도수 높은 안경까지 끼고 있었다. 그는 잠시도 가만 있지 않고 사람들을 힐끗힐끗 쳐다보거나 몸을 이리저리 움직이곤 했다.
 조남석은 연방 담배를 피워대고 있었고, 문영탁은 웬 땀을 그렇게 흘리는지 계속 땀을 닦아내고 있었다.
 김영달은 말없이 화투짝을 떼어 보고 있었다.
 그 곳은 비밀 요정이었다. 그리고 그들은 노름을 하기 위해 하룻밤 그 곳의 방을 빌린 것이었다.
 문이 열리고 마담이라는 여인이 들어왔다. 그녀 뒤를 곱상하게 생긴 젊은 여인이 들어왔다.
 그녀는 쟁반 위에다 맥주와 안주를 받쳐 들고 있었다.
 마담이 자기 소개를 했다.
 한복을 곱게 차려 입은 젊은 여자도 남자들을 향해 절을 했다. 그녀는 남자들 앞에 술잔을 놓은 다음 맥주를 한 잔씩 따랐다.
「시키실 일이 있으면 미스 오한테 시키세요.」
하고 마담이 말했다.
「미스 오가 오늘 밤 수고를 좀 해야겠는데.」
 김영달이 그렇게 말하면서 미스 오의 엉덩이를 두드리자 그녀는 눈웃음치며 땅콩을 집어 먹었다.
「한 분이 아직 안 오셨나요?」
 얼굴에 기름기가 많은 마담이 김영달을 쳐다보며 물었다.
 김영달은 손목시계를 힐끗 들여다보았다.
「글쎄, 올 시간이 지났는데도 아직 안 오는데…… 우리끼리 먼저 할까요?」
 그 말에 문영탁은 머리를 흔들었다.
「조금 기다렸다가 오면 함께 합시다.」
 그들은 술을 마시기 시작했다.
 아름다운 젊은 여자가 옆에서 시중을 해 주었기 때문에 어색하던 분위기는 한결 누그러졌다.
 약속 시간에서 한 시간이 지나자 김영달이 그대로 시작하자고 다시 말했다.
「이 사람 올 것 같지 않은데 우리끼리 합시다.」
「30분만 더 기다려 봅시다.」
 문영탁이 고집을 피우자 김영달은 입맛을 쩍 다셨다.
「전화도 없고 말이야. 에이, 기분잡치는데……」
 그때 조남석이 슬그머니 일어섰다.
「화장실이 어디 있지?」
「이쪽으로 오세요.」
 미스 오가 냉큼 일어나 그를 화장실로 안내했다.
 화장실은 다행히도 방을 나와 복도를 지나 맨 끝 쪽에 있었다.
 조남석은 화장실로 들어가 문을 안으로 걸어 잠갔다. 그리고 얼른 무전기를 꺼냈다. 그리고 목소리를 낮춰 상대를 부르기 시작했다.
「검은 고양이 나와라! 여기는 코끼리! 여기는 코끼리!」
「여기는 검은 고양이! 말하라! 여기는 검은 고양이! 말하라!」
「지금 자리잡고 앉아 있다. 한 사람이 오지 않아서 시작을 못하고 있다.
 조남석은 목소리를 낮춰 재빨리 말했다.
「권씨라는 사람이다.」
「위치는?」
「위치는 정확히 모르겠다. 비밀 요정 같은데 지붕은 빨간색이었다. 문패는 없었다. 노름을 시작하자고 하는데 문씨가 지연시키고 있다. 어떻게 할까? 시작할까, 아니면 연기할까?」
「잠깐 기다려 주십시오.」
잠시 후.
「여기는 검은 고양이, 한 명이 오지 않았다 해도 노름을 시작하시오.」
「알았다.」
「우리는 30분 후에 들어가겠습니다.」
「알았다.」
조씨는 화장실에서 나와 방으로 들어갔다.
「누군지 모르지만 안 오시는 모양인데 우리끼리 좀 하다 돌아가지요.」
그는 자리에 앉으면서 말했다.
「그럽시다. 우리끼리 합시다.」
김영달이 맞장구를 쳤다.
문영탁은 더 이상 반대하지 않았다.
젊은 여자가 패를 돌리기 시작했다.
「우선 판돈 만 원씩 걸기로 합시다.」
김영달의 제의에 문영탁은 좋다고 대답했다.
이진갑이라는 사내는 좀처럼 입을 열지 않았다. 그는 자기 의견을 말하는 법도 없었고 남들이 하자는 대로 따르기만 했다.

세 명의 형사들은 차에서 내려 뿔뿔이 흩어져 빨간 지붕을 찾기 시작했다.
그런데 그 일대에는 빨간 지붕을 가진 집들이 여러 채나 되었다.
박 명이 빨간 지붕을 발견하고 그 쪽으로 빨리 모이라고 연락하자 허형사도 빨간 지붕을 발견했다고 연락해 왔다.

형사들은 낭패였다. 그런 낭패가 없었다.
 그들은 한곳에 모여 상의해 보았지만 별 뾰족한 수가 생각나지 않았다.
「조씨가 비밀 요정이라고 했다면서?」
 문대가 어둠 속에서 눈을 빛내며 물었다.
「음, 비밀 요정 같다고 그랬어.」
「그렇다면 그 집 앞에는 자가용이 몇 대 주차해 있을만도 하겠는데……」
「그런 집이라면 저쪽에 있어요.」
 여형사가 어둠 속을 손으로 가리키며 재빨리 말했다.
「그 쪽으로 가 보지.」
 세 사람은 급히 한곳으로 몰려갔다.
 과연 거기에는 여러 대의 자가용들이 주차해 있었다. 그러나 그 노름꾼들이 타고 온 차는 보이지 않았다. 지붕은 역시 빨간색이었다.
「그 차가 없잖아?」
「안에 있을지도 모르지 않아요.」
하고 여형사가 말했다.
「그럴지도 모르겠군.」
 남자들이 끄덕였다.
 그 집은 이층 양옥으로 담이 높았고 집안에는 방방이 불이 켜져 있는데 하나같이 커튼이 드리워져 있었다.
 여형사 미스 허가 대문 쪽으로 다가가 보았다. 조금 후 그녀는 돌아와 말했다.
「문패도 없어요.」
「안에 개가 있을까?」
 박형사가 조금 걱정스런 눈치를 보이며 혼자 말처럼 중얼거렸다. 그는 개를 유난히도 무서워했다. 한 번 물린 적이 있었기 때문에 더욱 그랬다.
「개가 있으면 들어갈 수 없어. 비밀 요정에는 으레 개를 한두 마리 기르고 있단 말이야.」
「비밀 요정인지 아닌지 우선 그것부터 확인해야 해.」
그렇게 말하고 나서 문대는 그 옆집으로 향했다.
초인종을 누르자 인터폰을 통해
「누구세요?」
하고 여자 목소리가 들려왔다.
「실례합니다. 경찰에서 왔습니다.」
「경찰에서요? 무슨 일로요?」
놀란 듯한 여자 목소리에 이어 남자 목소리가 다음을 이었다.
「무슨 일로 그러십니까?」
「아, 뭣 좀 알아볼 일이 있어서 그럽니다.」
「무슨 일인지는 몰라도 급한 일이 아니면 내일 아침에 오시죠. 밤에 이렇게 온다는 건 좀 뭣하지 않습니까?」
「그 점 미안하게 생각합니다. 하지만 급한 일이라서 그럽니다. 죄송합니다.」
「정말 경찰입니까?」
「네, 그렇습니다.」
조금 후 문이 자동으로 열렸다.
문대는 집 안으로 들어갔다.
잠옷 바람의 건장한 남자가 현관 앞에 버티고 서서 의심스러운 눈길을 던지고 있었다.
「밤중에 죄송합니다.」
「신분증을 좀 볼까요?」
남자는 철저했다.
문대는 신분증을 내보였다.

그것을 자세히 들여다보고 나서야 조금 안심하는 표정을 지었다.
「무슨 일입니까? 난 경찰한테 조사받을 일이 없는데……」
「조사하려고 온 게 아닙니다. 이 옆집에 대해서 알아볼 게 있어서 왔습니다.」
문대는 턱으로 옆집을 가리켰다.
집주인은 입맛을 쩍 다셨다.
「그렇지 않아도 관계기관에 신고를 할까 했는데…… 아마 비밀 요정인가 봐요.」
집주인은 추우니 안으로 들어가자고 말했다. 문대는 괜찮으니 어서 말해 달라고 재촉했다.
「생긴 지는 얼마 안됐는데…… 매일 밤 자가용들이 주차해 있고 남자들이 들락거리는 것을 보면 비밀 요정이 틀림없어요.」
남자 뒤에서 조심스럽게 눈치를 살피고 있던 부인이 덧붙여 말했다.
「비밀 요정이에요. 저녁 때만 되면 젊은 여자들이 들어가곤 하는 걸 매일 볼 수 있어요.」
「주인 이름을 아십니까?」
「모르겠어요. 하여간 불법으로 요정을 차리고 있는 것 같은데 주택가에서 저런 영업을 하고 있다는 것은 용서할 수 없습니다. 철저히 단속 좀 해 주십시오.」
「비밀 요정이 틀림없다면 당연히 그래야겠지요. 실례했습니다.」
문대는 돌아서 나오려다가 다시 하나 물었다.
「저 집에 개가 있습니까?」
「개요? 개 짖는 소리는 듣지 못했는데요.」
문대가 밖으로 나오자 어둠 속에 몸을 숨기고 있던 두 사람이 급히 다가왔다.
「뭐래?」

「비밀 요정인 것 같아. 개는 없어.」
박 명은 주먹으로 손바닥을 탁 쳤다.
「됐어!」
「그런데 말이야. 먼저 그들이 타고 온 차를 찾아내야 해. 그래야 확신이 서지.」
「안에 있을 거야. 다른 손님들은 술만 마시고 돌아가겠지만 그들은 밤새워 노름을 할 거니까 차를 아예 안에다 들여놨을 가능성이 많아.」
「그럴지도 모르겠군.」
「지금 들어가지.」
박 명이 더 이상 기다리지 못하겠다는 투로 재촉했다.
「좀더 기다려 봐. 다시 한번 연락이 올 때까지. 곧 연락이 있을 거야.」
「난 답답해서 미치겠는데.」
박형사가 몸을 뒤틀었다. 반면 문대는 느긋했다.
「이런 일일수록 신중을 기해야 해. 서두르다가 실패하면 다된 밥에 재 뿌린 격이지. 후문에 있을지도 모른단 말이야.」
「그럼 기다려 봐. 뒤로 한번 돌아가 볼게.」
박 명은 골목을 돌아 집 뒤쪽으로 가 보았다.
비밀 요정의 뒤편은 역시 주택이었다. 그런데 그 주택 옆으로 좁은 골목이 하나 나 있었고, 그 막다른 곳에는 조그만 철문이 하나 달려 있었다. 그 철문은 요정으로 통하는 뒷문이었다. 문대가 생각한 것이 역시 옳았다. 그는 앞으로 돌아왔다.
「뒷문이 있어. 그 쪽으로 들어가야겠어. 그 쪽으로 들어가는 게 더 쉽겠어. 그 쪽이 훨씬 안전하겠어.」
「그럼 그 쪽으로 들어가서 먼저 차가 있는지 알아봐.」
「언제 들어갈까?」

그들은 동시에 손목시계를 들여다보았다. 그러나 너무 어두워서 잘 보이지 않았다. 박 명은 라이터로 불을 밝혀 시간을 확인했다.
「9시20분이야.」
「10분만 더 기다렸다가 그때까지 연락이 없으면 들어가도록 하지.」
5분쯤 지났을 때 무전기가 삑삑 하고 울었다.
박 명은 급히 무전기를 꺼냈다.
「검은 고양이, 검은 고양이 나와라! 여기는 코끼리!」
다급한 목소리가 속삭이듯 들려왔다.
「여기는 검은 고양이! 말하라!」
「집은 찾았는가?」
「아직 확신이 서지 않는다. 빨간 지붕이 한둘이 아니다. 비밀 요정을 찾긴 찾았는데 차가 보이지 않는다.」
「우리가 타고 온 차는 집 안에 있다!」
「알았다. 찾아 보겠다. 그들은 지금 어느 방에 있는가?」
「일층 맨 오른쪽 방이다.」
「알았다. 우리가 찾아낸 집이 맞다면 20분 이내로 들어가겠다.」
그들은 지원 요청을 할까도 생각했지만 그들 자신의 손으로 문제를 해결하는 데 더 매력을 느꼈기 때문에 그대로 강행키로 했다.
그들은 뒤편으로 돌아갔다.
좁은 골목으로 들어가 철문 앞에 이르자 박 명이 담을 타고 올라가려고 했다. 그러나 그는 몸이 너무 비대해서 혼자서는 도저히 올라갈 수 없었다.
「안되겠어. 내가 먼저 들어가지. 자넨 엎드리라구.」
「내가 엎드리란 말이야?」
「음, 무거운 사람이 엎드리는 게 당연한 일 아니야?」
「원, 제기랄……」

박 명은 투덜거리면서 땅바닥에 엎드렸다. 그것을 보고 여형사는 경황중에도 손으로 입을 가리며 웃었다.

문대는 박 명의 등을 밟고 올라섰다. 구둣발이 어깨뼈를 건드리자 박 명은 고통을 못 이겨「아야야!」하고 소리질렀다.

「쉿! 조용히!」

문대는 두 발로 단단히 버티고 있다가 담 위로 가볍게 몸을 날렸다. 그는 날렵하게 담 저쪽으로 사라졌다. 조금 후 철문이 삐거덕 하고 열렸다. 박 명은 여형사의 손을 잡아 끌며 안으로 들어갔다.

「그들이 타고 온 차가 저기 있어.」

앞마당을 돌아보고 온 문대가 속삭였다.

그들은 정원수 밑으로 몸을 가렸다. 넓은 정원에는 나무가 꽤나 많이 자라고 있었다.

「나는 뒤를 맡겠어.」

그렇게 말하고 박 명은 집 뒤로 접근했다. 뒤로 빠져나오는 문을 봉쇄하기 위해서였다.

문대는 여형사와 함께 현관 쪽으로 돌아갔다.

현관문으로 다가선 그는 문 손잡이를 잡아당겨 보았다. 문은 열리지 않았다. 안으로 잠겨 있는 것이 분명했다.

「문이 잠겨 있어. 그 쪽은?」

그는 무전기에다 입을 대고 말했다.

「이쪽도 잠겨 있어.」

박 명이 대답했다.

「어떡하지?」

「글쎄, 어떻게 할까?」

그들은 뾰족한 수가 생각나지 않았다.

문대가 여형사를 돌아보았다.

「사람 좀 불러봐요.」

여형사는 머뭇거리다가 현관 앞으로 다가서서 문을 두드렸다.
조금 있자 안에서 인기척이 났다.
「누구요?」
굵직한 남자 목소리가 들려왔다.
「저예요.」
여형사가 능청스럽게 대답했다.
「저라니 누구요?」
「아이, 저란 말이에요.」
여형사는 발을 동동 굴렸다.
「아니, 어떻게 대문을 열었지?」
「열려 있던데요 뭐. 빨리 이 문 열어 봐요. 추워 죽겠어요.」
요정에 나오는 여자쯤으로 생각했는지, 이윽고 현관문이 열렸다.
「누구요?」
나비넥타이를 단 웨이터가 이상하다는 듯 여형사를 바라보았다. 문대는 나무 뒤에서 몸을 드러냈다.
「안에 좀 들어갑시다.」
그러자 웨이터가 놀라서 그를 가로막았다.
「아니, 왜 이러십니까? 누구시죠?」
「경찰이야.」
웨이터가 앞질러 뛰어들어가려는 것을 이번에는 문대가 붙잡았다. 그는 웨이터의 덜미를 잡아 끌었다.
「조용히 하고 있어! 지금 어디서 노름판이 벌어졌지?」
그 사이에 여형사는 안으로 들어가 뒤로 통하는 문을 열었다. 박명이 곧 안으로 들어섰다.
그들은 웨이터를 앞장세우고 가다가 복도 중간쯤에 멈춰 섰다.
박 명은 웨이터에게 주먹을 들이대며 험하게 인상을 썼다.
「어느 방에서 노름하고 있어?」

이 방 저 방에서 여자들의 자지러질 듯한 웃음 소리가 들려왔다.
박 명은 주먹으로 웨이터의 복부를 밀어붙였다.
「어느 방이야?」
「맨 끝 쪽 방입니다.」
웨이터는 벌벌 떨며 대답했다.
그들은 맨 안쪽에 있는 방으로 다가갔다.
박 명은 숨쉴 사이도 없이 방문을 걷어차며 안으로 뛰어들었다. 뒤이어 문대도 뛰어들었다.
둥그런 탁자를 둘러싸고 한창 노름에 미쳐 있던 사내들은 어안이 벙벙해서 잠시 형사들을 쳐다보기만 했다.
「꼼짝 마라! 경찰이다!」
박 명은 벼락치듯 소리쳤다.
순간 김영달이 벌떡 일어나면서 탁자를 뒤엎었다. 그리고 문 쪽으로 돌진했다. 그러나 그보다 먼저 박 명의 발이 상대방의 복부를 걷어챘다.
김영달은 배를 움켜쥐며 주저앉았다.
「움직이지 말라고 했잖아! 저쪽에 가서 앉아 있어!」
다시 한번 걷어차자 김영달은 구석 쪽으로 기어갔다.
「지금이 어느 때라고 노름을 하고 있지?」
박 명은 방바닥에 흩어진 화투짝과 만 원짜리 지폐를 발로 헤치면서 사람들을 노려보았다. 조씨와 문씨는 그를 외면했다. 그때 이진갑이 문대의 손을 덥석 잡으며 애걸하기 시작했다.
「한 번만 봐 주십시오! 요구 하시는 대로 드리겠습니다! 한 번만 봐 주십시오!」
「요구하는 대로 주겠다구요? 얼마를 주겠소?」
문대는 감정 없는 목소리로 물었다.
「한 분 앞에 백만 원씩 드리겠습니다!」

「그거 괜찮겠군. 하지만 난 돈이 필요 없어요. 나도 쓸 만큼은 돈을 가지고 있으니까.」
이진갑은 무참한 얼굴을 하며 입을 다물었다.
「당신들은 고생을 해야 정신을 차리겠어. 근로의 대가로서 돈을 벌 생각은 하지 않고 이따위 짓으로 돈을 벌려고 혈안이 되어 있다니 정말 한심한 사람들이야. 낫살이나 먹은 사람들이 말이야.」
박 명은 수갑으로 김영달의 손목과 자기의 손목을 연결했다.
「당신은 도주의 우려가 있기 때문에 수갑을 채우는 거야. 갑시다.」
그때 요정 마담이 그들을 가로막았다.
그녀는 갖은 말로 형사들을 설득시키려고 했지만 젊은 형사들은 끄덕도 하지 않았다. 그들은 마치 바위 같았고, 어떤 확신에 따라 행동하는 것 같았다.
김영달은 눈치가 빨랐다. 그는 문영탁을 노려보면서 이를 갈았다.
「너 이 자식, 네가 배신했구나! 개 같은 자식, 어디 두고 보자!」
문씨는 하얗게 질린 채 아무 대꾸도 하지 않았다.

한 시간 뒤 문대와 박 명은 김영달을 상대로 취조를 시작했다.
「우리가 묻는 대로 대답해요. 솔직히 대답해 주면 오늘 밤 노름은 못 본 걸로 해 줄 수도 있어요. 그렇지 않고 묻는 대로 대답하지 않으면 당신은 감옥에 들어가서 고생을 좀 해야 해.」
김영달은 졸리는 듯한 눈으로 그들을 힐끗 쳐다보았다. 무관심을 가장한 그의 독특한 표정이었다. 그는 의외로 초조해하거나 불안해 하지도 않고 의연하게 나오고 있었다.
「뭐든지 물어보십시오. 아는 대로 말씀드리겠습니다.」
「권인식이라는 사람을 만나고 싶은데 어디 가면 만날 수 있죠?」
「권인식이라고요? 글쎄요. 그런 사람은 모르겠는데요.」

「시침떼지 말아요! 벌써 다 알고 당신을 만난 거란 말이오! 당신하고 권인식하고는 같은 한패 아닌가. 오늘 오기로 하고 안 온 사람 말이야!」
「무슨 말씀을 하시는지 모르겠는데요. 권인식이라는 이름은 처음 들어봅니다.」
박 명은 주먹을 쥐고 금방이라도 후려칠 듯 상대방을 노려보았다.
「이런 거짓말쟁이 같으니! 권인식이 아니면 그럼 누구란 말이야?」
「전 모릅니다.」
김영달은 딱 잡아뗐다.
「불참자가 누군지 모른단 말이지?」
「알고는 있습니다. 노름판에 자주 얼굴을 내미니까 안면은 있습니다. 하지만 본명과 주소는 모릅니다. 노름판에서 그냥 어울린 사람이지요. 조씨라고만 알고 있을 뿐입니다.」
박 명은 감정을 억누르며 말했다.
「이건 매우 중요한 일인데 이렇게 시침을 떼고 거짓말하면 곤란해요. 당신이 이 노름판을 마련했다는 거 다 알고 있어요. 당신이 권인식을 옹호하는 이유가 뭐요? 그래봐야 당신한테 이익 될 건 하나도 없을텐데…… 자, 그러지 말고 말해 봐요. 그 사람에 대해 아는 대로 말해 줘요. 지금 매우 급한 일로 그 사람을 만나지 않으면 안돼요. 노름 같은 걸 따지려는 거 아니에요.」
「글쎄, 어떤 급한 일인지는 몰라도 모르는 사람을 어떻게 말하라는 겁니까? 그렇다고 거짓말할 수는 없는 거 아닙니까?!」
능구렁이 같은 자식, 하고 문대는 생각했다. 그는 팔짱을 낀 채 창가에 기대 서 있었고 박 명은 주위를 왔다 갔다 하면서 자신의 격해 오는 감정을 다스리려고 애쓰고 있었다.
「당신 그야말로 형편없는 사람이군. 이미 알고 있는데 모르겠다고 잡아떼면 어떡하자는 거야. 알고 있긴 한데 이러 이러한 이유로 말할 수 없다고 한다면 이해가 가. 그렇지 않고 무턱대고 모른다 하면 어떻게 돼? 당신하고 권인식하고 어떤 사이인지 모르지만 남을 감싸 줄 필요는 없어요. 우린 지금 살인사건을 수사하고 있단 말이오. 당신, 살인사건이 어떤 거라는 거 알고 있지?」
　살인사건이라는 말에 김영달의 얼굴빛이 달라졌다. 졸리운 듯한 그의 눈이 조금씩 긴장한 빛을 띠기 시작했다. 그는 조심스럽게 눈치를 살피다가
　「그, 그 사람이 살인을 했습니까?」
하고 기어들어가는 듯한 목소리로 물었다.
　「아니오. 그 사람은 살인범이 아니에요. 그 사람은 중요한 참고인이기 때문에 우리가 찾고 있는 거요. 자, 권인식이라는 이름이 본명인가요?」
　「본명인지 아닌지는 저도 잘 모릅니다.」
　「잘 아는 사이 아닌가요?」
　「그렇지도 않습니다. 어떤 사람의 소개로 노름판에서 우연히 알게 됐습니다. 그는 노름판에서는 꽤 알려져 있는 인물입니다. 별명은 박쥐로 통합니다.」
　「그 사람한테 연락을 어떻게 하죠?」
　「전화번호를 알고 있습니다.」
　박 명은 그가 불러 주는 전화번호를 적었다.
　「직업이 뭔지 몰라요?」
　「무슨 사업을 한다고 들었습니다.」
　「그가 잘 나가는 곳을 모르나요?」
　「모릅니다. 그는 노름판에 얼굴을 잘 드러내지만 자기 신분에 대해서는 아무에게도 말하지 않습니다. 다른 사람도 역시 마찬가지지만. 또 그런 걸 알려고도 하지 않구요.」

이진갑은 조남석이 심문했다. 조씨에게는 그런 권한이 없었지만 사정이 사정이니만큼 그는 수사관 역할을 대신 해내고 있다.

이진갑은 권인식에 대해 전혀 모르고 있었다. 그가 거짓말하고 있지 않다는 것을 알게 되자 조씨는 더 이상 그를 취조하는 것을 그만두었다.

결국 얻은 것은 권인식의 전화번호였다.

「이 전화번호는 집인가요 직장인가요?」

문대가 처음으로 김영달을 바라보며 물었다.

「아마 집 전화인 것 같습니다. 그 전화번호로 전화를 건 것은 두 번뿐이었습니다.」

「전화를 걸었을 때 권인식을 찾았나요?」

「네, 권인식을 바꿔 달라고 했습니다.」

「누가 전화를 받았나요?」

「여자가 받았습니다. 부인으로 생각되는 여자였습니다.」

「그렇다면 권인식이라는 이름은 본명인가 보지요?」

「글쎄요.」

김영달은 말끝을 얼버무렸다.

박 명은 김영달이 가르쳐 준 전화번호에다 우선 전화부터 걸어 보았다. 신호가 한참 간 뒤에야 반응이 왔다.

「여보세요.」

아름다운 젊은 여자 목소리였다.

박 명은 얼른 수화기를 내려놓았다.

다음에 그는 관할 전화국에다 전화를 걸어 그 전화번호의 주소지를 알아냈다.

그것은 아파트 주소였다.

형사들은 즉시 그 주소지로 달려갔다. 자정이 가까운 시간이었는데 아파트는 비어 있었다. 아무도 없는지 벨을 눌러도 응답이 없었다.
 아파트 경비원에게 물어보니 여대생이 혼자 자취를 하며 살고 있다고 했다. 이름은 노영미라고 했다. 다니는 학교는 S여대인데, 무슨 학과 몇 학년인지는 경비원도 모르고 있었다. 그녀가 아파트에 입주한 것은 한 달 전이라고 했다. 그런데도 아직 입주자 카드가 작성되어 있지 않았다. 경비원 말이 차일피일 미루다 보니 그렇게 되었다는 것이었다.
「언제 외출했나요?」
「외출한 지 한 15분쯤 될 겁니다.」
「혼자 살고 있다고 했지요?」
「네, 혼자 살고 있는데 가끔 남자가 찾아오는 것 같던데요. 나이가 좀 들어 보이는 남자입니다.」
 형사들의 눈초리가 날카로워졌다.
「어떻게 생긴 남자인가요?」
「중년에 잘생긴 남자였습니다. 자가용을 몰고 다니곤 하죠. 그렇고 그런 사이인 것 같은데 확실한 거야 알 수 있나요.」
 권인식의 집인 줄 알고 부리나케 찾아왔던 형사들은 크게 실망했다.
「이건 그 사람 집이 아니잖아.」
「애인이 살고 있는 집인 것 같아.」
 그들은 아파트 경비원에게 만일 그 남자가 다시 차를 몰고 나타나면 자동차 넘버를 적어 두라고 일렀다. 그리고 수사본부에도 연락을 취해 달라고 부탁했다.
「박 명이나 구문대를 찾으면 됩니다. 만일 없으면 여기서 전화를 걸었다고만 전해 주십시오. 우리가 여기 왔었다는 말은 물론 비밀로 해야 합니다.」
 이미 자정이 지난 시간이었다. 그런데 그 여대생은 이 시간에 어디로 갔을까. 뭔가 눈치를 채고 도피한 게 아닐까.
「전화를 걸었던 게 잘못이었어.」
아파트 단지를 빠져 나오면서 문대가 말했다.
「아무 말 않고 끊었는데……」
박 명이 멈춰서면서 그를 바라보았다. 수은등이 그들의 모습을 창백하게 비추고 있었다.
「아무 말 안했지만 상대방이 이상하게 느낄 수 있는 거야. 전화를 걸었을 때는 분명히 있었는데 와 보니까 이미 사라지고 없잖아. 이 시간에 없어졌다는 게 더욱 이상하단 말이야.」
「빌어먹을. 그렇게 눈치가 빨라서야 어디 해먹을 수가 있나.」
박 명은 투덜거리더니 앞장서서 걸었다.

그보다 한 시간 전쯤.
K는 노름 장소로 택했던 비밀 요정으로 전화를 걸었었다.
마담이 나오자 그는
「지금 한창이겠군. 곧 갈 테니까 기다리라고 해요.」
하고 말했다.
그 말이 떨어지기가 무섭게 마담은 소리쳤다.
「큰일났어요!」
「왜?」
「경찰이 왔더랬어요.」
「경찰이? 아니, 어떻게 알고?」
「모르겠어요. 자세한 건 모르겠지만 문씬가 뭔가 하는 사람이 경찰하고 짜고 온 것 같아요.」
「뭐가 어째?」
「그런데 말예요. 경찰이 사실은 노름 때문에 들이닥친 게 아니고 선생님을 찾더라고요. 권선생님을 말예요.」

「그래서?」
그가 숨가쁘게 물었다.
「모른다고 했죠. 사실 전 선생님에 대해서 아는 게 하나도 없으니까요.」
「그래서?」
「경찰이 모두 다 데리고 갔어요.」
「김씨도?」
「물론이죠.」
K는 수화기를 내려놓고 잠시 생각에 잠겼다가 어디론가 급히 전화를 걸었다.
「영미? 아, 난데 말이야. 지금 급히 좀 나와 줘야겠어.」
「왜요?」
「글쎄, 빨리! 짐 챙겨 갖고 빨리 나오란 말이야! 거기를 빨리 뜨란 말이야!」
「이 시간에 어디를 가란 말이에요?」
영문을 모르는 여자는 조금 볼멘소리로 말했다.
「M호텔로 와. 거기서 기다릴게.」
그로부터 얼마 후 그들은 M호텔의 한 방에서 만났다.
여자가 무슨 일로 그러느냐고 꼬치꼬치 캐물었지만 남자는 대답하지 않았다. 그 대신 앞으로는 결코 그 아파트에 돌아가지 말라고 신신당부했다.
「급히 오느라고 짐도 다 못 챙겼어요. 옷도 그대로 내버려두고 왔어요.」
「사면 될 거 아니야.」
40대의 사나이는 여대생에게 50만 원짜리 수표 한 장을 건네주었다.
「이걸 가지고 필요한 옷을 사.」

그녀는 별로 달갑지 않은 표정으로 수표를 받아 챙겼다.
「제가 알면 안되나요?」
「안돼.」
그녀의 눈에 눈물이 어렸다.
「그전하고 달라지셨어요.」
「달라진 건 없어. 난 너를 사랑해. 너를 얼마나 사랑하는데 그래.」
「지금까지 우리 사이에는 비밀이 없었잖아요.」
「그래. 하지만 이건 알 필요가 없는 일이야. 여자가 알아서는 안되는 일이야.」
「알아서 안되는 일이 어딨어요.」
「안된다니까 그래!」
남자는 역정을 냈다. 그리고 그녀를 한참 쏘아보다가 갑자기 그녀에게 달려들어 난폭하게 옷을 벗기기 시작했다. 그녀가 옷을 벗지 않으려고 버둥거리자 그는 사납게 옷을 찢어발겼다.
그녀는 얼마 후 반항을 멈추고 남자의 몸을 받았다.
한동안 방안은 신음 소리와 거친 숨결로 가득 채워졌다. 그런 뒤 죽음 같은 적막이 찾아왔고, 이윽고 남자가 다시 입을 열었다.
「그 아파트에서 영미 신상에 대해서 잘 아는 사람 없어?」
「거기서 전 아무도 사귀지 않았어요.」
「경비실이나 관리실에서 알고 있을 거 아니야.」
「아마 모를 거예요.」
「아마가 아니고 확실히 말해 봐.」
「모르고 있어요.」
그녀는 건성으로 대답하면서 땀에 젖은 남자의 얼굴을 손으로 쓰다듬었다.
「뭘 그렇게 두려워하고 계세요?」
사나이는 한숨을 내쉬면서 침대 위에 얼굴을 박았다.

「잘 생각해 봐. 영미 신상에 대해서 조금이라도 아는 사람이 그 아파트 단지 안에 있는지 없는지 잘 생각해 봐. 이건 아주 중요한 일이야.」

그의 질문이 아주 심각해졌기 때문에 그녀는 아까와는 달리 신중하게 생각해 보고 나서 대답했다.

「경비실에서 제 이름을 한 번 적어간 것 같아요.」

「학교는?」

「잘 기억이 안나요. 아마 학교도 알고 있을지 몰라요. 전 배지를 달고 다니니까 배지만 보면 알 수 있을 거 아니에요.」

그의 얼굴빛이 하얗게 변해갔다. 그는 상체를 일으키더니 그녀를 껴안았다. 그리고 말했다.

「앞으로 학교에 나가지 마.」

「네에?」

그녀는 그의 품에서 몸을 뺐다. 그리고 놀란 눈으로 그를 쳐다보았다. 매력적인 눈을 가진 여자였다.

「방금 뭐라고 하셨죠?」

「학교에 나가지 말라고 그랬어.」

그녀는 어이가 없다는 듯 멍하니 그를 쳐다보다가 갑자기 깔깔거리며 웃기 시작했다.

「아니, 갑자기 그게 무슨 말씀이세요?」

그는 심각한 표정으로 여자를 쏘아보았다.

「웃지 마. 진정으로 하는 말이야.」

「아니, 왜요? 이유가 뭐예요?」

「이유는 말할 수 없어. 하여간 학교에 나가지 마.」

그녀의 입에서 웃음이 사라졌다.

그녀가 그와 관계를 맺기 시작한 것은 2년 전이었다. 그동안 그가 그녀의 학비며 용돈을 대주었기 때문에 그녀는 별 어려움 없이 지금까지 학업을 계속할 수 있었다. 그 대신 그녀는 그에게 육체를 제공해 왔다. 그녀는 이제 4학년 졸업반이었다. 앞으로 1년만 참고 견디면 학교를 졸업할 수 있고, 그러면 직업을 얻어 이 사나이의 손을 벗어날 생각이었다. 그런데 갑자기 학교를 그만두라니 무슨 소리인가. 학업을 계속하기 위해 지금까지 육체를 제공해 오지 않았는가. 물론 한 남자에게 몸을 제공해 온 것이지만 사랑 없이 그런 짓을 해 왔다는 것은 매음이나 다름없는 짓이었다. 그렇게 해서라도 그녀는 학업을 계속하고 싶었고, 기어코 졸업장을 갖고 싶었다. 그녀는 몹시 가난한 집안에서 성장했기 때문에 대학에 다닐 형편이 못되었다.

그러나 그녀는 이를 악물고 대학에 진학했고 이제 1년만 버티면 졸업하게 되는 것이었다. 누가 뭐래도 학교를 도중에 그만둘 수 없다는 것이 그녀의 결심이었다. 1년밖에 남지 않은 대학을 중도에 포기하다니 그게 말이나 되는 소린가! 그녀는 머리를 살래살래 흔들었다. 풍성한 흑발이 그녀의 흰 얼굴과 목을 덮었다.

「그럴 수 없어요. 이제 1년만 다니면 되는데 왜 학교를 포기해요?」

그는 왼손으로 그녀의 가는 팔을 움켜잡았다. 그녀는 얼굴을 찌푸렸다.

「학교를 영영 그만두라는 게 아니야. 한 학기만 휴학을 해.」

긴 겨울 방학도 끝나고 새학기가 시작된 것은 바로 이틀 전이었다. 그의 덕분으로 새학기 등록까지 다 마쳤다. 그가 등록금을 대 줬으니 그로서는 그런 말을 할 수 있을지도 모른다. 아무리 그렇다고는 하지만 자기 마음대로 학교를 다녀라 마라 할 수 있는가. 그녀는 다시 머리를 흔들었다.

「휴학해야 할 이유가 없지 않아요? 이미 등록금까지 냈는데……」
「알아. 알고 있어. 한 학기만 휴학했다가 다음 학기에 다시 복학하란 말이야. 그 부탁을 못 들어 주겠다는 거야? 그다지 어려운 것도 아니잖아.」
 그녀는 그를 빤히 쳐다보다가 한숨을 길게 내쉬면서 나직한 소리로 더듬거리듯 말했다.
「선생님께서는 그렇게 쉽게 말씀하실 수 있을지 모르지만 제 입장은 그렇지 않아요. 저는 지금까지 학교에 모든 희망을 걸어왔어요.」
 그녀는 떨리는 목소리로 말하고 나서 손으로 눈물을 훔쳤다. 그리고 말을 계속했다.
「저는 처녀로서의 가치도 없어요. 저는 학교에 다니기 위해서 제 처녀성도 다 버렸던 거예요. 그런데 이제 와서 학교를 그만두라고 말씀하시니 저는 뒤통수를 한 대 맞은 기분이에요. 어쩌면 좋을지 모르겠어요. 아무리 저한테 등록금을 대주셨다하지만 그런 말씀은 삼가해 주시는 게 좋겠어요. 다시 한번 고려해 주세요. 저는 오로지 학교에 제 모든 희망을 걸고 있어요.」
 K의 얼굴에 노기가 서렸다.
「건방진 것 같으니!」
 노기로 그의 몸이 떨리고 있었다.
 그들은 벌거벗은 채 침대 위에 앉아 있었는데, 그런 모습으로 그런 이야기를 심각한 표정으로 나누는 모습이 꽤나 우스꽝스러웠다. 그러나 그들은 심각했다.
 그녀는 머리를 숙이면서 어깨를 웅크렸다. 젖가슴이 묵직하게 밑으로 처져 있었다.
「죄송해요.」
 그녀는 들릴 듯 말 듯한 소리로 중얼거렸다.
「지금까지 학교에 보내 주니까 한다는 말이 결국 그 따위야?」
「죄송해요. 하지만 저도 대가는 지불했다고 생각해요.」
「뭐가 어째?」

그는 오른손으로 갑자기 그녀의 뺨을 후려쳤다.
「망할 년 같으니! 배은망덕도 유분수지. 다시 한번 그 따위 말해 봐.」
갑자기 얼굴을 세게 얻어맞는 바람에 그녀는 침대 밑으로 굴러 떨어졌다.
그녀는 카펫 위에 쓰러진 채 흐느끼기 시작했다.
그의 거친 숨결과 그녀의 흐느끼는 소리만이 한동안 방안을 채우고 있었다.
한참 후 그녀는 눈물을 닦으면서 성난 눈으로 그를 쏘아보았다.
「왜…… 왜 때리는 거예요? 제가 잘못한 게 있어요?」
그녀가 그에게 이런 식으로 대든 것은 처음 있는 일이었다.
사나이는 당황한 표정이었다.
「뭐가 어째? 이게 죽고 싶어서 환장했나!」
「죽이세요! 제발 죽이세요! 그렇지 않아도 죽고 싶었으니까 죽여 주세요!」
「못 죽일 줄 알아?」
그는 침대에서 벌떡 내려서더니 그녀 앞으로 다가가 버티고 나섰다.
「이제 보니까 너 악질이구나!」
「전 악질이 아니에요. 전 다만 학교가 다니고 싶을 뿐이에요.」
「알아! 네 심정은 내가 알아! 하지만 내 입장도 한번 생각해 달라 이거야!」
「이유를 말씀해 주세요. 이유가 타당하면 학교를 그만두겠어요.」
「그건 말할 수가 없어.」
두 사람은 입을 다물고 다시 서로를 응시했다. 그러나 아까처럼 그렇게 성난 것은 아니었다.
그녀는 무릎을 꿇더니 갑자기 두 팔로 남자의 하체를 끌어안았다.

그리고 아까보다 더 격렬하게 흐느끼면서 말했다.
「알았어요! 선생님 말씀에 따르겠어요! 하지만 한 학기만 휴학하겠어요.」
「그래, 고마워.」
그는 다정하게 영미를 끌어안고 입을 맞추었다.
그녀는 자기 신세가 서러워서 섧게 섧게 울었다.

이튿날 박 명은 아파트로, 그리고 구문대는 S여대로 노영미를 만나러 갔다.
그러나 그녀는 아파트에도 학교에도 나타나지 않았다.
박 명은 수천 명의 재학생들 가운데서 노영미라는 이름을 찾는 데 꽤나 애를 먹어야 했다. 다행히 여형사 허강화와 학생처 직원이 협조해 주었기 때문에 가까스로 그 이름을 찾아낼 수 있었다.
「노영미는 가정과 4학년 학생이야. 어제까지만 해도 학교에 나왔어.」
박 명은 문대에게 전화로 말했다.
그들은 한 시간마다 전화로 연락을 취하고 있었다.
그날 하루를 그들은 꼬박 아파트와 학교에서 보냈지만 노영미는 끝내 나타나지 않았다.
결국 그들은 눈치를 챘거나 누구의 연락을 받고 몸을 피했다는 데 의견의 일치를 보았다.
「권인식이라는 인물이 문제의 인물인 게 틀림없어. 그자가 그녀를 도피시켰을 가능성이 커. 그녀가 자기에 대해서 잘 알고 있기 때문에 경찰의 손이 미치기 전에 미리 손을 쓴 게 틀림없어.」
식당에는 박 명과 구문대, 허형사, 그리고 조씨가 자리를 같이하고 있었다.
학교에서 노영미의 고향 주소를 알아냈다.

그녀의 고향은 제주도였다. 가족으로는 홀어머니와 오빠, 그리고 여동생 둘이 있었다.
「내가 한번 제주도에 다녀올까요?」
조씨가 젊은 형사들을 바라보며 조심스럽게 물었다.
형사들은 즉시 여비를 거두어 조씨에게 주었다.
「비행기 편으로 다녀오십시오.」
조씨는 마지막 비행기를 타기 위해 급히 출발했다.

K는 노영미를 그냥 둔다는 것이 어쩐지 꺼림칙했다. 학교에 가는 걸 막기는 했지만 그것으로 형사들의 접근을 막을 수 있을 것이라는 자신이 서지 않았다. 가장 완전한 방법은 그녀를 제거하는 것이었다. 부탁만 하면 그것은 아주 간단한 일이다.
 그 자신은 손끝 하나 까딱하지 않고 그녀를 없애 버릴 수가 있다. 그러나 그는 그렇게까지 하고 싶지가 않았다. 지금까지 사귀어온 여자를 그런 식으로 무자비하게 없앨 수는 없었다. 그는 야비하고 비굴한 사나이였지만 잔인무도하지는 않았다.
 그는 오현지라는 여인이 자기 눈앞에서 살해당하는 것을 보고 전율을 느꼈었다.
 그것은 자기 자신도 조직의 손에 의해 무참하게 살해당할지도 모른다는 데서 오는 전율이었다. 조직이 그렇게 무섭다는 것을 그는 처음으로 실감했었다. 그는 그런 조직과 관계를 맺은 것을 후회했지만 이제는 너무 늦은 일이었다. 발을 뺀다는 것은 자신의 파멸이나 죽음을 의미했다.
 그것은 생각할 수조차 없는 일이었다. 그는 어떻게 해서든지 이 곤경을 헤쳐나가지 않으면 안된다고 자신에게 거듭 다짐했다.
 조직은 그에게 끊임없이 자료를 요구했고, 그는 거기에 응하는 대가로 많은 돈을 받아왔다. 그러나 지금까지의 자료들은 그렇게 대단한 것이 아니었다. 그것은 푼돈 정도의 가치밖에 없는 것들이었다. 조직이 노리는 것도 사실은 그런 것이 아니었다.

　조직이 그에게 결정적인 자료를 요구한 것은 6개월 전이었다. 그들은 그것을 X라고 이름지었다.

　X는 최신 과학기술이었다. 그것은 지금까지 실현 가능한 미래의 과학기술로 알려져 왔지만 이미 그것은 최신의 기술로서 실용 단계에까지 와 있었다.

　놀라운 것은 그것이 한국에서 완성되었다는 데 있었다. 그 사실은 극비에 붙여졌지만 어느 틈에 밖으로 새어나가 K에게 조직의 손이 접근해 왔던 것이다.

　K는 배금주의자였다. 그리고 바로 그것이 그의 약점이었다. 돈에 대한 그의 신념은 아주 대단한 것이어서 그것 때문에 그는 첫 번째 부인을 버리고 지금의 부인과 재혼했을 정도였다. 그러나 지금의 부인도 막상 뚜껑을 열고 보니 그렇게 대단한 재력가는 아니었다.

　그녀 역시 이혼한 경력이 있는 여자로서 막대한 재산을 소유하고 있는 것으로 소문이 났었는데 결혼 후 알고 보니 불과 기천만 원 정도의 재산을 가지고 있을 뿐이었고, 그래서 그의 실망은 이만저만 큰 것이 아니었다. 이처럼 그는 이해 타산에 민첩하게 대처할 줄 알았고, 그런 면에서 냉혹한 사나이라고 할 수 있었다.

　두 번째 아내와 당장 이혼하고 싶었지만 남들 보는 눈도 있고 또 아내가 결사적으로 달라붙었기 때문에 결국 그는 포기할 수밖에 없었다.

　돈 못지않게 그는 여자를 좋아했다. 돈과 여자를 좋아하지 않는 사람이 있을까만은 그는 그 정도가 너무 지나쳐서 거의 병적이었다. 그에게 있어서 애정이니 사랑이니 하는 따위의 말은 한낱 쓸데없는 짓거리에 불과했다.

　그에게 있어서 여자란 성욕을 처리하는 대상 이외의 아무것도 아니었다. 쾌락만을 추구하다 보니 자연 한 여자에게 집착하지 못하고 무수한 여자들을 건드리게 되었다. 그러다 보니 많은 돈이 필요할 수 밖에 없었다.

그는 더구나 씀씀이가 헤펐다. 씀씀이가 그러하니 아무리 벌어도 깨진 독에 물 붓기였다. 정상적인 수입으로는 도저히 그 지출을 감당할 수 없었다.

자연 비정상적인 수입에 눈을 돌릴 수밖에 없었다. 바로 이때 조직의 검은 손이 그에게 뻗쳐왔던 것이다.

조직은 그의 허점을 간파하고 그에게 접근해 왔다. 그는 조직이 쳐놓은 그물에 걸려 미끼를 먹었고 그러한 짓이 거듭됨에 따라 결국 조직의 손에 놀아나는 꼭두각시가 되고 말았던 것이다.

그는 X를 마지막으로 자신의 스파이 행위에 종지부를 찍으려 하고 있었다. 그 계획을 그는 아무도 모르게 짜놓았다. 발을 뺀다는 것은 목숨을 내놓는 것이나 다름없는 짓이라는 것을 그는 잘 알고 있었다. 그렇다고 언제까지나 조직의 손에 놀아나면서 스파이 행위를 계속할 수는 없었다. 그것 때문에 이미 수건의 살인사건이 일어나 경찰이 수사를 계속하고 있고, 그 사나이 또한 단독으로 추격해 오고 있지 않은가.

그러고 보니 그는 이제 삼면에 적을 가지고 있었다. 조직, 경찰, 그 사나이가 모두 그의 적이었다. 조직은 아직 그를 보호하고 있지만 이용가치가 없어지면 즉시 그를 제거해 버릴 것이다.

X가 그의 목숨을 살려 주고 있었다. X를 손에 넣을 때까지는 조직이 그를 보호해 줄 것이다. 그래서 K는 자신의 도피처를 마련한 뒤에 X를 조직에 넘겨줄 생각이었다.

조남석이 제주도에 도착한 것은 밤 9시경이었다.

노영미의 집은 서귀포 쪽에 있었기 때문에 그는 택시를 타고 섬 저쪽으로 넘어갔다. 잘 닦여진 횡단로를 달리는 동안 때아닌 눈까지 내려 마치 환상의 나라로 들어가는 기분이었다.
 노영미의 집은 서귀포에서 다시 오른쪽으로 20분쯤 더 걸리는 곳에 있었다.
 그 곳은 조그만 어촌이었다. 놀랍게도 그 곳에는 초가집들이 그대로 보존되어 있었다.
「초가집들이 많을 때는 몰랐는데 그것이 일시에 싹 없어지고 나니까 초가집처럼 멋있는 게 없어요. 뒤늦게 그걸 깨달았는지 여기만은 민속촌으로 지정해서 초가를 없애지 못하게 했지요.」
 운전사의 말이었다.
 조남석은 수년 전 고향에 갔을 때의 일이 생각났다. 그의 고향은 전라도 두메산골이었다. 그의 머릿속에 남아 있는 15년 전의 고향은 오솔길, 맑은 냇물, 초가지붕, 생울타리 같은 것으로 꾸며진, 가난하지만 정이 넘쳐 흐르는 곳이었다. 그러나 15년 만에 가본 고향은 너무도 변해 있었다. 고향은 온통 회색으로 변해 있었다. 오솔길도 울타리도 지붕도 회색 일색이었다. 울타리는 시멘트 벽으로 변해 있었고, 초가지붕은 슬레이트 지붕으로 바뀌어져 있었다. 그리고 그 슬레이트 위에 페인트칠을 하느라고 야단법석이었다. 맑은 냇가에는 비닐 조각이며 깡통 같은 것들이 지저분하게 널려 있었다. 결국 그는 머릿속에 그리고 있던 아름다운 환상이 일시에 깨어지는 데서 오는 비애를 맛보아야만 했다. 그 뒤로 그는 고향을 찾지 않았다.
「노영미라고요? 아, 서울서 대학에 다니는 처녀 말이군요. 저기 저 집입니다. 불 켜져 있는 집이오.」
 중년의 사내가 친절히 알려주었다.
 조씨는 그녀에 대해 좀더 알아보기 위해 마을에 하나밖에 없는 구멍가게로 들어갔다.
「서울 가서 대학 다니는 처녀는 그 집 딸뿐이지요. 집에서는 돈 한

푼 안 부쳐준다는 데, 혼자 벌어서 대학에 다니는 걸 보면 여간 똑똑한 처녀가 아니지요. 그런 처녀는 시집도 잘 갈 거예요.」
구멍가게 여주인이 하는 말이었다.
「그 아가씨…… 혹시 못 보셨나요?」
「서울서 학교 다니는 처녀가 여긴 뭣하러 오겠어요.」
「혹시 내려왔나 해서요.」
「방학 때도 잘 안 내려와요.」
「집에는 누가 있나요?」
「그 처녀 오빠는 뭍으로 돈 벌러가고, 밑으로 계집애들 둘이 있지요. 생활은 처녀 엄마가 혼자 벌어서 하지요.」
「무슨 일을 하시는가요?」
「바다에 나가 일하지요.」
노영미의 어머니는 알고 보니 해녀였다.
 밤늦게 닥친 낯선 남자를 보고서도 노영미의 어머니는 별로 놀라는 기색이 아니었다. 그녀는 조그만 몸집에 유난히 까맣게 탄 얼굴을 하고 있었다. 매일 바닷물에 씻길 수밖에 없는 얼굴에는 그녀의 고생을 말해 주는 듯 깊은 주름이 잡혀 있었다.
 그녀는 이쪽에서 말하기 전에는 결코 입을 열려고 하지 않았다. 밤늦게 나타난 낯선 남자에 대해 분명히 궁금증이 일만도 하련만 아무 것도 묻지를 않았다. 하는 수 없이 조씨는 자진해서 자신의 신분을 밝혀야 했다.
「저는 노양이 다니는 대학의 담당교수입니다. 제주도에 오는 길이 있어 잠깐 들렸습니다. 시간이 없어서 이렇게 밤늦게 들렸습니다. 용서하십시오.」
 굳어 있던 그녀의 표정이 흔들렸다. 그러나 그뿐 그녀의 얼굴은 다시 굳어졌다. 도대체 그녀는 손님을 접대하는 예절 같은 것을 모르는 듯했다. 조씨는 오히려 그것이 마음 편했다.

좁은 방안 아랫목에는 소녀 두 명이 곤하게 잠들어 있었다.
노영미의 동생인 듯했다.
「영미 양은 집에 없습니까?」
「없어요.」
그녀는 고개를 저었다. 그리고 의아한 눈초리로 그를 쳐다보았다. 그는 그녀의 반응을 재빨리 읽었다.
「요즘 학교에 나오지 않아서 혹시 집에 와 있나 했지요.」
이번에는 그녀의 몸이 흔들렸다. 그녀는 낡은 스웨터 자락을 여몄다.
「학교에 잘 안 나오는 게 정말인가요?」
그녀의 최초의 질문이었다.
그는 그렇다고 대답했다.
「그전에는 잘 나왔는데 새학기 들어서는 잘 나오지 않는군요. 총명한 학생이라 남달리 관심이 많은 편입니다.」
그녀의 시선이 밑으로 떨어졌다.
「따님한테서 무슨 소식 같은 거 없었습니까?」
「없었어요. 그 애는 편지 같은 거 안해요. 집에는 통 관심이 없는 애예요.」
그녀의 얼굴에 서운한 빛이 나타났다가 사라졌다.
「그럴 리가 있습니까. 바쁘니까 그렇겠지요.」
그녀는 고개를 천천히 흔들었다.
「저도 그렇게 생각하고 있어요. 하지만…… 그 애는 서울로 간 뒤부터 집에는 아주 무심해졌어요. 대학에서 뭘 배우는지는 모르지만……」
그녀의 남편이 세상을 떠난 것은 5년 전이었다. 그는 어부였는데 5년 전 어느 날 조그만 배를 타고 고기잡이하러 나가서는 끝내 돌아오지 않았다. 그때부터 집안에는 먹구름이 끼기 시작했다.

노영미의 대학 진학은 그러니까 답답한 집으로부터의 탈출이었던 것 같았다. 그 방법밖에는 달리 딴 도리가 없었을 것이다.
「그 애가 학교를 다니든 안 다니든 난 오로지 이 어린 것들 때문에 살아가고 있어요. 내가 죽으면 이 어린 것들을 누가 돌보겠어요. 영미가 돌보겠어요? 어림없지요. 그 애는 무심한 애예요.」
노영미가 무심하다는 말을 그녀는 여러 번 거듭했다.
「혹시 노양이 집에 돌아오거든 서귀포에 있는 P호텔로 연락을 좀 바라겠습니다. 내일 오후 5시까지는 그 호텔에 있겠습니다.」
그는 그녀에게 메모를 남긴 다음 그 집을 나왔다.
노영미가 제주도에 올 가능성은 아주 희박한 것 같았다.
서귀포 P호텔에 방을 정한 그는 서울로 전화를 걸었다. 구문대가 그의 전화를 받았다. 조씨의 말을 듣고 난 그는 그래도 내일 다섯 시까지는 기다려 보라고 말했다.
조남석은 프런트에 단단히 부탁한 다음 호텔을 떠나지 않고 기다렸다.
올 가능성이 없는 상대를 막연히 기다린다는 것은 정말 지루한 일이었다. 그러나 그는 방안에 혼자 덩그러니 앉아 술을 마시며 연락이 오기만을 기다렸다.

다음날 2시경이었다. 뜻밖에도 그의 방에 있는 전화벨이 요란스럽게 울었다. 침대 위에 드러누워 반쯤 졸고 있던 그는 화닥닥 뛰어일어나 수화기를 집어 들었다.
「프런트입니다. 손님이 오셨는데요.」
조남석은 귀가 번쩍 뜨였다.
「좀 바꿔 줘요.」
잠시 후 「여보세요.」하는 앳된 여자 목소리가 들려왔다.
「아, 네, 조남석입니다.」

「저기…… 실례지만 어젯밤에 노영미라는 학생을 찾으신 분인가요?」
「네, 그렇습니다. 실례지만 노영미 씹니까?」
「네, 그런데요. 그런데 제 담당 교수님이라고 하셨다면서요?」
「네, 그렇게 말씀드렸죠.」
「우리 학교에는 그런 교수님이 안 계시는데요.」
「알고 있습니다. 만나서 말씀드리죠.」
「무슨 일인데요?」
그녀는 똑똑했다.
「만나 보면 알 수 있습니다. 거기 기다리고 있어요.」
「글쎄, 무슨 일인지……」
그녀는 금방 가 버리기라도 할 듯 망설이는 눈치였다.
「곧 내려갈 테니까 기다리고 있어요.」
조남석은 서둘러 옷을 입고 급히 아래층으로 내려왔다.
갈색 코트 차림의 젊은 여자가 로비에서 서성거리고 있는 것이 보였다. 시선이 마주치자 그녀는 멈칫하고 서면서 불안한 듯 경계의 눈초리로 그를 쳐다보았다.
조남석은 웃으며 그 쪽으로 다가갔다.
「노영미 씨죠?」
「네……」
그녀는 고개를 끄덕해 보였다.
「자, 우리 저쪽으로 가서 이야기 좀 합시다.」
조는 그녀의 의견 따위는 물어보지도 않고 앞장서서 커피숍으로 들어갔다. 그녀는 망설이다가 그를 따라 안으로 들어갔다.
가난한 해녀의 딸이라고 보기에는 너무 세련되고 미인이었다.
조는 차를 시킨 뒤 용건을 털어놓았다.
「난 학생이 지적하다시피 S여대 교수가 아니에요. 나는 뭣 좀 조사할 일이 있어서 왔어요. 어제 서울서 내려온 거지요?」
그녀의 얼굴이 차츰 하얗게 변했다.
「저를 만나려고 여기까지 오신 건가요?」
「그렇죠. 학생을 만나려고 여기까지 온 겁니다.」
「조사할 일이 있다니…… 그럼 경찰이신가요?」
조는 미소를 지으며 끄덕였다.
그녀는 몸을 도사리며 재빨리 대응자세를 취했다. 상대로부터 어떠한 질문이 나오더라도 현명하게 대처해야 한다고 자신에게 다짐하는 눈치였다.
「아가씨는 현재 경찰을 피하고 있는 입장이죠?」
그녀는 눈을 크게 떴다.
「아뇨. 그게 무슨 말씀이세요? 저는 경찰을 피해야 할 짓은 아무것도 한 적이 없어요. 뭔가 오해를 하신 것 같은데……」
「오해라니, 천만에.」
조는 머리를 설레설레 흔들었다. 그리고 웃으며 물었다.
「그럼 왜 아파트에서 잠적했죠. 학교에도 나가지 않더군요? 웬일이죠?」
정곡을 찌르는 질문에 그녀는 말문이 막혔다. 머뭇거리는 그녀를 향해 조는 다시 질문을 던졌다.
「학생이 갑자기 잠적하는 바람에 할 수 없이 이곳까지 온 겁니다. 이제 알겠죠?」
그녀는 시선을 밑으로 떨어뜨렸다. 그리고 핸드백 끈을 손으로 만지작거렸다.
창 밖으로 푸른 바다가 끝없이 펼쳐져 있었다. 바다 위로는 눈부신 햇빛이 쏟아지고 있었다. 어제의 눈 오던 날씨와는 아주 대조적이었다. 웨이터가 커피 두 잔을 가져왔다. 조는 그녀가 커피를 다 마실 때까지 침묵을 지켜 주었다. 이윽고 그녀의 커피잔이 비자 그는 다시 시작했다.
「왜 갑자기 도망을 쳤나요? 누구의 부탁을 받고 도망을 친 건가요?」
그녀는 머리를 크게 흔들었다.
「도망친 게 아니에요.」
「그럼 뭐죠?」
그의 질문이 점점 날카로워지고 있었다.
「그건 사생활에 관계된 거예요. 누구나 사생활의 비밀을 지킬 권리는 있다고 봐요.」
그는 눈을 가늘게 뜨면서 담배에 불을 붙였다.
「학생, 내가 지금 사생활을 침범하고 있다고 생각하나요? 학생이 말하는 그 사생활이란 게 도대체 뭔가요? 유부남과의 불륜의 관계를 말하는 건가요? 난 그런 것에는 관심이 없어요. 간통죄로 학생을 잡아 넣기 위해 여기에 온 건 아니니까.」
그녀의 얼굴에서 핏기가 싹 가셨다. 그녀는 뚫어지게 그를 쳐다보다가 그의 시선에 밀려 눈을 밑으로 깔았다.
「학생, 시간 끌지 말고 빨리 바른 대로 말해 봐요. 아파트에 자주 찾아오는 그 중년 남자는 누구지?」
그녀는 흠칫 하고 놀라면서 다시 그를 쳐다보았다. 아름다운 두 눈은 어느새 공포로 굳어 있었다.
「그런 사람 없어요. 그런 사람은 찾아온 적도 없어요.」
퇴역 형사는 소리없이 웃었다.
「난 학생이 똑똑한 줄 알았는데 그렇지가 않은 모양이지. 내가 여기까지 온 것은 어느 정도까지 조사가 진행되었기 때문에 사실을 파악하고 나서 온 거예요. 학생이 정 그렇게 나온다면 지금 나하고 함께 서울로 가 줘야겠어. 학생이 수사본부에 가게 되면 고생을 좀 하게 될 거야. 아무도 학생을 이런 식으로 점잖게 대하지는 않아요. 학생이 지금까지 상대해온 그 남자는 매우 중요한 사건에 관계되어 있는 사람이에요. 그런 사람을 학생이 감싸주고 나온다면 우리는 법대로 처리할 수밖에 없어요. 이래도 내 말을 못 알아 들어요?」
 그녀의 얼굴 위로 경련이 스치고 지나갔다. 그녀는 갑자기 조그맣게 오그라드는 것 같았다. 그녀는 더 이상 아름다워 보이지 않았다.
「노양이 한밤중에 갑자기 종적을 감춘 것은 그 남자의 연락을 받고 그런 거지요?」
 그녀는 힘없이 머리를 흔들었다. 그리고 기어들어가는 목소리로 말했다.
「그렇지 않아요.」
「뭐가 그렇지 않다는 거야?」
 조는 앞으로 상체를 기울이면서 그녀의 눈을 들여다보았다.
「이게 얼마나 중요한 사건인지 학생은 모를 거야. 이건 살인사건이야. 난 지금 살인사건을 수사하고 있단 말이야.」
「그, 그 사람이 살인범인가요?」
 그녀는 떨리는 목소리로 물었다. 그녀의 그런 질문은 모든 것을 인정한 뒤에 나오는 질문이었다.
「지금 수사단계이기 때문에 아직은 뭐라고 말할 수 없어요. 다른 사건이면 몰라도 살인사건은 봐 준다거나 하는 것이 있을 수 없죠. 법대로 처리하는 길밖에 없어요.」
 한참 망설이던 그녀는 마침내 그 중년 사나이와의 불륜의 관계를 조금씩 조금씩 털어놓기 시작했다.
 조는 잠자코 그녀의 말을 듣고 있었지만 그가 듣고 싶은 것은 그들의 러브스토리가 아니었다.
「그 사람의 이름은 뭐죠? 우리는 K부장, 또는 권아무개라고 알고 있는데……」

「그분 이름은 권근수예요.」
「권근수?」
조는 수첩에다 그 이름을 적었다.
「연락처는?」
「세림실업에 근무하고 있어요.」
조의 눈이 번쩍하고 빛났다. 그는 잡아먹을 듯이 그녀를 쏘아보다가 다시 물었다.
「거짓말하는 건 아니겠지?」
「거짓말 아니에요. 정말이에요.」
그녀는 자신이 피해를 입지 않을 방법이 무엇인가를 비로소 눈치챈 것 같았다. 일단 눈치를 채고 나자 그녀는 매우 협조적으로 나왔다. 그야말로 현명한 대처였고 놀라운 변신이었다.
「그 사람은 세림실업 무슨 부에 근무하고 있지?」
「연구소에 근무하고 있어요.」
「직위는?」
「부장으로 알고 있어요.」
「그 사람과 사귄 지는 얼마 됐어요?」
「2년 됐어요.」
조는 사진 한 장을 꺼내 보였다. 그것은 죽은 황근호의 사진이었다.
「이 사람 알고 있어요?」
그녀는 사진을 뚫어지게 들여다보고 나서 천천히 머리를 흔들었다.
「본 적도 없어요?」
「처음 보는 사람이에요. 뭐하는 사람인데요?」
「얼마 전까지만 해도 세림실업 조사실장이었는데…… 지금은 세상에 없어요. 살해됐지.」

눈을 크게 뜨고 바라보는 그녀를 향해 그는 이렇게 일러 주었다.
「학생도 목숨이 아깝거든 앞으로 권부장이라는 사람을 만나지 말아요. 지금부터 당분간 어디 숨어 있어요. 하지만 경찰과는 언제라도 연락이 될 수 있도록 해 둬요. 그리고 이 사건에 관계되어 여자도 한 사람 살해됐으니까 몸조심해요.」

K정신병원

    K정신병원은 숲 속에 자리잡고 있었다.
    병원으로 가는 자갈길 주위로는 소나무 숲이 울창했다.
    입구에서 차를 내려 수위실에서 수속을 받은 다음 경사진 길을 5분쯤 올라가자 숲 사이로 붉은 벽돌 건물이 나타났다. 가까이 다가가 보니 지은 지 오래된 듯 몹시 낡아 보였다. 그것은 2층 건물이었다. 그리고 조금 떨어진 곳에는 또 한 채의 건물이 서 있었는데 그것은 백색 건물로서 지은 지 얼마 안된 듯 산뜻해 보였다.
    어디선가 울부짖는 소리가 들려왔다. 얼굴을 들어 보니 붉은 벽돌 건물 2층 창가에서 머리를 산발한 여자 환자가 창살을 움켜잡고 울부짖고 있는 모습이 보였다.
    「쯧쯧…… 예쁘게 생긴 여자가……」
    박 명이 혀끝을 차며 중얼거렸다.
    문대는 잠자코 앞장서서 건물 안으로 들어갔다.
    미리 전화를 해 두었기 때문에 그들은 곧장 원장실로 안내되어 들어갔다.
    반백의 나이 든 원장이 인자한 모습으로 그들을 맞아들였다. 그들은 원장과 악수한 다음 소파에 앉았다.
 원장은 책상 위에 설치되어 있는 인터폰으로 무언가 지시를 내렸다. 그러자 조금 후에 여직원이 서류철을 들고 들어왔다. 원장은 그것을 받아 한동안 뒤적여 보더니 소파로 자리를 옮겨 앉았다.
「연락을 받고 직원들에게 서류를 찾아보라고 일렀지요. 오래된 서류라 창고 속에 처박혀 있는 것을 찾느라고 꽤 애를 먹은 것 같습니다. 서류를 찾아 다행이긴 하지만……」
「감사합니다.」
 형사들은 정중히 머리를 숙여 인사했다.
 노원장은 누렇게 색이 바랜 서류철을 펼쳐 놓고 서류에 붙어 있는 증명사진을 손가락으로 가리켰다.
「이 사람이 맞나요?」
 문대는 나문식의 사진을 꺼내고 그 사진과 나란히 놓았다. 두 개의 얼굴은 닮은 꼴이었다.
「네, 틀림없습니다.」
「이 사람에 대해서 왜 조사를 하고 있나요?」
「살인범입니다.」
 박 명이 서슴없이 대답했다. 순간 원장의 얼굴에 긴장이 감돌았다.
「자그마치 세 사람 이상을 죽였습니다. 살인마라고 할 수 있죠.」
 박 명은 거침없이 말했다. 문대는 조심스럽게 입을 열었다.
「우리는 나문식이 왜 살인을 하게 됐는지…… 왜 그런 인간이 되지 않을 수 없게 됐는지 그 이유를 알고 싶어서 왔습니다.」
「체포됐나요?」
 원장이 얼어붙은 표정으로 물었다.
「아직 체포되지 않았습니다. 하지만 조만간 체포될 겁니다.」
 박 명이 여전히 자신에 찬 어조로 말했다.

「우리는 그에게 어떤 정신적인 결함이 있는 게 아닌지 그걸 알고 싶습니다.」
원장은 고개를 끄덕이더니 서류를 넘겼다.
그것은 환자에 대한 진료 내력이 소상히 적힌 서류였다.
「나문식에 대해서 나는 아직도 생생한 기억들을 가지고 있어요. 그는 별난 환자였으니까요. 그가 맨 처음 우리 병원을 찾아온 것은 지금부터 20년 전인 1963년이었습니다. 25세 때였지요.」
원장은 그때의 일을 바로 어제 일처럼 생생히 기억하고 있었다.
「그는 제 발로 걸어서 온 게 아니고 끌려서 왔었지요. 경찰관들에 의해 끌려 왔었는데 그때 그는 이미 제정신이 아니었습니다. 경찰관들의 말에 의하면 그는 대낮에 입에 칼을 물고 백화점에 나타났는데 발가벗고 있었다는 겁니다. 사람들이 북적대는 백화점에서 그랬으니 그 소동이란 보지 않아도 알 수 있었지요. 그는 줄곧 일본 말로 외치고 있었다는데 나중에 알고 보니 자기를 일본으로 보내 달라고 했답니다. 백화점에서 그는 여자 점원을 인질로 잡고 경찰과 세 시간가량 대치하다가 붙잡혀 온 겁니다. 경찰은 조서를 꾸미려고 했지만 제정신이 아닌 놈을 붙잡고 말해 봐야 무슨 소용이 있겠어요. 하는 수 없이 이리로 데리고 온 거지요.」
「치료비는 경찰이 부담했나요?」
「여기는 극빈자에 대해서는 국가에서 보조하고 있습니다. 그 외에는 자비로 치료해야 합니다. 나문식은 국비로 입원한 거죠.」
그는 5개월 간 입원해 있다가 퇴원했는데 질환이 모두 치료되어 퇴원한 것이 아니고 기간이 만료되어 퇴원한 것이었다. 국비 환자의 경우 입원 기간이 5개월로 한정되어 있었다.
「그는 자기가 그런 짓을 한 것을 전혀 기억하고 있지 않았습니다. 그는 일본 말을 잘했는데 나중에 알고 보니 일본에서 자랐더군요.」

「일본에서 태어나 자랐지요. 열여덟 살 때까지 말입니다. 한국인 아버지와 일본인 어머니 사이에서 태어났습니다.」
「그래요?」
원장은 금시초문이라는 듯 눈을 크게 떴다.
「그건 처음 듣는 이야긴데요. 나문식은 그런 말을 하지 않았습니다.」
「그런 말을 하고 싶지 않았겠지요.」
「아마 그랬던가 봅니다.」
원장은 문대를 보고 고개를 끄덕이고 나서 하던 이야기를 계속했다.
「그는 몹시 억눌린 생활을 해온 것 같았습니다. 누구한테 말을 해도 들어 주지 않고…… 그래서 그것이 누적되어 폭발한 것 같습니다. 더욱이 그는 보호자도 없이 몹시 외로운 처지였습니다. 그는 하루 종일 말 한마디 없이 지내는 때가 많다고 했습니다. 오로지 혼자라는 의식, 그러한 의식이 강하다 보면 사람은 더욱 폐쇄적이 되고 그러다 보면 자기 자신과 끊임없이 대화를 하게 되는 거지요. 그러한 상태가 더욱 심화되면 마침내 정상적인 사람이 볼 때 이해할 수 없는 행동을 하게 되지요. 자기 자신은 정상적이라고 보는데 남들이 볼 때는 비정상적으로 보이게 되는 거지요. 사람은 말없이 며칠만 지내면 이상한 증세가 나타납니다. 교도소에서 죄수들이 제일 무서워 하는 게 독방에 감금당하는 거 아닙니까. 독방에서 말 상대도 없이 한 달이고 두 달이고 지내 보십시오. 누구나 미치고 말아요. 그는 매우 조용하고 점잖았습니다. 그렇게 5개월을 지낸 뒤 퇴원해서 나갔는데, 나는 그의 조용하고 점잖은 태도가 오히려 마음에 걸렸습니다. 그것은 그가 자꾸만 속으로 파고 든다는 것을 의미하는 거니까요. 차라리 밖으로 표출되면 치료하기가 쉬운데 안으로만 파고 드니 증상을 잡기가 몹시 어려웠습니다. 나는 그에게 언제라도 다시 찾아오라고 했습니다. 그런데 그는 일 년 뒤에 제 발로 걸어왔습니다.」

20년 전의 일을 더듬는 원장의 눈길은 막이 낀 듯 뿌옇게 흐려 보였다. 그는 바튼기침을 하고 나서 다시 입을 열었다.

「비가 몹시 오는 여름이었지요. 갑자기 밖이 소란스러워 나가 봤더니 나문식이 직원들과 싸우고 있었습니다. 그는 들어오려고 하고 있었고 직원들은 그를 밖으로 밀어내려 하고 있었습니다. 수속도 밟지 않은 채 무턱대고 들어오려고 하니까 직원들이 막은 거지요. 그는 비를 뒤집어쓰고 있었습니다. 그는 원장을 만나지 않으면 큰일날 것처럼 소리지르고 있었습니다. 나는 그를 내 방으로 데리고 왔지요. 눈빛을 보니 그는 제정신이 아니었습니다. 다시 악화된 것 같았습니다. 내가 어떻게 왔느냐고 하니까 그는 이렇게 말했습니다. 자기는 요새 누구를 죽이고 싶어 환장하겠다는 거였습니다. 죽이고 싶은 충동에 사로잡혀 거리를 헤매다가 나를 찾아왔다는 거였습니다. 그러면서 그는 품에서 무언가를 꺼냈습니다. 신문지에 싼 것이었는데 풀어 보니 칼이었습니다. 칼에는 피가 말라붙어 있었습니다.」

원장은 그것을 보고 소름이 쭉 끼쳤다. 그리고 그를 불러들인 것을 후회했다. 그러나 이미 늦은 일이었다. 칼은 바로 눈앞에 놓여 있었고, 놈이 마음만 먹으면 당장이라도 그것을 집어 들고 이쪽을 찌를 수 있을 것 같았다. 방안에는 그들 두 사람만이 마주보고 앉아 있었다. 나문식은 이쪽의 조그만 움직임 하나도 놓칠 수 없다는 듯 날카로운 눈매로 그를 쏘아보고 있었다. 그것은 흡사 먹이를 노리는 맹수의 타는 듯한 눈길 같았다. 원장은 상대방이 느낄 수 없도록 가만히 심호흡을 했다. 방에서 갑자기 빠져나간다거나 큰소리로 누구를 부르면 놈이 자극을 받아 덮쳐들 것만 같았다. 놈을 자극시키지 않고 편안하게 해주어야 한다고 원장은 생각했다. 그는 미소를 띠고 나문식을 바라보았다. 그리고 칼에 피가 묻은 것을 보니 누구를 죽인 게 아니냐고 물었다. 나문식은 천천히 머리를 흔들었다.

「칼에 묻은 피가 사람 피가 아니고 닭 피라는 것이었습니다. 사람을 죽이고 싶은 충동을 억누를 수가 없어 남의 집 닭을 잡아 죽였다는 거였습니다. 닭 피라도 보게 되니 좀 후련하다는 거였습니다. 그 말을 듣고 나서 나는 조금 마음이 놓였습니다. 나는 칼을 집어서 쓰레기통에 처넣었습니다. 그래도 그는 가만 있었습니다. 나는 그에게 알약을 몇 개 주었습니다. 살인 충동을 억제하는 약이라고 말했지만 사실은 단순한 진정제에 불과했습니다. 그 약을 먹자 그는 마음이 좀 가라앉는다고 말했습니다. 나는 그 특이한 환자를 놓고 당황하고 고민했지요. 어떻게 하면 치료할 수 있을까 하고 말입니다. 그러나 뚜렷한 치료 방법이 있을 리가 없었지요. 그가 자진해서 나를 찾아왔다는 것은 자신의 이상 심리를 깨닫고 있다는 것이 되겠고, 그리고 그것을 치료하고 싶다는 의사표시라고 할 수 있지요. 그래서 그런지 그는 나에게 잘 순종했습니다. 다시 5개월 동안 입원했었는데, 나는 그의 병의 원인이 어디에 있는지를 어느 정도 파악하게 되었습니다. 물론 정신병이란 여러 가지 복합적인 것이 믹스되어 일어나지만 그중에서도 가장 큰 원인이 되는 것이 하나쯤은 있게 마련이지요.」

그는 잠시 말을 멈추고 창 밖을 바라보았다. 조금 후에는 파이프에 담배를 담기 시작했다.

「그 가장 큰 원인이란 뭡니까?」

박 명이 답답하다는 듯 물었다.

원장은 담배 연기를 길게 내뿜었다. 향내가 코끝을 간지럽히며 실내에 퍼지고 있었다.

「그 가장 큰 원인은…… 어렸을 때, 피를 본 겁니다. 여덟 살 때 그는 자기 아버지가 어머니와 어머니의 정부를 칼로 찔러 죽이는 것을 목격했지요. 아내의 불륜의 현장을 목격한 그의 아버지가 두 남녀를 현장에서 찔러 죽인 겁니다.」
「알고 있습니다. 그것이 왜 원인이 되지요?」
하고 박 명이 물었다.
「충분한 원인이 될 수 있지요. 그는 어린 나이에 아버지가 그들을 찔러 죽이는 것을 보고 쾌감을 느꼈다고 했습니다. 그것은 아주 중대한 사실입니다. 그때의 쾌감이 성장 후에도 잠재의식으로 남아 행동으로 옮겨 보고 싶은 충동을 느낀 겁니다. 그가 자기 아내를 찔러 죽인 것도 그러한 맥락에서 이해되어야 할 겁니다. 그는 그러니까 사람을 해칠 때 쾌감을 느끼는 이상 심리의 소유자인 셈이지요.」
방에는 파이프 담배의 향기가 가득했다.
「그 다음의 이야기를 좀 해주십시오.」
문대가 심각한 얼굴로 말했다. 그의 커다란 두 눈은 유난히도 검은 빛을 띠고 있었다.
「퇴원할 때 그는 정상인이 되어 퇴원했습니다. 겉으로 보기에는 아무런 이상도 없었습니다. 그를 괴롭히던 충동도 사라진 듯했습니다. 그러나 그는 몇 달 뒤 또 나를 찾아왔습니다. 역시 그 충동 때문이었습니다. 그는 입원하기를 거부했습니다. 그 대신 약을 달라고 했습니다. 나는 그에게 진정제를 주었습니다. 그때부터 그는 정기적으로 약을 타러 왔습니다. 그것이 수년 동안 계속되었는데 어느 날 그는 결혼했다고 하면서 자기 아내를 데리고 왔습니다. 아주 예쁜 신부였습니다. 그 여자는 자기 남편이 정신병원에 출입하고 있다는 것을 알고는 몹시 당황하는 눈치였습니다. 그것이 마지막이었습니다. 그는 다시 병원에 나타나지 않았습니다.」
「그가 자기 아내를 죽인 것을 어떻게 알았습니까?」
문대가 물었다.

「신문을 보고서야 알았지요. 그 사건은 신문에 조그많게 취급되었는데 내 눈에 우연히 띈 것이지요. 그때 다른 큰 사건이 터져서 살인사건 같은 것은 신문에서 푸대접을 받았지요. 나는 그의 이름을 알고 있었기 때문에 그 기사를 알아본 겁니다.」
「그럼 경찰에 가서 나문식에 대해 이야기를 해주었나요?」
「무슨 이야기 말입니까?」
원장은 어리둥절한 표정이었다. 문대는 꼼짝도 하지 않은 채 입만 움직였다.
「그가 정신이상자라는 사실을 말입니다. 정신이상자의 범법행위는 죄가 되지 않는다는 거 알고 계시겠지요?」
원장의 얼굴에 당황하는 빛이 나타났다.
「알고 있습니다. 하지만 경찰에 가서 증언하지는 않았습니다. 경찰이 찾아 왔다면 물론 이야기해 주었겠지만 일부러 찾아가서……」
원장은 말끝을 흐렸다.
「귀찮으셨나 보군요?」
문대는 날카롭게, 그러나 낮은 어조로 물었다.
원장은 입에서 파이프를 떼면서 잔기침을 했다.
「귀찮아서 그랬던 것이 아니라 그때 내가 무슨 일로 몹시 바빴습니다. 무슨 일로 그렇게 바빴는지는 잘 기억이 나지 않지만 하여간 몹시 바빠서 그런 일로 뛰어다닐 여유가 없었던 것 같습니다.」
문대는 잠자코 일어섰다.
그는 원장한테 시선을 고정시킨 채 말했다.
「나문식은 8년을 복역하고 나왔습니다. 만일 그때 그의 병이 인정되었다면 그는 무죄로 나왔을 겁니다. 그리고 지금까지 병원에 수용되어 있을지도 모르지요. 그랬다면 이번 같은 사건도 일어나지 않았을 거고 그는 살인마가 되지 않았을 겁니다. 하여간 고맙습니다. 실례 많았습니다.」
문대와 박 명은 오솔길을 천천히 걸어나왔다.
그늘진 솔밭에는 아직 잔설이 남아 있었고, 어디선가 장끼의 울음 소리가 들려왔다.
「원장이 야속하군. 한 사람의 운명이 달라질 수도 있었는데 말이야.」
박 명이 좀 화가 난 듯한 소리로 말했다. 문대는 무슨 말인가 할 듯하다가 도로 입을 다물어 버렸다. 그들은 잔디밭 위에 설치되어 있는 벤치에 나란히 앉았다.
「봄이야.」
박 명이 눈을 가늘게 뜨고 하늘을 올려다보며 중얼거렸다. 문대도 하늘을 쳐다보았.
가을 하늘같이 파란 하늘에 구름 한 점 없는데다 햇볕까지 따뜻했기 때문에 벤치에 앉아 있기가 더없이 좋았다.
오랜만에 취해 보는 휴식이었기 때문에 그들은 그 시간을 최대한 즐기려고 노력했다. 서로가 먼저 일어서자는 말을 꺼내기를 꺼려하고 있었다. 그들은 한동안 자신들이 수사관이라는 사실을 잊은 채 햇볕을 즐기고 있었다.
수사관이라는 직업은 너무 많은 희생을 요구하고 있었다. 그것은 가정도, 친구도, 여인도, 그리고 대지와 태양까지 빼앗아가고 있었다. 그들은 계절에 대한 감각도 잊은 채 범죄가 득실거리는 거리를 미친 듯이 쏘다닐 뿐이었다. 그것은 그야말로 기계적인 비정한 세계이다.
이른 봄날 따뜻한 햇볕 속에 앉아 실인사건을 생각해야 한다는 것 자체가 역겹고 귀찮은 일이었다. 그러나 그들은 어느새 각자 거기에 대해 생각하고 있었다. 눈을 감은 채, 혹은 눈을 가늘게 뜬 채 아무 생각 없이 햇볕을 즐기는 것처럼 보였으나 어느새 사건을 생각하고 있었다.
「원장의 말에 이해가 가나?」
박 명이 눈을 감은 채 물었다. 문대는 크게 기지개를 켰다.
「물론.」
「그러니까 살인범 나문식이 정신병자란 말이지?」
「음, 그래.」
「그게 사실이라면 문젠데……」
박 명은 눈을 뜨고 문대를 바라보았다. 문대는 그 쪽으로 머리를 기울였다.
「뭐가 문제라는 거야?」
「살인에서, 쾌감을 느낀다는 게 문제가 아니고 뭐야. 빨리 체포하지 않으면 앞으로 몇 사람이 더 죽을지 몰라.」
「뭐 그럴라구.」
「그렇게 생각지 않는단 말이야?」
「그는 무작위로 사람을 죽이고 있지는 않은 것 같아.」
「그게 무슨 말이야?」
문대는 뒤로 젖히고 있던 머리를 바로하고 나서 코트 단추를 풀었다. 그의 손은 메말라 보였고 손가락은 유난히도 길었다.
「비록 이상 상태에서 사람을 죽이는 것이 사실이라 해도…… 사람을 골라서 죽이는 것 같아. 필요에 의해서 꼭 죽여야 할 판단이 서면 죽이는 것 같아. 만일 무턱대고 사람을 죽였다면 그동안 많은 사람이 죽었을 거야.」
박 명은 이해할 수 없다는 듯 고개를 갸우뚱했다. 그는 턱에 시커멓게 난 털을 손바닥으로 쓰다듬었다.
「어떻게 그렇게 생각할 수 있지?」
「그는 살인광이지만 사람을 제거하는 데 있어서 보통사람 이상으로 냉철한 계산하에 그것을 실행하는 것 같아. 아주 치밀한 놈이야. 그런 자일수록 자신은 아주 정상적인 인간인 줄 알고 있지. 그리고 자신의 생각이나 행동을 독창적인 것으로 알고 있고, 그래서 거기에 집착하고 있지. 그들은 그러니까 맹수 같은 공격성에 셰퍼드 같은 예민성을 동시에 갖추게 되지.」
「공격과 방어에 뛰어나다는 건가?」
「그렇지. 그런 자는 일당백의 능력을 가지고 있어. 그런데 다행히 놈은 아무나 죽이고 있지 않아. 정말 얼마나 다행인지 몰라. 나이트클럽 지배인 정만길은 호스티스 김화숙하고 동침중이었는데 킬러는 남자만 죽였어. 놈을 먼저 발견한 사람은 여자 쪽이었어. 그러나 놈은 그녀를 해치지 않고 겁만 준 다음 이불을 덮어씌워 놓고 정만길만 죽인 거야.」
「그러고 보니까 그렇군.」
박 명은 두 눈을 꿈벅이면서 문대의 다음 말을 기다렸다. 그럴 때의 그의 모습은 저돌적인 공격성이 없어지고 그 대신 양순한 소를 생각나게 한다. 문대는 그 우직한 동료를 따뜻한 눈길로 바라보았다.
「이건 지나친 생각일지도 모르지만…… 김소라 양도 죽였을 거야.」
「그게 무슨 말이지? 김소라가 누구야?」
「킬러에게 칼을 판 양품점 점원 말이야.」
「아, 그 아가씨!」
「범인의 얼굴을 알고 있는 중요한 증인이거든. 내가 범인이라면 그 아가씨를 가만두지 않았을 거야. 경찰의 수사망이 닿기 전에 그 애를 없애 버렸을 거라구.」
「무자비한 생각을 다하는군.」
「그 점에서도 범인은 아무나 죽이지 않는다는 것을 입증해 주었다고 볼 수 있어. 범인은 경찰 수사망이 그 아가씨에게 닿을 것이라는 것을 몰랐을 리 없었을 거란 말이야. 하지만 그는 그 아가씨에게는 손을 대지 않았어.」
「정말 그래서 그랬을까?」
박 명은 믿을 수 없다는 듯 의심스러운 눈길로 문대를 바라보았다. 문대는 흘러내린 머리카락을 뒤로 쓸어넘겼다.
「나는 그랬을 가능성이 높다고 보고 있어. 그는 연약한 여자에게는 손을 대지 않는 것 같아. 김소라와 김화숙은 지금 살아 있어. 엄연히 범인의 표적이 될 만한 인물들인데 살아 있단 말이야. 그런 점에서 목사의 부인인 오현지를 죽인 것은 그의 짓이 아니야. 그는 오현지를 죽이지 않았어. 더구나 목졸라 죽이는 것은 그의 수법이 아니야.」
여기까지 말하고 나서 입을 다물었다.

X

　구문대와 박 명이 K정신병원을 방문하고 수사본부로 돌아오니 조남석으로부터 여러 번 전화가 걸려 왔다는 메모가 있었다.
　그로부터 한 시간 후 그들은 다방에서 조씨를 만났다.
　조씨는 사뭇 상기된 표정을 하고 있었다. 별로 기대를 걸지 않았던 젊은 형사들은 긴장되어 조씨를 주목했다.
　「어제 올려고 했는데 그 쪽에는 날씨가 좋지 않아서 비행기가 뜨지를 못했어요. 그래서 조금 전에 왔지요.」
　「소득이 있었습니까?」
　「그 아가씨를 만났어요.」
　젊은 형사들의 눈이 번쩍하고 빛났다.
　「노영미 말입니까?」
　박 명이 눈을 크게 하고 물었다.
　「노영미가 아니면 누구겠소.」
　「용케 만나셨군요.」
　「그 아가씨는 학교에 휴학계를 내고 고향으로 내려왔어요. 내가 내려갔을 때는 오지 않았는데 그 다음날 내려와 가지고 내가 묵고 있는 호텔로 찾아왔어요. 내가 집에 메모를 남겼는데 그걸 보고 나를 찾아온 거지. 그러니까 그 아가씨는 뭐가 뭔지 모르고 나를 찾아왔던 거예요.」

형사들은 조씨가 얼른 중요한 부분에 대해 말해 주기를 초조하게 기다렸다. 그러나 조씨는 그 말을 하기가 아까운 듯 입맛을 쩍쩍 다시다가 드디어 말문을 열었다.

「K부장이라는 사람은 세림실업에 근무하는 권근수로 밝혀졌어요. 그 회사 연구소에 근무하고 있어요.」

「노영미가 그러던가요?」

박 명이 숨을 죽이고 물었다.

조씨는 무겁게 고개를 끄덕였다.

「그래요. 그 아가씨가 그렇게 말했어요. 두 사람 사이는 관계를 가진 지 한 2년 되나 본데 우리가 예상했던 대로 애인 관계인 것 같아요.」

문대와 박 명은 어이없다는 듯 서로 쳐다보았다.

「피살된 황근호 씨는 세림실업 조사실장이었습니다.」

「결국 한 바퀴 삥 돌아온 셈이군.」

문대가 중얼거렸다.

「그렇다고 권근수라는 사람을 범인으로 볼 수는 없지 않을까?」

조씨가 자기 의견에 동의를 구하는 듯 두 사람을 쳐다보았다.

「그야 그렇죠. 다만 죽은 황씨의 몸에서 나온 수표의 출처가 권근수라는 사람한테 집중되고 있다는 사실에 우리는 주목하는 겁니다. 5백만 원 가까운 수표를 황씨에게 전해 준 사람은 이제 권근수로 밝혀졌습니다. 그런데 권근수라는 사람은 정말 세림실업에 근무하고 있나요?」

「내가 전화로 확인해 봤더니 맞아요. 그런 사람 있습니다.」

하고 조씨가 말했다.

「뭔가 서로 맞아 들어가는데……」
박 명이 일어서면서 말했다.
「아니, 어디 갈려고?」
「그치를 빨리 데려와야 하잖아.」
「무슨 소릴 하는 거야? 지금부터가 문젠데, 그 친구를 데리고 오면 어떡하자는 거야?」
문대가 강하게 반대하고 나섰다.
「그럼 어떡하려고?」
박 명이 도로 주저앉았다.
「무언가 밝혀질 때까지 그를 감시하는 거야.」
「구형사 말이 맞을 것 같아요.」
조씨가 고개를 끄덕였다.
「노영미 말인데 자기가 아파트에서 갑자기 종적을 감추고 학교에 휴학계까지 낸 것은 권근수의 사주라는 거예요. 한밤중에 전화가 걸려왔는데 빨리 짐을 싸가지고 아파트에서 나오라고 했대요. 그러니까 그 사람한테 문제가 있는 것은 분명해요.」
「그 아가씨가 입을 다물어 줘야 할텐데, 그렇지 않고 권가한테 경찰이 찾아왔었다고 말해 버리면 도로아미타불되지 않을까요.」
「그 점은 염려하지 않아도 돼요. 단단히 부탁해 뒀으니까.」
조씨는 자신있게 말했다.
「그자가 나문식은 아니겠지.」
박 명의 말에 아무도 대꾸하지 않았다.
그들은 얼른 권근수라는 인물을 만나보고 싶었다. 그러나 막상 신원이 밝혀지자 달려가 그를 만나 보는 것을 주저하고 있었다.
「우선 그 사람에 대한 모든 자료를 모아 보도록 하지. 나는 오늘 그 사람을 미행해 보겠어. 조선배님하고.」
하고 박 명이 말했다.

미행도 좋지만 눈치 채지 않게 조심해야 될 거야.」
「알고 있어.」
「난 천상기를 만나 보겠어.」
「천상기가 누구지?」
「세림실업 조사실 직원이지. 죽은 황씨의 부하직원 말이야. 황씨가 로망스 호스티스 박종미를 좋아하고 있다는 정보를 줬었지.」
「아, 그 사람 말이군.」
그날 퇴근 시간 조금 지나 문대는 세림실업 부근에서 천상기를 만났다.
3개월 만에 다시 나타난 형사를 보고 천상기는 불안한 기색을 보였다.
「이번에도 뭐 하나 부탁드리려고 왔습니다. 물론 황씨 사건에 관한 건데……」
무거워 보이는 검은 테 안경을 밀어올리면서 천상기는
「제가 도와 드릴 수 있는 일이라면 도와 드리죠.」
하고 조심스럽게 말했다.
「그 회사에 연구실이 있나요?」
「연구실이 아니라 연구소입니다. 정식 명칭은 세림 중앙연구소입니다.」
「본부 빌딩 안에 있나요?」
「아닙니다. 연구소는 다른 곳에 있습니다.」
「어디에 있나요?」
「안양 조금 지나서 있습니다.」
「그 연구소에 권근수라는 사람이 있나요?」
「아, 권부장님 말씀이군요. 네, 계십니다.」
「그 사람에 대해서 잘 알고 있나요?」
「잘은 알지 못합니다. 하지만 어느 정도는 알고 있습니다.」

「그 사람에 대해서 아는 대로 좀 말씀해 주시겠습니까?」
천상기는 머뭇머뭇하다가 되물어왔다.
「저기…… 그 사람에 대해서는 왜 조사를 하는 건가요? 그 사람이 그 살인사건하고 무슨 관계라도 있나요?」
「그건 나도 잘 모릅니다. 지금 수사가 진행중이기 때문에 뭐라고 말씀드릴 수 없군요. 참, 그전에 부탁드리고 싶은 게 있는데, 이건 꼭 지켜 줘야겠어요. 우리가 이렇게 만나 나눈 이야기는 누구한테도 이야기해서는 안됩니다. 이건 아주 중요한 대화니까, 특히 그 권부장이라는 사람한테는 우리가 만났다든가 만나서 나눈 이야기를 일절 발설해서는 안됩니다. 비밀을 지키겠다고 약속해 주시겠습니까?」
「네, 약속하겠습니다.」
「자, 그럼 말씀을 하시죠. 그는 어떤 사람입니까?」
「미국서 박사 학위를 받은 반도체 분야의 과학자로 알고 있습니다. 그 분야에서는 국내에서 손꼽히는 사람이랍니다. 회사에 들어오기는 한 10년 됐는데…… 우리 조사실에도 가끔 오곤 합니다. 조용하고 점잖은 사람입니다. 미남이구요.」
「그 밖에는?」
문대는 수첩에다 부지런히 적으면서 물었다.
「그 밖에는 아는 게 없습니다.」
「죽은 황실장과 권부장은 교분이 두터웠나요?」
「뭐 그런 사이는 아니었습니다. 권부장이 조사실에 가끔 오면 인사를 나누는 정도였지요.」
문대는 팔장을 끼고 생각에 잠겼다. 인사 나누는 정도라면 거액을 주고받을 수 있을까? 권근수는 5백만 원을 황근호에게 건네주었다. 그 이유는 모른다. 다만 두 사람 사이가 범상치 않은 사이였을 가능성이 높다.

「그 사람…… 조사실에는 왜 옵니까?」
「각종 자료와 책이 있으니까 그걸 보려고 옵니다.」
문대의 눈초리는 점점 날카로운 빛을 띠기 시작했다.
「두 사람 사이에 특별한 점은 눈에 띄지 않았습니까? 최근에 와서 말입니다. 아무 거라도 좋습니다.」
「글쎄…… 주의해 보지를 않아서……」
천상기는 고심하는 표정을 짓고 있다가 생각난 듯 말했다.
「최근에 와서 두 분 사이가 좀 가까워진 것 같았습니다. 함께 식당에서 식사하고 나오는 것을 본 적이 있습니다.」
「그때 또 누가 있었습니까?」
「두 사람뿐이었습니다.」
「식사를 같이 할 정도라면 사이가 꽤 가까웠나 보죠?」
「글쎄, 그건 잘 모르겠습니다.」
「부탁인데…… 권근수 씨에 대해 자세히 좀 알아봐 주실 수 없겠습니까? 우리가 공개적으로 조사할 수 없기 때문에 그러는 겁니다. 당분간은 비밀리에 조사를 해야 합니다.」
「알겠습니다. 하는 데까지 해보겠습니다.」
천상기는 처음보다는 활달한 어조로 대답했다.
「다시 말하지만 이건 절대 비밀입니다.」
「알겠습니다.」
「먼저 그 사람의 사진을 구해 주십시오.」
「사진을요? 글쎄, 구할 수 있을지 모르겠습니다. 하여간 해보겠습니다.」
「그의 가족관계, 집, 주소, 학력, 출신교, 친구관계 등등 아무 거라도 좋습니다. 그의 취미, 술버릇이랄지 한 달 월급이 얼만지, 성격이 어떤지 등등 그에 관한 것이면 아무거나 좋습니다.」
「알겠습니다. 알아봐 드리겠습니다.」

「내일 다시 전화를 드리겠소.」

　문대가 천상기를 만나고 있을 때 박 명과 조씨는 권근수를 미행하기 위해 세림 중앙연구소 앞에 진을 치고 있었다.
　그런데 그들은 권근수를 만난 적이 없었기 때문에 그의 얼굴을 모르고 있었다.
　처음 그들이 거기에 도착한 것은 4시 가까이 되어서였다.
「얼굴을 알 수 있는 좋은 방법이 없을까요?」
　박 명이 조씨에게 도움을 청하듯 물었다.
　조씨는 눈을 깜박거리며 뭔가 생각해 보는 듯하다가
「글쎄…… 이렇게 하면 어떨까?」
하고 말했다.
「어떻게 말입니까?」
「안에 들어가서 뭐 조사할 일이 있다고 하면서 인사기록 카드를 보는 거요. 권근수에 대해서 조사하러 왔다고 하면 물론 안되지. 그 카드에 사진이 붙어 있을 테니까 그걸 눈에 익혀 두면 될 거야.」
「그럼 그렇게 할까요. 선배님은 여기 계십시오. 제가 안에 들어가 보겠습니다.」
　박 명이 정문 쪽을 향해 걸어가는데 뒤에서 조씨가 불렀다.
「잠깐! 좀 봅시다.」
　박 명은 되돌아와 조씨를 쳐다보았다. 조씨가 망설이는 표정으로 말했다.
「권근수의 기록카드를 통째로 들고 나올 수 없을까? 그렇게 할 수 있으면 좋겠는데……」
　박 명은 어이없는 표정이다가 고개를 천천히 저었다.
「그건 자신할 수 없는데요.」

「작은 사진을 한 번 보고 나서 많은 사람들 중에 얼핏 스쳐가는 사람을 찾아낸다는 것은 어려울 거요. 그러지 말고 나랑 함께 들어갑시다. 어떻게 하든지 그 카드를 손에 넣어야지.」
「그러다가 절도범으로 체포되는 거 아닙니까?」
「수사상 필요에 의해서 그러는 거니까 이해해 주겠지 뭐. 나중에 돌려주면 될 거 아니오.」
「모르겠습니다. 나중에 말썽이 나면 선배님이 책임지십시오.」
「나야 뭐 정식 수사관이 아니니까 책임질 게 못되지.」
그들은 웃으며 정문 쪽으로 걸어갔다.
정문에는 정복 차림의 경비원 두 명이 경비를 서고 있었다.
그들은 총으로 무장까지 하고 있었다. 그것으로 경비가 얼마나 삼엄한가를 알 수 있었다.
「어떻게 오셨습니까?」
건장한 경비원이 눈썹을 모으며 그들의 정체가 수상쩍다는 듯 아래위를 훑었다.
「경찰입니다.」
박 명은 신분증을 꺼내 경비원의 눈앞에 바싹 들이댔다.
경비원은 조금 주춤하는 기색이었다.
「무슨 일로 그러십니까?」
「안에 들어가서 뭣 좀 알아볼 게 있어서 그럽니다. 들어가도 되겠죠?」
「뭣을 알아볼려고 그럽니까?」
경비원은 만만치가 않았다.
그럴 수밖에 없는 것이 그 곳은 각종 최신 과학기술을 연구하는 곳이었다. 그러므로 기술정보를 보호하기 위해서는 엄중한 경비가 필요할 수밖에 없었다. 기업은 다투어 기술개발에 나서고 있었다. 누가 더 좋은 최신기술을 개발하느냐에 기업의 흥망이 걸려 있기 때문이다. 만일 기술개발에 뒤진다면 기업은 무너질 수밖에 없는 것이다. 따라서 기술개발 못지않게 상대방의 기술정보를 빼내려는 스파이 전쟁이 치열하게 벌어지고 있었다. 그것은 다만 눈에 보이지 않는다뿐이지 목숨을 내건 혈전이나 다름없었다. 정확히 밝혀진 바는 없지만 과학기술을 빼내가기 위해 해외에서 잠입하는 외국 스파이도 상당 수 있는 것 같았다.

박 명은 눈을 부라리며 말했다.

「무얼 조사하고 있는지 그런 것까지 말할 수는 없어요. 우리는 공무집행중이니까 좀 들어갑시다.」

그때 안쪽에 앉아 있던 경비원이 앞으로 나서며

「뭔데 그래?」

하고 물었다. 그리고 사정을 듣고 나서는 신분증을 다시 한번 보자고 요구했다. 그들의 의심과 그리고 그것을 확인하려는 그들의 노력은 대단한 것이었다. 박 명은 신분증을 책상 위에 탁 소리가 나게 내놓았다.

「자, 얼마든지 보시오!」

그들은 머리를 맞대고 한참 동안 신분증을 앞뒤로 살피고 나서 그에게 돌려 주었다.

「잠깐 기다리십시오.」

경비원이 구내 전화로 어디엔가 보고를 했다.

「직접 통화하십시오. 전화를 바꾸랍니다.」

경비원이 수화기를 박 명에게 내밀었다. 박 명의 표정이 험하게 일그러졌다. 그러자 조씨가 재빨리 손을 뻗어 수화기를 받아들었다.

「전화 바꾸었습니다.」

조씨는 공손한 어조로 말했다.

「경찰에서 오셨다구요?」

저쪽에서 근엄한 목소리가 들려왔다.

「네, 그렇습니다.」
「무슨 일로 그러죠?」
그것은 꽤나 점잖은 티를 내는 목소리였다.
「뭣 좀 조사할 일이 있어서 그럽니다.」
「무슨 조산가요?」
「그건 만나서 말씀드리겠습니다.」
공손하던 조씨의 어조는 조금 거칠어졌다.
「보시다시피 여기는 연구를 하는 곳입니다. 아주 귀중한 연구기관이기 때문에 아무나 출입할 수 없습니다.」
「잘 알고 있습니다. 우리는 경찰입니다.」
「경찰 아니라 그 이상도 정당한 사유가 없이는 출입할 수 없습니다.」
「우리는 정당한 사유를 가지고 왔습니다.」
말다툼 끝에 그들은 안으로 들어가 일단 전화를 걸어온 사람을 만나 보기로 합의를 보았다.
박 명은 안으로 들어가는 길에 화가 나서 투덜거렸다.
「빌어먹을. 이거 더러워서 어디 해먹겠나. 수사관이 공무를 집행하겠다는데도 들여먹지 않으니.」
그것을 보고 조씨는 소리없이 웃었다.
「형사질하려면 별의별 일을 다 겪게 되지. 그때마다 일일이 화를 내다가는 아마 복장이 터져 못살게 될걸. 들어도 못 들은 체, 절대 화를 내지 않는 게 상책이야. 화를 내면 몸에 해롭다구요.」
연구소는 한마디로 어마어마한 규모였다.
화가 나서 씩씩거리던 박 명은 그 방대한 규모에 금방 어리둥절한 표정을 지었다. 그리고 여기저기 쳐다보느라고 정신이 없었다.
「어마어마한데요.」
「음, 대단한데……」

조씨 역시 놀라는 표정이었다.
 밖에서 볼 때는 수목에 싸여 있어 그렇게 방대한 줄을 몰랐었다. 그런데 안으로 들어갈수록 그 규모가 엄청난 데 놀라지 않을 수 없었다. 연구소를 에워싸고 있는 높은 담은 끝없이 이어지다가 그나마 수목에 가려 보이지 않았다.
 잔디가 곱게 깔린 숲 속 여기저기에는 백색 건물들이 우뚝우뚝 서 있었고, 숙소로 보이는 아파트까지 아담하게 지어져 있었다. 얼른 보기에도 훌륭한 시설임을 알 수 있었다.
「훌륭한데요.」
「이런 곳에서 일하는 사람들은 얼마나 좋을까.」
 조씨는 자신의 늙음을 탓하는 듯 중얼거렸다.
 그들은 가장 높은 곳에 위치한 백색 건물 안으로 들어가 사치스럽게 치장한 방 안으로 안내되었다.
 그들을 맞은 사람은 총무부장이라는 50대의 뚱뚱한 남자였다. 금테 안경 너머로 조심스럽게 살피면서 그는 그들에게 찾아온 용건을 물었다. 자리에 앉으라는 말도 없었다. 그러나 그들은 소파에 가서 먼저 엉덩이를 붙이고 앉았다.
 박 명이 뭐라고 말하려는 것을 조씨가 가로막고 나섰다.
「이 연구소 안에 불순분자가 침투해 있다는 정보를 듣고 왔습니다.」
「불순분자라고요? 금시 초문인데요.」
 총무부장은 어리둥절한 표정을 지었다.
「금시초문일 수밖에 없지요. 그런 건 소문이 날 리 없으니까요.」
「어디서 그런 정보를 들으셨나요?」
「그건 말할 수 없습니다. 부득이한 사정이 없는 한 정보원은 언제나 비밀에 붙여둡니다. 그것이 원칙입니다. 믿을 만한 어떤 루트를 통해 그 정보를 입수했다는 것만 알아두십시오. 그 정보가 대단치 않은 것이라면 경찰이 개입할 필요가 없겠지요. 하지만 그렇지 않기 때문에 우리가 찾아온 겁니다. 이런 사실은 비밀입니다. 우리가 그것을 조사하기 위해 여기에 왔다는 사실 자체도 비밀입니다. 외부에 누설해서는 안됩니다. 누구한테도 말해서는 안됩니다.」

「그래도 상부에는 보고해야 하지 않습니까?」

「당분간 보고하지 마십시오. 우리의 허가 없이는 절대 안됩니다.」

권위 있게 나오던 총무부장은 조씨가 워낙 엄포를 놓은 바람에 주눅이 들어 사뭇 불안한 표정을 지었다.

얼마 후 그는 형사들 앞에 인사기록철을 내놓았다.

「이게 전부인가요?」

「네, 빠짐없이 전부 들어 있습니다.」

「여기서 일하는 사람들 모두가 여기 들어 있단 말이죠?」

「네, 그렇습니다.」

「전부 몇 명입니까?」

「5백85명입니다.」

그들은 카드를 헤아려 보았다. 총무부장의 말대로 5백85장이었다.

그들은 기록카드를 한 장 한 장 자세히 검토했다. 권근수의 카드만 찾아내도 되는 것이지만 일부러 시간을 끌기 위해 처음부터 한 장 한 장 까다롭게 살펴본 것이다.

한 시간쯤 지났을 때 마침내 권근수의 카드가 나왔다. 박 명은 그것을 살펴본 후 아무 말없이 넘겼다. 그때쯤 총무부장은 지리함을 못이겨 몸을 뒤틀며 하품을 해대고 있었다.

그것을 보고 조씨가 슬그머니 수작을 걸었다.

「우리 저쪽으로 가서 이야기 좀 할까요?」

「네, 그러시죠.」

조씨는 맞은편 창가로 걸어갔다. 거기까지는 수미터 거리였다. 창

가로 다가선 그가 밖을 내다보았다. 자연 총무부장도 그와 나란히 서서 창 밖을 바라보지 않을 수 없었다. 그러니까 소파에 앉아 있는 박명에게 등을 돌리고 있는 셈이었다.

「이곳에는 박사가 몇 명이나 있습니까?」

조씨는 눈앞을 스쳐가는 젊은 남녀를 바라보며 물었다. 그들은 첫눈에도 매우 지성적으로 보였다. 아마 연구원인 듯했다.

「47명입니다. 외국에서 학위를 받은 젊은 학자들이 대부분입니다. 그야말로 인재들이지요.」

「그들은 모두 여기에서 먹고 자고 합니까?」

「아파트가 이 안에 있으니까요. 독신자와 가정을 가지고 있는 사람들의 아파트가 따로 분리돼 있습니다.」

그는 자랑이 될 만한 것들을 장황하게 늘어놓기 시작했다.

그 사이에 박 명은 권근수의 기록카드를 뜯어내고 있었다. 그가 그것을 뜯어냈을 때 총무부장이 뒤를 힐끗 돌아보았다. 박 명은 페이지를 넘겼다가 다시 조금 남은 부분을 뜯어냈다. 카드를 반으로 접어 안 주머니 속에 집어넣으려고 하는데 주머니가 작아서 잘 들어가지가 않았다. 도로 꺼내서 다시 한번 접은 다음 안전하게 집어넣었다.

10분쯤 지나 창가에 서 있던 두 사람이 소파로 돌아왔다.

박 명은 기록철을 덮어둔 채 담배를 피우고 있었다.

「찾았나?」

조씨가 물었다.

「없는데요.」

박 명은 머리를 흔들었다.

「누구를 찾는데요?」

총무부장은 궁금한 눈치를 보이며 물었다.

두 사람은 말하기 곤란하다는 듯 서로 쳐다보다가 마지못한 듯 조씨가 입을 열었다.

「누구를 찾고 있는데 그 사람이 없는 모양입니다.」
「누군데요?」
조씨는 은근한 목소리로 말했다.
「이건 비밀이니까 혼자만 알고 계셔야 합니다. 약속하시겠습니까?」
「약속하고 말고요. 누구를 찾고 있나요?」
「임만기라는 사람을 찾고 있습니다.」
「임만기요?」
총무부장은 고개를 갸우뚱했다. 그리고 이어서 말했다.
「그런 사람은 없는데요. 임만기라…… 그런 사람은 우리 연구소에는 없습니다. 잘못 알고 오신 게 아닙니까?」
「그럴 리가 없을텐데.」
조씨는 박 명을 쳐다보았다.
「틀림없이 임만기라는 사람이 이곳에 있다는 말을 들었습니다.」
박 명은 단호하게 말했다.
뚱뚱한 부장은 갑자기 위엄있게 나왔다.
「난 여기서 10년 이상 근무했지만 임만기라는 사람은 없었습니다. 잘못 들으셨던가 아니면 우리를 모함하기 위해 누가 거짓말을 한 게 틀림없습니다.」
「모함이라니요?」
「서로 못 잡아먹어서 야단 아닙니까. 눈에 보이지 않아서 그렇지 정말 치열합니다.」
「무슨 말인지 알겠습니다.」
「임만기라는 사람이 무슨 짓을 했나요?」
「중요한 인물입니다.」
「불순분자인가요?」
「글쎄, 거기까지 말씀드릴 수는 없습니다.」

그들은 무겁게 입을 다물었다. 그들이 일어서자 총무부장이 빠른 어조로 말했다.
「하여간 찾으시는 인물이 우리 연구소에 없다는 게 다행이군요.」
「그렇지 않습니다. 그런 인물은 흔히 가명을 쓰니까요.」
그 이상 말하는 것을 삼가고 밖으로 나서는 두 사람을 총무부장은 멀거니 쳐다보기만 했다.
「잘해냈어요?」
건물 밖으로 나서자 조씨가 박 명의 옆구리를 쿡 찌르며 물었다. 박 명은 카드가 든 주머니를 두드려 보였다.
「손이 떨려서 혼났습니다. 도둑질은 태어나서 난생 처음입니다.」
「수고했어요.」
연구소를 빠져나온 그들은 카드를 꺼내어 거기에 붙은 사진부터 얼른 들여다보았다.
남자치고는 곱상하게 생긴 중년 사나이의 사진이 거기에 붙어 있었다. 적당히 살이 오른 것이 귀골스럽게 생긴 얼굴이었다.
「미남인데요.」
박 명이 사진을 뚫어지게 들여다보며 중얼거렸다.
「본 적 있나?」
「처음입니다.」
사람들이 오가고 있었기 때문에 박 명은 카드를 도로 호주머니 속에 집어넣었다.
그들은 조금 떨어진 곳에서 연구소 정문을 지켜보기 시작했다.
사람들이 한꺼번에 몰려나오는 것이 아니고 띄엄띄엄 나오고 있었다.
그들은 날이 저물 때까지 그 곳에 서 있다가 발길을 돌렸다.
권근수가 연구소 안에 있는 아파트에 살고 있다면 언제 밖으로 나오게 될지 알 수 없었기 때문이었다. 그렇다고 무한정 잠복하고 있을 수도 없는 노릇이었다.
 권근수의 인사기록 카드에는 그의 이력과 가족관계 같은 것이 비교적 소상하게 나와 있었다.
 현재 그는 47세였다. 가족으로는 부인과 1남 1녀가 있었다.
 그는 현재 연구부장직을 맡고 있었다. 연구분야는 반도체였다. 그의 최종 학력은 미국의 유명한 M공대로 되어 있었다. 그리고 그는 그 곳에서 기억용 반도체에 관한 연구로 박사학위를 취득한 것으로 되어 있었다. 예상했던 대로 주소는 연구소 안에 있는 아파트였다. 그리고 그가 세림 중앙연구소에 들어간 것은 지금부터 11년 전이었다. 그전에는 미국의 IBM사에 근무했다.
「IBM사라면 세계적으로 유명한 컴퓨터 회사 아니야.」
 기록카드를 들여다보던 구문대가 고개를 쳐들고 물었다.
「그렇지, 나도 들은 바가 있어.」
 박 명이 눈을 굴리며 대답했다.
「거기에 근무했다면 상당한 실력인가 본데.」
 조씨가 고개를 갸우뚱하며 중얼거렸다.
「그런 사람이 보수도 후할텐데 왜 노름에 미쳐 돌아다니지?」
 문대는 아무래도 이해할 수 없다는 듯 두 사람을 쳐다보았다.
「알다가도 모를 게 사람 속이지.」
 한참만에 조씨가 말했다.
 정말 알다가도 모를 게 사람 속인 것 같았다.
 미국의 유명한 M공대 출신의 과학자가 뭐가 부족해서 가장 비이성적인 행동에 빠져들고 있는 것일까? 미국의 IBM에 근무하고 있다가 국내에 스카웃되어 왔다면 틀림없이 좋은 대우를 약속 받았을 것이다. 주택과 자동차, 그리고 많은 보수 등등 말이다. 그런데 그는 거기에 만족하지 못하고 노름꾼으로 한몫하고 있다. 그뿐이 아니다. 그에게는 여대생 애인까지 있다. 과학자라면 가장 냉철한 이

성의 소유자로 알려져 있다. 그런데 그는 반대로 가장 비이성적인 행동을 하고 있는 것이다. 왜 그럴까? 그것은 생각할수록 수수께끼였다.
「그는 이미 이성을 상실한 게 아닐까?」
문대는 혼자 말처럼 자문했다.
「말못할 비밀이 있는 게 틀림없어.」
박 명은 카드를 집어 흔들었다.
「성격파탄자일 가능성이 많아. 그에 대한 주변조사를 철저히 해야겠어. 그에 대해서 가장 잘 아는 사람을 찾아야 해. 그리고 비밀을 지킬 수 있는 사람을 말이야.」

이튿날 12시께 문대는 세림으로 천상기를 만나러 갔다. 전화로 용건을 말하고 싶었지만 도청당할 우려가 있었기 때문에 직접 찾아갔다.
마침 점심시간이라 그들은 조용한 식당에서 단둘이 만났다.
「부탁하신 거 별로 진전이 없습니다.」
천상기는 미안한 듯 말했다.
「짧은 시간 안에 많은 것을 기대하지는 않습니다. 할 수 있는 데까지만 해 주십시오. 그리고 한 가지 더 부탁합시다. 그에 대해서 가장 잘 알고 있는 사람이 누군지 그 사람을 알아봐 주십시오. 함께 유학했다거나 그런 사람 말입니다.」
「알겠습니다.」
천상기는 봉투를 하나 내밀었다.
「이게 뭐죠?」
「권부장에 대해 알아본 것을 제나름대로 대강 정리해 본 겁니다.」
「아, 그래요. 이거 고맙습니다.」
문대는 내용물을 꺼내 들었다. 흰 종이 위에 깨알 같은 글씨들이 타이핑되어 있었다.

· Q = 47세. 가족은 부인과 1남1녀가 있다. 부인은 피아니스트이자 S여대 음대교수, Q는 미국 M공대 졸업, 박사학위 취득 후 IBM사에 근무하다가 세림에 스카웃되어 귀국함. 현재 월급은 250만 원 정도. 반도체 분야에선 꽤 실력을 인정받고 있다. 성격은 내성적이며 낚시를 즐긴다. 운전 솜씨가 뛰어나며 젊은 여자를 차에 태우고 다니는 것을 목격한 사람들이 있다. 매주 월요일 정오께 본사 조사실을 방문하여 한 시간쯤 보내다가 가곤 했는데 요즈음은 일정치가 않음. 회사에 대한 불만을 이야기한 적이 있음. 친구가 별로 없는 것 같다. 미국에서 돌아온 것을 후회한 것 같다. 회사에서의 그에 대한 평가는 별로 좋은 것이 못됨. 처음에는 그에 대해 많은 기대를 걸었으나 지금은 상당히 실망하고 있는 눈치. 그 이유는 반도체 분야에서 별로 괄목할 만한 성과가 없기 때문인 것으로 생각됨. 얼마 전 35세의 신진 학자가 반도체 연구실 실장으로 부임함으로써 예상되던 Q의 승진은 좌절됨. 그는 부장직 이상으로는 승진하지 못할 것이 확실함. 반도체 분야에서의 그의 실력은 10년 전의 낡은 것으로 판명됨. 그러나 그는 그것을 인정치 않으려고 하는데 문제가 있는 것 같음. 그가 노름에 손을 대고 있다는 소문도 있으나 확실하지는 않음. 양주를 즐겨 마시는 편. 강남의 D동에 있는 〈해바라기〉라는 술집에 단골로 드나들고 있다고 함.

내용을 읽고 난 문대의 표정이 상기되어 있었다.
「많이 조사했군요. 정말 고맙습니다.」
그는 정말 고마웠다. 천상기는 안경 너머로 눈을 깜박거렸다.
「뭐 별로 알아보지를 못했습니다. 도움이 될는지 모르겠습니다.」

「도움이 되고 말고요. 헌데 그에 대한 회사의 평가 같은 것은 어떻게 알아냈나요?」
「인사과에 제 친구가 있습니다. 아주 친한 사이죠. 그 친구를 통해서 알아봤습니다. 믿어도 좋을 겁니다.」
「자기보다 10년 이상이나 젊은 사람이 자기 윗자리에 앉았다면 Q의 불만이 대단하겠군요?」
「네, 그런가 봅니다.」
「연구소의 직제는 어떻게 되어 있다고요?」
「소장이 제일 자리가 높고 그 밑에 분야별로 연구실이 있습니다. 반도체 연구실, 유전공학 연구실, 레이저광학 연구실…… 그리고 각 연구실 책임자는 실장이고 그 밑에 부장이 있습니다.」
「그가 단골로 나간다는 술집은 어떻게 알았습니까?」
「비서실에 있는 친구한테 들었습니다.」

　세림의 비서실 조직은 방대했다. 비서실에서 일하고 있는 직원만도 2백 명이 넘었는데, 그들은 여러 파트로 나뉘어 일하고 있었다. 그 여러 분야 중에서 사찰기관 같은 부서도 있었다. 그 부서에서는 정치·경제·사회·문화 등 전 분야에 걸친 정보를 수집하는 일을 맡고 있었고, 또 한편에서는 전 사원의 동태를 조사 감시하고 있었다. 그러한 일들은 물론 비밀리에 수행되고 있기는 하지만 그것을 어느 정도 아는 사람들 사이에서는 그 부서를 첩보기관이라고 비양거리고 있었다.
　그런데 그러한 부서가 대기업을 거느리고 있는 재벌그룹에서는 없어서는 안 될 가장 중요한 핵심부서 중의 하나로 인정받고 있는 것이 최근 몇 년 간의 추세였다. 기업 규모가 방대해지다 보니 그 많은 인원을 조직적으로 관리할 필요가 있었다. 뿐만 아니라 외적인 정세변화에 민감하게 대처하기 위해서는 끊임없는 정보가 요구되었다. 그 밖에도 외부의 침투에 대비할 필요가 있었다. 최신 첨단기술을 빼내

가려는 음모와 고급기술 인력을 스카웃해 가려는 유혹의 손길을 미연에 방지하고 분쇄하기 위해서는 그러한 첩보기관이 필요했던 것이다.

천상기는 그러니까 그러한 부서에서 일하고 있는 친구한테서 그와 같은 정보를 입수한 것이다. 그렇다면 그의 정보는 믿을 만한 것이라고 볼 수 있었다.

「누가 어느 술집에 단골로 나간다는 것까지도 파악하고 있나요?」

문대는 내심 놀라며 물었다.

「외상이 얼마 깔렸는지, 그리고 어느 호스티스하고 친한지…… 그런 것까지도 알고 있습니다.」

「우리 경찰보다도 낫군요.」

그는 자못 감탄하지 않을 수 없었다. 동시에 무섭다는 생각도 들었다. 그렇게까지 하지 않고는 기업을 유지할 수 없다는 현실이 무섭게 느껴졌던 것이다.

「그러한 각종 정보가 종합되어 각 개인에 대한 평가에 반영됩니다.」

「승진에 많은 영향을 주겠군요?」

「물론입니다. 인사문제에 결정적인 영향을 주게 되지요.」

천상기는 주머니에서 사진 한 장을 꺼냈다.

「사진을 구할 수가 없어서 이걸 가지고 왔습니다. 사보에 난 사진을 오려 왔습니다.」

그것은 권근수의 상반신을 찍은 흑백 사진으로 사보에 실린 것을 가위로 오려내어 가지고 온 것이었다. 지질이 좋았기 때문에 사진은 아주 선명했다. 권근수는 웃고 있었다.

「이거면 됐습니다. 그런데 저기…… 그 비서실에 있는 친구분을 내가 직접 좀 만나 볼 수 없을까요?」

그 말에 천상기는 갑자기 조심스러운 표정이 되었다. 그는 한참 생각해 보고 나서 대답했다.
「만나 보시겠다면 소개시켜 드리겠습니다. 하지만 그렇게 되면 비밀이 유지될지 모르겠습니다. 그 친구는 틀림없이 혼자서 문제를 간직하고 있지는 않을 겁니다. 경찰에 협조하기 전에 윗사람에게 보고할 것이 틀림없습니다. 그리고 그 지시대로 움직일 겁니다.」
「그렇게 철저한가요?」
「그들은 철저히 보고하거든요. 무엇이나 보고합니다. 그것이 생리화되어 있습니다. 일단 보고를 하면 나중에 문제가 발생하더라도 책임을 지지 않으니까요.」
천상기의 말에는 일리가 있었다. 그래서 문대는 비서실 직원을 만나는 것을 그만두기로 했다. 그 대신 천상기가 가운데서 계속 정보를 건네주기로 합의를 보았다.

강남의 D동에 있는 해바라기는 나이트클럽이었다.
형사들은 권근수를 미행하기 위해 그 나이트클럽에 잠복했다. 형사 티를 내지 않기 위해 그들은 술도 마셔야 했고 춤도 춰야 했다. 그러나 첫 번째 날은 아무 일 없이 지났다. 권근수의 코빼기도 보이지 않았던 것이다. 두 번째 날도 마찬가지였다. 그들은 초저녁부터 눈을 부릅뜨고 이제나 저제나 하고 기다렸지만 그는 끝내 모습을 나타내지 않았다.
사흘째 되던 날 형사들은 7시 조금 지나 그 나이트클럽에 도착했다. 권근수를 만나기 위해 동원된 사람은 모두 다섯 사람이었다. 문대와 박 명, 그리고 조남석이 테이블 하나를 차지해 앉았고, 천상기는 구석진 자리에 여형사 허강화와 짝지어 앉았다. 천상기는 지금까지 응하지 않다가 이번에 나와 주었던 것이다. 그에게 허강화를 짝지어 준 것은 혹시 권근수를 만나더라도 자연스럽게 보이기 위해서였다.

여형사 허강화는 그런 자리에 어울릴 만큼 미인이었다. 그들은 서로 초면이었지만 금방 친해져 다정하게 이야기를 주고받으며 시간을 보냈다.
 8시쯤 되자 클럽 안은 사람들로 북적대기 시작했다. 현란한 조명이 눈앞을 어지럽히기 시작했고, 귀청을 찢는 듯한 음악 소리에 머리가 멍멍할 지경이었다.
 박 명은 사흘째 나이트클럽에 나오게 되자 일이야 어찌 됐던 기분이 아주 좋은지 시종 싱글벙글이었다. 그는 계속 맥주를 마셔댔고 틈만 있으면 아무 여자하고나 플로어로 나가서 춤을 췄다. 그의 말인즉 이런 일이 매일 있으면 좋겠다는 거였다.
 「많이도 말고 한 달 동안만 여기에 잠복하고 있으면 좋겠어.」
 그러한 박 명을 보고 문대는 눈을 흘겼다.
 「술 좀 작작 마셔. 지금이 어느 때라고……」
 「이럴 때 기분 풀지 않으면 언제 풀겠어. 멍청히 앉아 있는 것보다는 낫지 않아?」
 그들의 주고받는 말을 들으며 조씨는 미소만 지었다. 연륜이 말해주는 듯 그는 어떠한 경우에도 내색을 하지 않고 인내할 줄 아는 지혜를 지니고 있었다.
 가장 자리에서 못 견디는 사람은 구문대였다. 그는 우선 귀청을 찢는 듯한 음악소리에 미칠 지경이었다. 그리고 번쩍거리는 조명도 그의 머리를 어지럽히고 있었다. 탁한 공기와 취객들의 거나한 몸짓들이 또한 그를 현기증 나게 만들고 있었다. 그는 도시 나이트클럽이라는 것이 마음에 안 들었다. 환락에 몸을 내던진 무리들의 그 허황된 몸짓들이 구역질만 날 뿐이었다. 그의 눈에 그들은 기뻐서 날뛰는 것이 아니라 미쳐서 울부짖고 있는 것만 같았다.
 더 이상 앉아 있을 수가 없어 그는 밖으로 나왔다. 공해에 찌든 밤거리지만 그래도 클럽 안의 탁한 공기보다는 한결 맑았다. 그는 길을 건너 구멍가게로 가서 우유를 하나 사서 마셨다. 가게 앞에 서서 담배 한 대를 피우고 나서 다시 클럽 쪽으로 어슬렁어슬렁 걸어갔다.
 그때 자동차 한 대가 클럽 앞에 와서 멎었다. 백색 승용차였다. 얼핏 보니 운전석에 남자 혼자 앉아 있었다. 운전대의 사내는 차를 클럽 앞 노상 주차장에 세운 다음 엔진을 끄고 차에서 내렸다. 바로 권근수였다.
 구문대는 고개를 숙인 채 그 옆을 스쳐 지나갔다.
 클럽 안으로 들어가 자리에 앉은 그는 입구 쪽을 노려보았다.
 권근수가 막 클럽 안으로 들어서고 있었다. 천상기 쪽을 보니 그도 권근수를 발견하고 긴장하고 있는 것이 뚜렷이 보였다.
「그자가 나타난 것 같습니다.」
 문대는 조씨에게 말하고 플로어에서 춤추고 있는 박 명을 바라보았다. 박 명은 아무것도 모른 채 젊은 여자와 히히덕거리며 몸을 흔들어대고 있었다.
「난 잘 안 보이는데……」
 시력이 약한 조씨가 눈을 가늘게 뜨고 말했다.
「저쪽으로 웨이터를 따라가고 있는 사람입니다. 체크 웃도리에 검정 바지를 입고 있는 사람입니다.」
「아, 보이는군.」
 하지만 조씨에게는 얼굴 모습이 뚜렷이 보이지 않았다.
 권근수가 자리에 앉는 것을 보고 문대는 자리에서 일어섰다. 분명히 알아보기 위해서는 천상기를 만나 볼 필요가 있었다. 그래서 그는 화장실로 갔다. 소변을 보고 있는데 천상기가 들어왔다. 그는 옆에 나란히 서면서 바지 단추를 풀었다. 물건을 꺼낸 다음 입을 열었다. 작은 목소리였다.
「Q가 왔습니다. 혼자예요.」
「나도 봤어요. 그 사람이 틀림없나요?」

「틀림없어요. 전 나가겠습니다. 그 사람이 보기 전에……」
 문대는 화장실에서 나와 여형사가 앉아 있는 테이블 쪽으로 자리를 옮겼다.

 그는 얼굴을 찌푸린 채 술잔을 들었다. 실내에서 떠들고 있는 사람들, 플로어에서 춤추고 있는 사람들 모두가 못마땅하다는 표정이었다. 이자들을 단숨에 소리없이 없애 버릴 수 없을까. 쓰레기 같은 인간들 같으니! 레이저총이 있다면 소리없이 처치할 수 있겠지.
 그는 맥주를 입 속에 흘려넣었다. 맛이 썼다. 그는 시계를 들여다 보았다. 10분이 지났다. 그는 담배에 불을 붙인 다음 상체를 뒤로 젖혔다. 조금 후에 젊은 여자 하나가 바쁜 걸음으로 그 쪽으로 다가와 앉았다. 짧은 머리에 헐렁한 검정 바지를 입고 있었다. 위에는 얼룩덜룩한 저고리를 걸치고 있었다. 이미 한 잔 걸쳤는지 얼굴에 취기가 돌고 있었다.
「조금 늦었어요.」
 여자가 느리터분한 목소리로 말했다. 서른 안팎의 여자로 눈가에 주름이 잡혀 있었다.
「가려던 참이었어요. 시간을 안 지키다니 왜 그래요?」
 그는 나무라는 투로 여자를 바라보았다.
 그녀는 여자 같은 맛이 전혀 느껴지지 않는 거친 피부를 가지고 있었다. 차림이 여자 같을 뿐 오히려 남자 같은 느낌을 주는 사람이었다. 그러나 목소리만은 여자 같았다.
「길이 막혀서 늦었어요. 기분이 상하셨나요?」
 남자 같은 여자가 그를 들여다보면서 물었다. 그는 거기에는 대답하지 않고 물었다.
「왜 보자는 거요?」
「난 모릅니다. 난 모시고 오라는 말만 들었으니까요.」

여자는 껌을 부지런히 씹어댔다.
「번거롭게 이럴 필요가 뭐 있어요. 바빠 죽겠는데……」
남자는 투덜거렸다. 여자가 손목시계를 힐끗 들여다보았다.
「춤 한번 춰요. 아직 시간 있으니까.」
남자는 여자를 흘기는 듯하다가 마지못한 표정으로 몸을 일으켰다.
밴드는 블루스를 연주하고 있었다. 사이키 조명이 어느새 침침한 조명으로 바뀌어져 있었다.
플로어로 나가 여자의 허리에 팔을 걸치면서 그는 역한 냄새를 느꼈다. 여자의 머리에서 고약한 냄새가 나고 있었던 것이다. 그녀의 머리는 감은 지 오래된 것 같았다.
그는 될수록 여자와 떨어져 있으려고 했으나 그녀가 말을 듣지 않았다.
「이건 틀려요.」
「틀리면 어때요. 저걸 보세요.」
그녀는 서로 끌어안은 채 돌아가고 있는 한 쌍을 턱으로 가리켰다. 어느새 그녀의 팔이 그의 목을 끌어안고 있었다. 그는 싫으면서도 어쩔 수 없이 그녀의 악취나는 머리 냄새를 맡아야 했다.
「박사님은 요즘 신경을 거슬리게 하고 있어요.」
그녀의 입술이 그의 귀밑에서 나불거렸다.
「무슨 소릴 하는 거요?」
박사는 이맛살을 찌푸렸다. 여자는 더욱 세게 그의 목을 죄었다.
「몰라서 묻는 거예요? 기다리는 데에도 한계가 있어요.」
Q는 멈칫했다. 그의 얼굴에 노기가 서렸다.
「누구한테 하는 말이오?」
「물론 당신한테 하는 말이에요.」
「당신이 뭔데 그 따위 말을 지껄이는 거지?」

「전 말을 전할 뿐이에요.」
「누구 말을 전한다는 거요?」
「그야 보스의 말이죠.」
그의 얼굴이 다시 일그러졌다.
「보스가 누구요?」
「제가 그걸 어떻게 알아요.」
금방이라도 욕설이 튀어나오려는 것을 그는 간신히 참아냈다.
「당신들은 너무 성급해. 일이란 게 그렇게 마음먹은 대로 될 수 있는 게 아니에요.」
「난 사정을 몰라요. 일이 어떻게 되어가는지는. 단지 당신이 우리들 신경을 거슬리게 하면 결과가 좋지 않게 된다는 것을 박사님도 잘 알고 계실 거예요.」
여자는 속삭이듯 말하고 있었지만 몹시 차갑게 느껴지는 말투였다.
그는 스텝을 멈추고 여자를 내려다보았다.
「결과가 좋지 않다는 것은 무엇을 뜻하지?」
그는 침착하려고 애썼지만 소리는 어느새 떨리고 있었다.
「잘 아시면서 뭘 그래요.」
「말해 봐요. 난 모르니까.」
그는 여자의 허리를 힘껏 죄었다. 여자는 차가운 미소를 띠었다. 그러나 그뿐 남자가 대답을 재촉했지만 그녀는 거기에 대해서 말하지 않았다. 다만 이렇게 말할 뿐이었다.
「나는 그동안 박사님하고 어느 정도 가깝게 지냈고, 그래서 박사님을 위해서 드린 말씀이에요. 박사님한테 좋지 않은 일이라도 생기면 그건 제 가슴을 아프게 하는 일이니까요. 서로 좋은 게 좋은 일이 아니겠어요.」
서로 좋은 게 좋은 일이라구? 망할 년 같으니! 나를 협박하다니.

그는 분노를 억누르느라고 얼굴이 붉어졌다. 성질 같아서는 여자를 밀쳐 버리고 싶었지만 꾹 참고 입을 열었다.
「협박해서 되는 일은 하나도 없어요. 그걸 안다면 좀 잠자코 있어요. 난 중간에 끼어서 죽을 지경이니까. 내가 어쩌다가 이렇게 됐지?」
「자청하신 일 아닌가요. 남자가 일단 칼을 뽑았으면 끝까지……」
그는 갑자기 오른쪽 손등으로 그녀의 입을 막았다. 그의 돌연한 행동에 그녀는 멈칫했다.
「그런 식으로 내 머리를 혼란시키지 말아요. 도대체 당신이 뭘 안다구 그러는 거예요? 어떤 일인지나 알고 하는 소리요?」
여자는 머리를 흔들었다.
「난 몰라요. 알아서도 안되고 알 필요도 없어요. 난 지시대로 당신을 모시러 왔을 뿐이에요.」
「난 가지 않겠어.」
남자는 화난 투로 말했다.
여자의 눈이 커졌다.
「말도 안되는 소리예요. 그러다가는 정말 좋지 않아요.」
「그렇다고 약속을 안 지키겠다는 건 아니야. 약속은 지켜. 하지만 누구를 만나러 가지는 않겠어.」
「가야 해요. 가지 않으면 안돼요. 밖에 사람들이 기다리고 있어요. 밤새 여기에 있을 거예요?」
그 말에 그는 멈칫하고 섰다. 그리고 그녀를 노려보면서
「그만 춥시다.」
하고 말했다. 그리고 앞장서서 자리로 돌아갔다.
그들은 다시 자리에 앉았다. 그는 아무 말없이 남은 술을 벌컥벌컥 들이킨 다음 웨이터에게 술값을 지불하고 일어섰다. 여자가 그의 뒤를 바싹 따라왔다.

밖으로 나오자 그는 여자에게 말했다.
「난 집으로 갈 거요. 가서 이렇게 전해요. 이 일에서 손을 떼고 싶다고. 돈은 나중에 갚는다고 해요.」
그는 여자를 거들떠보지도 않은 채 차를 주차해 놓은 쪽으로 걸어갔다. 그러자 여자가 두 손을 쳐들어 흔들었다. 그것을 신호로 어둠 속에서 세 명의 사나이가 튀어나왔다. 모두가 건장한 사나이들이었다. 그들은 막 시동이 걸린 Q의 차 쪽으로 천천히 접근했다.
그는 차를 전진시키다 말고 브레이크를 밟았다. 차를 세워 놓고 차에서 내려 바퀴를 살펴 보았다. 어두워서 잘 보이지 않았다. 라이터를 꺼내 불을 켰다. 타이어가 납작하게 우그러져 있었다. 오른쪽 뒷바퀴였다. 그는 몸을 일으켰다. 그러자 다가온 사나이들이 그를 에워쌌다.
「쓸데없는 고집 피우지 마세요.」
여자가 차 속에서 말했다.
「당신들 짓이군.」
그는 사나이들을 노려보았다. 그들은 잠자코 그의 팔을 잡아 끌었다.
「이거 놔! 놓지 않으면 소리칠 테야!」
그러자 복부로 주먹이 날아왔다. 그는 무릎이 꺾인 채 질질 끌려갔다. 이윽고 그는 여자가 앉아 있는 차의 뒷자리에 처박혔다.

문대가 탄 택시는 신호대 앞에서 급정거했다. 빠른 속도로 달리다가 갑자기 정거했기 때문에 타이어가 아스팔트에 밀착되어 미끄러지는 소리가 몹시 자극적으로 들려왔다.
뒤쫓아오던 자가용 승용차도 충돌 직전에 가까스로 정지했다.
Q를 태운 노란색 승용차는 이미 건널목을 통과해 저만큼 달려가고 있었다.

「어떻게 된 거야?」
 용달차로 뒤따라오던 박 명이 무전기를 통해 물어왔다. 그들 사이에 세 대의 차가 끼어 있었다.
「건너가 버렸어.」
「그대로 따라가지 않구!」
 박 명이 투덜거렸다. 문대는 가만 있었다. 신호를 무시하고 달리기에는 이미 너무 늦어 있었다. 많은 차량들이 홍수처럼 눈앞을 가로질러 달리고 있었기 때문이다.
「조금 기다려!」
 문대는 교통순경과 박 명이 심각한 표정으로 이야기하고 있는 것을 덤덤히 바라보았다. 조금 후 교통순경이 호각을 불어대며 차량들 사이로 뛰어들었다. 교통순경은 교차로 중간지점에서 두 손을 번쩍 쳐들어 차량의 통행을 막았다. 그리고 문대가 타고 있는 택시를 손짓으로 불렀다. 빨리 달려오라는 손짓이었다.
「갑시다!」
 문대는 운전사에게 다급하게 외쳤다.
 운전사는 차량들 사이로 택시를 몰아넣었다.
 박 명은 뒤돌아보았다. 조씨와 여형사가 탄 택시가 저만큼 뒤에 보였다.
「3호! 우리는 먼저 간다!」
 여형사에게 무전 연락을 보내는 것과 동시에 그는 운전사의 어깨를 쳤다. 용달차는 덜컹 하고 앞으로 전진했다. 그는 교통순경을 향해 감사의 표시로 손을 쳐들어보였다. 용달차가 빠져나가자 교통순경은 아까대로 차량의 흐름을 돌려놓았다.
「빨리 좀 달립시다!」
 문대는 택시 운전사에게 재촉했다.
「사고나면 어떡합니까. 더 이상은 안됩니다.」

늙은 운전사는 형사의 요구를 무시했다. 아무리 수사상 필요 때문이라고 해도 운전사가 자기 주장을 굽히지 않는데야 어쩔 도리가 없었다. 그렇다고 화를 내거나 위협할 수도 없는 노릇이었다. 그는 그런 것은 딱 질색이었다.
「왜 그렇게 못 달리나? 더 좀 빨리 달릴 수 없나?」
뒤에서 박 명이 재촉했다.
「앞장서. 난 곤란해.」
「빌어먹을! 왜 곤란하다는 거야? 용달차 가지고는 따라잡을 수 없어.」
「한번 해봐. 난 정말 곤란해.」
조금 있자 요란스런 클랙슨 소리와 함께 박 명이 탄 용달차가 앞질러 지나갔다.
용달차 운전사는 20대 초반의 젊은이였다. 형사가 사고나도 책임지겠다고 하자 신이 난 듯 어깨를 들썩이며 차를 몰았다. 노란색 승용차는 도심을 통과하더니 강변도로를 따라 달려갔다. 다른 차들을 앞지를 정도로 빨리 달리지 않았기 때문에 박 명이 탄 용달차는 도심을 완전히 벗어나기 전에 노란색 차를 따라 잡을 수 있었다.

Q는 방안에 집어 넣어졌다. 모든 것이 강제로 이루어지고 있었기 때문에 그는 사뭇 불안했다. 전에는 이런 적이 없었다. 지금까지는 그에 대한 예의가 지켜지고 있었고, 어떠한 형태로든 강제성을 띤 작태는 연출되지 않았다. 조직의 사람들은 오히려 그의 눈치만을 살피는 것 같았고, 그의 처분만을 기다리고 있는 것 같았다. 그런데 그러한 태도가 갑자기 바뀐 것이다.
그들이 제일 겁내는 것은 그가 스파이 행위를 중도에서 그만두지 않을까 하는 것이다. 그 자신 그들의 그러한 약점을 잘 알고 있었기 때문에 지금까지는 배짱좋게 나올 수가 있었다. 그러나 지금은 상황이 달라지고 있었다. 그들이 갑자기 난폭하게 나오기 시작한 것이다.

붉은 카펫이 깔린 넓은 방안에는 반원형의 푹신한 소파가 놓여 있었다. 방안의 불빛은 눈부실 정도로 밝았다. 방 한 쪽 벽에는 장식장이 놓여 있었다. 장식장 안에는 비싼 외제 라디오 시설이 설치되어 있었고, 책도 몇 권 꽂혀 있었다. 양주병도 가지런히 놓여 있었다. 장식장 맞은편 벽에는 나체화가 한폭 걸려 있었다. 방안에서는 향수 냄새가 나고 있었다.

갑자기 쾅 하고 음악이 터져 나왔기 때문에 그는 소스라치게 놀랐다. 베토벤 교향곡 같았는데 자세히는 알 수 없었다. 너무 소리가 컸기 때문에 그는 귀를 막고 싶을 지경이었다.

그런 음악이 10분 정도 계속되었다. 그동안 아무도 방안에 들어오는 사람은 없었다. 그는 소파에 앉아서 귀를 막았지만 소리는 사정없이 귀를 후비고 들어왔다. 조금 더 앉아 있다가는 머리가 터져 버릴 것만 같았다. 그가 더 이상 참을 수 없어 몸을 벌떡 일으켰을 때 음악이 갑자기 꺼졌다. 그리고 무거운 정적이 찾아왔다. 그 정적이 이번에는 그의 가슴을 짓누르기 시작했다.

다시 10분쯤 지났을 때 문이 열리고 누군가가 안으로 들어왔다. 까만 드레스를 입은 늘씬한 여인이었다. 까만 드레스 탓인지 살결이 눈부실 정도로 희었다. 드레스에 감싸인 육체는 육감적이고 탄력이 있어 보였다. 풍성한 검은 머리칼은 어깨 위로 자연스럽게 흘러내려와 있었다. 첫눈에도 세련된 미인임을 알 수 있었다. 그런데 그녀는 짙은 선그라스를 끼고 있었다. 그래서 얼굴 모습을 정확히 알아볼 수는 없었다.

루즈가 새빨갛게 칠해진 입술이 조금 움직이면서 새하얀 치열이 드러났다.

「안녕하세요.」

아름다운 목소리였다. 그는 얼떨결에 일어서서 그녀의 인사를 받았다.
「오시느라고 수고가 많았습니다.」
가까이 다가온 그녀가 손을 내밀었다. 그는 역시 당황한 김에 그녀의 손을 잡아 흔들었다.
「한 잔 하시겠어요?」
그녀는 장식장이 있는 쪽으로 몸을 움직였다. 그녀는 그 쪽으로 완전히 등을 돌리고 있었다. 허리께까지 패인 드레스였기 때문에 등이 완전히 노출되어 있었다. 목소리나 몸매로 봐서 30대는 될 것 같았다.
「뭘 드시겠어요?」
여인이 등을 돌린 채 물었다. 비로소 그는 정신이 좀 들었다.
「마시지 않겠습니다. 아무것도……」
그녀는 한 번 이상은 권하지 않는 성미인지 자기 술잔만 챙겨가지고 소파로 돌아왔다. 그때까지 그는 엉거주춤 서 있었다.
「앉으시죠.」
여인은 자리를 권한 다음 먼저 자리에 앉았다.
그는 그녀를 비스듬히 볼 수 있는 자리에 엉덩이를 놓았다. 자신의 침착함을 보여 주기 위해 몸을 소파에 깊이 묻으면서 두 다리를 포갰다.
여인은 손에 들고 있는 술잔을 흔들고 있었다. 잔 속에 들어 있는 얼음 조각들이 달그락 달그락 소리를 냈다.
「왜 나를 이리로 데리고 온 거지요? 그 보다 먼저 당신은 누구지요. 그 안경 좀 벗을 수 없나요?」
그는 남자다움을 과시하려고 애쓰면서 제법 큰소리를 쳤다. 여인이 다시 미소했다.
「안경 쓰고 있는 모습이 꼴보기 싫은 모양이죠?」

「불쾌합니다. 아주 기분 나쁩니다. 남에게 혐오감을 준다고 생각지 않습니까?」
「어머나, 그런가요. 죄송해요. 하지만 그래도 쓰고 있겠어요. 이해해 주세요.」
여인은 형식적으로 이야기하고 있었다. 그는 담배에 불을 당겼다. 그리고 여인을 향해 연기를 내뿜었다. 여인도 질세라 담배에 불을 붙였다.
「당신들은 나에게 폭행을 가하고 나를 위협했소. 그리고 강제로 나를 여기까지 데리고 왔소.」
「어머나, 그랬던가요?」
「시침떼지 말아요.」
그는 분노를 터트렸다. 주먹으로 탁자를 치면서 소리쳤다.
「나는 지금까지 쥐꼬리만한 대가를 받으면서 당신들을 위해 일해 왔어요. 위험을 무릅쓰고 말이오. 그런데 그 결과가 겨우 이거란 말이오. 도대체 나를 뭘로 알고 이러는 거죠? 책임자를 불러 줘요. 이왕 이렇게 된 거 담판을 집시다. 이런 모욕을 당하고는 나도 더 이상 일할 수 없으니까.」
「어머, 정말 죄송해요. 정중히 모셔오라고 했는데 그 사람들이 말을 안 들은 모양이에요. 어떡하죠? 죄송해서……」
「책임자를 불러요.」
그는 날카롭게 소리쳤다.
「하시고 싶은 말씀이 있으면 저한테 하세요. 저 말고 다른 사람은 만날 수 없어요. 세가 최내한도로 편의를 봐드리겠어요.」
「나는 최고 책임자를 말하는 거요.」
그는 탁자를 두드렸다.
그는 여인을 잡아먹을 듯이 노려보았다. 갑자기 그는 강렬한 성욕을 느꼈다. 그녀를 강간하고 싶다고 생각했다.

「나를 만나자고 한 건 뭐요.」
「그건 박사님께서 더 잘 아실텐데요.」
여인은 다리를 바꾸어 포갰다. 담배를 들고 있는 손가락이 유난히 길어 보였다.
「당신들이 정 이렇게 나오면 난 그 일에서 손을 떼겠소. 그건 내 자유니까.」
「그럴 수는 없어요.」
여자의 입가에서 미소가 사라지고 있었다.
「왜 그럴 수 없다는 거요? 당신들이 뭔데?」
그는 버럭 역정을 냈다.
여자는 동요의 빛 하나 없이 말했다.
「박사님은 그 일을 계속해야 해요. 이제 와서 마음대로 그만둘 수는 없어요.」
「난 그만둘 거요.」
「그만두는 이유가 뭐죠?」
「당신들이 너무 귀찮게 굴고…… 그 일에 자신이 없어졌어요.」
「막연한 이유군요. 우리는 그동안 당신한테 많은 돈을 지불했어요. 그리고 당신은 우리의 비밀을 너무 많이 알고 있어요.」
「그러니 어떻다는 거요?」
그는 해볼 테면 해보라는 듯이 그녀에게 턱을 내밀었다.
「우리와는 끊을래야 끊을 수 없는 관계라는 걸 말씀드리고 싶어요.」
「흥, 나를 웃기지 말아요. 아무도 나를 구속시키지는 못해요. 그걸 최고 책임자한테 말해 줘요.」
「우리는 지금 X가 필요해요. 그걸 10일 안에 넘겨 줘요.」
「10일 이내에 X를 넘겨 달라고? 하하하 웃기는군. 정말 웃겨.」
그는 너털웃음을 웃었다. 여인은 그를 지그시 바라보면서 술잔을 입으로 가져갔다.
「X를 끌어낸다는 건 불가능해요. 도저히 가망없어요.」
「그럼 왜 우리하고 약속했죠, 박사님?」
그는 당황했다. 그가 머뭇거리고 있는 사이에 그녀는 말을 계속했다.
「지키지도 못할 약속을 해서, 돈만 받아낸 것은 우리를 상대로 사기를 쳤다는 것밖에 안되요.」
「사기친 게 아니오. 처음에는 가능성이 있었어요. 하지만 날이 갈수록 감시가 심해졌어요. 이제는 도저히 불가능해졌어요.」
「불가능이란 없어요.」
여인은 쌀쌀맞게 내뱉았다.
「당신이 그렇게 생각하고 있는 것뿐이에요. 불가능이란 없어요. X를 10일 이내에 우리한테 넘겨 줘요. 넘겨만 주면 당신한테 많은 보상을 해드리겠어요.」
그는 머리를 설레설레 흔들었다.
「보상 같은 거 싫어요. 난 다시 말하지만 손을 떼고 싶어요.」
「당신은 제 말을 못 알아듣는군요. X를 구해 주지 않으면 당신은 목숨을 부지할 수가 없어요.」
「뭐라고?」
그는 벌떡 몸을 일으켰다. 그리고 부들부들 떨면서 외쳤다.
「이용할 대로 이용해 먹고 나서 이제 와서 나를 죽이겠다는 거야?」
「우리는 당신을 죽일 수도 살릴 수도 있어요. 기간은 열흘이에요. 그걸 넘겨 주면 1억을 내겠어요.」
「싫어!」
그는 갑자기 여자에게 덤벼들었다. 한 손은 여자의 목을 움켜잡고 다른 한 손으로는 그녀의 가슴을 쥐어 비틀었다. 갑자기 기습을 당한 그녀는 탁자 밑에 장치되어 있는 버튼을 눌렀다. 문이 열리고 두 명의 사나이가 뛰어들어왔다.
 Q는 멱살을 잡힌 채 방 가운데로 끌려 나왔다. 두 남자는 처분을 기다린다는 듯 여자를 바라보았다.
「개처럼 기어가게 만들어 줘요.」
 그 말이 떨어지기가 무섭게 주먹이 날아왔다. 그는 옆구리에 강한 일격을 맞고 허리를 굽혔다. 그러자 이번에는 가슴팍으로 발길이 날아왔다. 그는 괴로운 신음을 토하면서 비틀거렸다. 사나이들은 그런 일의 전문가들 같았다. 아무 말없이 그를 두들기기만 했다. 그는 미처 신음을 토할 새도 없이 얻어맞고 있었다. 그들은 교묘하게 그를 구타했다. 이를테면 얼굴같이 눈에 띄는 곳은 손을 대지 않고 옷에 가려진 부분만 가려가면서 폭행을 가했다.
 그가 무릎을 꺾자 뒤에 서 있던 사나이가 팔꿈치로 그의 등을 찍었다. 그가 거품을 뿜으며 몸을 뒤틀자 앞에 서 있던 자가 복부를 걷어찼다. 숨을 쉴 수 없을 정도로 괴로운 나머지 그는 앞으로 엎어져서 개구리처럼 팔다리를 허우적거렸다.
「개처럼 기어 봐!」
 사나이들은 그의 옆구리를 사정없이 걷어찼다. 그는 몸을 들썩했다가 다시 쓰러졌다. 한 놈이 그의 등을 밟아댔다.
「기어가라니까!」
 그는 하는 수 없이 무릎을 세웠다. 그들의 말을 듣지 않다가는 맞아죽을 것만 같았다.
 그는 정말 개처럼 기어가기 시작했다.
「저쪽으로 기어가, 이 새끼!」
 엉덩이로 몽둥이가 날아왔다.
「아이고!」
 그는 외마디 비명을 지르며 몸을 한 바퀴 뒤틀었다가 다시 몽둥이가 날아 올까봐 필사적으로 기어가기 시작했다. 그야말로 비참한 모습이었다.
 얼마 후 그는 움직임을 멈췄다. 얼굴이 여자의 무릎에 닿았기 때문이다. 그는 얼굴을 쳐들었다. 여자는 담배를 피우며 그를 내려다보고 있었다. 얼굴에는 차가운 냉소가 흐르고 있었다. 그의 얼굴이 비참하게 일그러졌다.
 「사과해. 잘못했다고 사과하란 말이야!」
 사나이가 뒤에서 몽둥이로 장딴지를 후려갈겼다. 그는 다시 비명을 질렀고, 여인은 차가운 미소를 흘리며 말없이 앉아 있었다. 그는 머리를 숙였다. 그리고
 「잘못했습니다.」
하고 기어들어가는 목소리로 말했다.
 여인이 혀를 끌끌 찼다.
 「안됐군요. 그러기에 내가 뭐라 그래요.」
 그녀는 손수건으로 그의 얼굴에 흐르는 땀을 닦아 주었다. 마치 아이를 달래는 것 같았다.
 「우리 요구를 들어주면 이런 일이 있을 수 없지요. 우리는 당신에게 해가 되는 인물도 제거해 주었어요. 우리가 왜 그런 위험한 짓을 했겠어요?」
 「……」
 「우리는 우리 일을 방해하거나 약속을 어기는 자에 대해서는 추호도 용서하지 않아요. 우리 일에 계속 협조하겠나요?」
 「……」
 그는 입술을 깨물었다.
 「만일 우리에게 협조를 하지 않으면 당신의 귀여운 아들까지 해를 입게 될지 몰라요.」
 그 말에 그는 고개를 번쩍 들었다. 얼굴에 경련이 일고 있었다.

「우리 애한테 손대지 말아요! 약속은 지킬 테니까 그 애한테는 손대지 말아요!」
여인은 여전히 차갑게 웃었다.
「물론 박사님이 약속을 지킨다면 당신 아이한테는 손을 대지 않지요. 박사님이 임무를 수행할 때까지 댁의 아드님은 우리가 보호하고 있겠어요.」
「그, 그건 안돼요!」
그는 펄쩍 뛰었다. 짙은 선글라스에 가려진 여인의 모습이 무섭게 보이기 시작했다.
「댁의 아드님은 이미 우리가 보호하고 있어요. 그렇게 알고 빨리 행동해 줘요.」
「그럴 리 없어요! 거짓말 말아요.」
「믿지 못하겠다면 댁으로 전화를 해보세요.」
그녀는 탁자 위의 전화를 가리켰다.
그는 떨리는 손으로 다이얼을 돌렸다.
「여보세요!」
신호가 떨어지기가 무섭게 아내의 다급한 목소리가 들려왔다.
「음, 나야. 별일 없어?」
「큰일났어요! 철이가 없어졌어요!」
그녀는 울먹이고 있었다.
「뭐라고?!」
그는 여인을 노려보았다. 그러나 그 옆에 버티고 서 있는 남자들을 보자 그는 기세가 다시 수그러졌다.
「지금 어디 계시는 거예요? 빨리 오세요.」
「알았어.」
그는 수화기를 내려놓으면서 다시 그들을 노려보았다.
「악마…… 당신들은 악마야.」

그는 증오에 차서 중얼거렸다.
「현실적인 이야기를 하셔야죠. 박사님한테 득이 될 수 있는 이야기 말이에요.」
「우리 애를 지금 당장 돌려 줘요. 그렇지 않으면 난 아무것도 할 수 없어요. 죽으면 죽었지 못해요.」
그는 떨고 있었다.
「아이는 우리가 잘 보호하고 있다가 박사님이 약속을 이행하는 날 무사히 보내 드리겠어요. 만일 약속을 어기면 아이는 영영 못 보게 될 거예요. 당신도 사랑하는 자식만은 잃고 싶지 않겠지.」
「이 악마!」
그는 벌떡 일어나 다시 여인에게 달려들었다. 그러나 그의 손이 미처 닿기 전에 사내의 주먹이 그의 얼굴을 후려쳤다.
그가 쓰러진 몸을 일으켰을 때 그의 코에서는 피가 흘러내리고 있었다.
여인이 혀를 찼다.
「당신은 꽤나 어리석군요. 휴지를 갖다 줘요.」
그는 사내가 주는 휴지를 던져 버리고 자신의 손수건을 썼다.
「계란으로 바위를 깰 생각은 하지 말아요. 어떤 것이 현명한 짓인지 잘 생각해 봐요. 경찰에 연락해도 좋아요. 어차피 경찰이 알게 되겠지요. 하지만 우리 관계에 대해서는 입을 다물어요. 다시 아들을 찾고 싶으면 말이에요. 그리고 당신 자신의 행복한 인생을 위해서 말이에요.」
여인은 속에서 봉투를 하나 꺼냈다.
「선금 5천이에요. 받았다는 사인을 해 줘요.」

그 집은 언덕 위에 자리잡고 있었다. 언덕 위에서는 한강이 바로 내려다보였다. 강을 끼고 차도가 나 있고, 차도 위로 가끔씩 차들이 질주하고 있는 것이 보였다.
 3월이라 새벽 바람이 꽤나 차가웠다.
 그들은 숲 속에 쭈그리고 앉아 언덕 위의 집을 바라보고 있었다.
 「벌써 3시야.」
 박 명이 중얼거렸다.
 문대는 아무 반응을 보이지 않았다.
 「춥고 배고프고…… 이거 미치겠는데……」
 박 명은 목을 자라처럼 움츠린 채 몸을 뒤틀었다.
 그 집은 한마디로 거대했다. 그 집터도 드넓을 뿐만 아니라 그것을 둘러싸고 있는 담만 해도 마치 성벽을 축조해 놓은 것 같았다. 담 위에는 철조망까지 쳐져 있어서 그것을 뛰어넘는다는 것은 불가능했다. 더구나 안에는 무서운 개가 지키고 있는 것 같았다. 그래서 그들은 아예 접근을 포기한 채 무턱대고 집 앞에 잠복하고 있는 것이었다. 집 안에서 무슨 일이 일어나고 있는지 그들은 짐작조차 할 수 없었다.
 4시 가까이 되었을 때 마침내 그 집의 철제 대문이 열렸다. 이윽고 집안에서 승용차 한 대가 미끄러져 나왔다.
 「차가 나온다. 미행하지 마라.」
 문대는 무전으로 여형사에게 연락했다.
 차가 그들이 숨어 있는 곳을 스치듯이 지나갈 때 차 속에 앉아 있는 사람들의 모습이 뚜렷이 보였다. 권근수는 뒷자리에 앉아 있었다. 그의 양옆에는 험악한 인상의 두 남자가 앉아 있었다. 권의 눈은 검은 띠로 가려져 있었다. 조금 후에 차 속의 불이 꺼지고 차는 어둠 속으로 사라져 갔다.
 대문이 닫히고 그 거대한 집이 다시 어둠 속에 잠기자 숲 속에 숨어 있던 사나이들은 슬그머니 밖으로 몸을 드러냈다. 그들은 발소리를 죽여가며 대문 앞으로 접근했다. 개가 냄새를 맡고 짖을까봐 극도로 경계하면서 한 발짝씩 가까이 다가갔다. 대문 한 쪽에 문패가 걸려 있었다. 박 명은 만년필처럼 생긴 손전등으로 문패를 비춰 보았다. 양채기(梁彩基)라는 이름이 대리석 문패에 인각되어 있었다.

Q는 20분쯤 지나서야 눈을 가린 검은 띠를 풀 수가 있었다. 그의 얼굴은 이상하게 일그러져 있었다. 콧잔등을 얻어맞아 그 부위가 부풀어 있었기 때문이기도 하지만 그보다는 너무도 기분이 처참한 탓이었다. 그는 시내 한복판에 내려졌다. 그를 그 곳까지 태우고 온 사나이들은 아무 말없이 그를 내려 주고는 역시 아무 말없이 돌아가 버렸다.

그는 차가운 새벽 공기 속에 오돌오돌 떨며 서 있었다. 순찰중이던 순경이 지나치다가 돌아와서는 이상스럽다는 듯이 그를 쳐다보고는 신분증을 보자고 했다. 그는 신분증을 꺼내 보였다. 순경이 그것을 자세히 살피고 나서
「어서 집에 돌아가십시오.」
하고 말했다. 그래도 그는 움직이지 않고 그 자리에 서 있었다.
「열흘 동안에 그것을 해내야 한다!」
속에서 하나의 소리가 그렇게 말하고 있었다. 그는 피할 수 없음을 느꼈다. 귀여운 아들의 울음 소리가 들려오는 듯했다. 그 아이는 늦게 결혼해서야 낳은 아이였다. 그에게는 두 아이가 있었다. 큰 아이는 딸이었다. 그 아내는 정상적으로 아이를 낳을 수 없는 몸이었다. 딸을 수술해서 낳은 아내는 두번 다시 아이를 갖지 않으려고 했다. 그도 굳이 아이를 가질 생각이 없었다. 그러나 세월이 흐름에 따라 그러한 생각이 조금씩 변하기 시작했다. 아내 역시 다시 아이를 가지고 싶어하는 눈치였다.
그래서 첫 아이를 가진 지 5년 후 그들은 두 번째 아이를 가졌다. 이번에는 아들이었다. 처음처럼 역시 수술해서 낳은 아이였지만 그

들의 기쁨은 첫 아이를 가졌을 때와는 비교가 되지 않을 정도로 컸다. 그 아이가 커서 어느새 국민학교 1학년에 다니고 있었다.

그 아이에 대한 그의 애정은 거의 광적인 것이었다. 그런데 그들이 그 아이를 납치해 간 것이다. 후회하고 발을 빼려고 했지만 이미 너무 늦었다.

그들이 그토록 갖고 싶어하는 X를 그는 손에 넣으려고 몇 번 시도해 보았다. 그러나 경비가 엄해서 그럴 기회를 포착할 수 없었다. X는 그 계통의 과학자들이 모두 군침을 흘리는 분야로, 세림의 레이저 과학연구실 팀이 최근에 개발해 낸 것이었다.

그것은 아주 극비에 속하는 현대의 최첨단 과학기술로서 만일 그것이 발표되는 날에는 전세계의 과학자들에게 큰 충격을 줄 것으로 예상되고 있었다. 놀라운 것은 선진국의 과학기술을 젖히고 우리가 먼저 그것을 개발했다는 사실이었다.

더구나 일개 기업의 연구소에서 개발되었다니……

그러나 더욱 놀라운 것은 그것이 무기로 이용될 경우 거기에 필적할 수 있는 무기가 존재하지 않는다는 점이었다. 그만큼 그것은 미래 무기의 총아로서 선진강대국들이 군침을 흘려온 분야였다. 수많은 과학자들이 그것을 개발하기 위해 지금도 노력하고 있다. 특히 50년대 초반부터 미립자광선무기(PBW)에 관심을 가져온 소련은 X연구에 미국보다 두세 배의 노력을 기울여왔다. 그러나 어느 나라도 그것을 개발했다는 소식은 들려오지 않고 있었다. X를 개발한 세림은 그 정보를 국가기관에 보고했다. 그리고 그 정보가 사실임을 확인한 기관에서는 국가차원에서 그 기밀을 보호할 필요성을 느꼈다. 그리하여 즉시 필요한 조치가 취해졌다. 그러니까 그것은 일개 기업의 소유물이 아닌 국가적 차원의 극비사항으로서 존재하게 된 것이다.

그는 아직 자세한 것은 모르고 있었다. 단지 X가 레이저 광학연구소에서 개발한 〈X 레이저〉라는 것, 그리고 그것이 대강 무엇이라는 것 정도는 알고 있었다. 그가 그것을 알게 된 것은 조직과 손을 잡은 후 레이저광학 연구실장 배무인(裵茂仁) 박사를 통해서였다. 그와 배박사는 미국 유학 때부터 아는 사이였지만 그렇다고 허물없는 사이는 아니었다.

조직으로부터 부탁을 받고 그는 배박사에게 접근했다. 자주 술자리를 같이하고 집에 초대하는 등으로 마침내 그가 그 기밀에 어렴풋이 접근하는 데는 거의 두 달이 걸렸다. 배박사는 그것이 어떤 것이라는 것 정도로 변죽만 울려 이야기해 주었다. 이야기를 듣고 난 그는 집에 돌아와 그것을 메모해 두었다.

X는 펨토(1천조분의 1)초 단위로 재는 초초고속(超超高速)레이저를 말하는 것이었다. 그것은 무려 30펨토(femto)초 레이저 펄스(pulse·순간파동)에 이르고 있었다. 펨토라는 단위는 1천조(千兆)를 뜻하고 1펨토라면 1천조분의 1초로 —가 15승 붙은 10^{-15}초이다. 지금까지는 빠른 속도를 전자적인 장치로 재왔다. 그러나 초고속으로 일어나는 현상에 대해서는 전자적인 방법도 통하지 않았다. 물리·화학·생물학 등 가장 기초적인 프로세스는 모두 초고속 현상에 해당하는 것으로 X는 그러한 현상을 재는 데 필요한 것이다. 예를 들면 원자의 파괴와 진동, 분자간의 화학반응, 광합성의 메카니즘 등을 X로 잴 수 있게 된 것이다. 이와 같은 프로세스 진단장치는 순수한 연구목적을 떠나 실용적인 측면에서 놀라운 결과를 가져다 줄 것으로 기대되어 왔다.

「빛과 물질운동에 관한 발견은 마이크로 전자공학이나 통신과 같은 실용적인 기술에 큰 영향을 미치게 될 거야. 1966년부터 펄스의 지속적 시간은 급속하게 단축되기 시작하여 나노(nano=10^{-9}, 10억분의 1)초대로부터 피코(pico=10^{-12}, 1조분의 1)초대로 줄어들었다가 마침내 펨토(10^{-15})초대로 급진전된 거지.」

배박사는 겸손하면서도 자신에 찬 어조로 이렇게 말했던 것이다.

그러나 조직이 노리는 것은 X를 무기화할 수 있는 공식이었다. 레이저광으로 융합되어 생기는 엄청난 열을 갑자기 폭발시키면 무서운 파괴력을 지닌 무기로 이용되고, 그 열을 서서히 통제하면 에너지 원으로 삼을 수 있다. 그런데 레이저광은 대기권 안에서 쓰면 빛이 흡수당해 비틀어지는 경향이 있는데 분자 가속에 의한 새 광선, 즉 X는 이런 단점을 극복할 수 있게 된 것이다. X의 무기화에 대해 그가 넌지시 물었을 때 배박사는 이렇게 이야기했었다.

「수년 안에…… 아니, 수년까지도 안 가. 2년 안에 충분히 전략 방공망과 대인무기 단거리 지상배치 무기 부분에서 X 레이저 무기를 투입할 수 있지. 그리고 5년 안에 육해공군 무기에 폭넓게 배치할 수 있어. 단언할 수 있는 것은 인간은 그 이상의 무기를 영원히 개발할 수 없다는 거야. 인류의 마지막 무기가 되는 셈이지. X 레이저무기는 그 어떤 무기로도 방어할 수가 없어. 극단적으로 말하면 머지않아 X 레이저를 이용해서 생체복사, 물질전송, 우주 레이저 범선 등이 가능하게 돼. 미래의 전쟁인 우주전쟁은 이미 눈앞에 다가와 있어. 거기에 쓰일 X 레이저 스테이션을 빨리 설치하는 나라가 결국 이 세계를 지배하게 되지. 스테이션에서 발사하는 X 레이저로 모든 핵무기를 순식간에 녹여 버릴 수 있단 말이야.」

Q는 심장이 터져 버릴 것만 같았다.

그가 다시 움직였을 때 그의 가슴속에는 단호한 결의가 그 뿌리를 단단히 내리고 있었다. 수단 방법을 가리지 말고 X를 손에 넣어야 한다는 결의였다.

그는 새삼 조직의 배후가 엄청나다는 것을 깨달았다. 그는 그 정체를 아직 파악하지 못하고 있었다. 처음에는 그 조직이 국내의 어떤 라이벌 기업의 사주를 받고 있다고 생각했었다. 그러나 시간이 흐를수록 그 생각은 점점 흔들렸다. 조직은 국제성을 띠고 있는 것 같았다. 국내의 라이벌 기업이라면 아무리 최신 기술정보가 필요하다고 그렇게 사람을 잔인하게 제거하지는 않을 것이다. 지금 그가 관계하고 있는 조직엔 공포의 그늘이 있었다. 그것을 생각하자 그는 소름이 끼쳤다.

그가 택시를 타고 집에 도착한 것은 5시가 가까워서였다.

너무 울어 얼굴이 통통 부은 그의 아내는 콧잔등이 잔뜩 부어 있는 그의 얼굴을 보고는 눈이 휘둥그래졌다. 그 눈이 여러 가지를 묻고 있었다. 그는 차가 펑크나서 택시를 타고 왔으며 어떤 주정뱅이와 시비가 붙어 콧잔등을 얻어맞은 것이라고 해명했다.

말이 끝나자 그는 아이들 방으로 달려가 보았다. 침대 위에는 딸 혼자서 잠들어 있었다.

「어떻게 된 거야?」

그는 자세한 경위를 물었다. 그의 아내는 다시 눈물을 쏟았다. 남편의 콧잔등이 좀 부어오른 것이 문제가 아니었다.

「학교 갔다 와서 영화를 보러 가겠다고 해서 혜련이를 딸려 보냈어요.」

딸 혜련은 국민학교 5학년이었다. 워낙 성숙해서 중학생 같았다. 그래서 엄마는 어린 아들을 딸에게 딸려 보내는 데 주저하지 않았다.

더구나 극장은 집에서 3백 미터 거리에 있었다.

그녀는 울먹이며 말을 이었다.

「안 보내려고 했는데 하도 졸라서 보냈어요. 극장에서 어린이 만화영화를 상영하는가 봐요. 여기 애들치고 안 가본 애가 없대요.」

「그래서?」

그는 숨가쁘게 물었다. 그의 아내 손미화(孫美和)는 남편의 얼굴이 험하게 일그러지는 것을 처음 보았다. 그녀는 아들에 대한 남편의 애정이 어느 정도인가를 잘 알고 있었다.

그래서 그녀는 겁이 더럭 났다. 아이가 없어진 것이 순전히 자신의 책임임을 면할 수 없게 된 것이다.

「영화를 다 보고 나오는데 어떤 여자가 아이들 이름을 부르면서 다가오더래요. 처음보는 여자였는데 자기는 우리 집을 잘 아는 사람처럼 굴더래요. 아이들 머리를 쓰다듬고 하면서 제과점에 데리고 갔대요. 아이들한테 아이스크림을 한 개씩 사 주고 나서 우리 집에 함께 가자고 하더래요. 그 여자가 직접 차를 몰고 왔는데 도중에 동전을 주면서 집에다 전화를 걸어 달라고 하더래요. 사전에 연락도 없이 집에 쳐들어 가면 엄마한테 실례라고 하면서요. 혜련이는 동전을 받아 들고 차에서 내려 공중전화 쪽으로 걸어갔는데 그 사이에 그 차가 도망가 버렸나봐요. 아주 지능적이에요. 저만 치서 어떤 남자를 태우고 가는 것을 봤대요.」

그녀는 그렇게 말하고 나서 엉엉 소리내어 울었다. 평소에는 품위를 중시하는 여자였다. 피아니스트로 대학 교수인 그녀는 감정표현을 애써 억제하는 데 익숙해져 있었다.

그런데 지금은 그게 아니었다. 사랑하는 외아들을 도둑맞은 평범한 엄마의 비통한 모습을 적나라하게 보여주고 있었다.

「왜 우리 철이를 유괴해 갔죠? 우리가 무슨 부자라구. 유괴해 갔으면 전화라도 할텐데 전화도 없어요. 애들 이름을 아는 걸 보니까 우리 집을 잘 아는 사람 같아요. 당신이 무슨 일을 하고 있는지, 그리고 이름도 알고 있더래요.」

권근수는 입을 꼭 다물고 있었다. 얼굴은 핏기 하나 없이 하얗게 굳어 있었고 두 눈은 허공을 더듬고 있었다. 그녀는 남편의 시선을 붙잡으려고 했지만 그럴 수가 없었다. 그녀는 자신이 운다는 것이 아무 의미가 없다는 것을 깨달았다. 무거운 침묵 끝에 마침내 그가 입을 열었다.

「경찰에 연락했어?」

「아직 연락 안했어요. 당신 말을 듣고 나서 하려고 아직 안했어요.」

그는 수화기를 집어 들고 범죄신고 센터 번호를 돌렸다.
「네, 112입니다.」
졸리운 음성이 들렸다.
「아이가 유괴된 것 같아서 신고합니다.」
그는 기어들어가는 목소리로 말했다. 주소를 말하고 나서 수화기를 내려놓고 아내를 바라보았다.
「유괴라면 뭔가 목적이 있을 거야. 돈이 필요하던가 그 밖에……」
그는 가슴이 저려왔다. 담배에 불을 붙이려다가 그만두고 가슴을 쓸었다.
「그 어린 것이……」
마침내 그는 말을 잇지 못하고 눈물을 흘렸다. 가슴이 찢어지는 것 같았다. 그가 눈물을 보이는 바람에 그의 아내도 흐느끼기 시작했다.
30분 후 패트롤 카의 싸이렌 소리가 멀리서 들려오기 시작했다. 잠시 후 싸이렌 소리는 그의 아파트 건물 앞에서 멎었다. 이윽고 초인종 소리가 들려왔다. 그는 벌떡 일어섰다.

《상권 끝. 하권에 계속》

김성종 추리문학 전집·13
반역의 벽(상)

초판발행 1983. 12. 5.
중판발행 1993. 7. 20.

지은이 김성종
펴낸이 김인종

발행처 도서출판 남도
서울 강동구 천호동 451
산경빌딩 5층 3—1호(134—023)
전화 488—2923·4/팩스 473—0481
등록/제1—73호(1978. 6. 26.)

값 4,500원

ISBN 89—7265—022—6 33800